IN A FREE STATE

自由国度

〔英〕V.S. 奈保尔 著

吴正 译

新经典文化股份有限公司
www.readinglife.com
出 品

目录
Contents

序幕，摘自日记　比雷埃夫斯的流浪汉 /1

合众为一 /19

告诉我，该杀了谁 /63

自由国度 /115

尾声，摘自日记　卢克索的杂技团 /287

序幕,摘自日记

比雷埃夫斯的流浪汉

从比雷埃夫斯港出发横渡到亚历山大①只需两天时间，但一看到那艘肮脏的希腊小轮船，我便后悔没有另作安排。从码头望去，船上就已显得挤挤挨挨的，活像一艘难民船。登船之后，我发现这儿确实没有足够的空间。

也没有什么甲板可言。所谓的酒吧不过壁橱大小，两边开门，迎着一月的风。三个人待在那里就显得拥挤。小小的柜台后有个小个子的希腊酒保，他一副糟糕的脾气，卖着糟糕的咖啡。局促的吸烟室里，前一夜上船的意大利乘客占据了很多椅子，以及地板上的不少空间。他们中间还有一群美国学生，十几岁的样子，但已经长得五大三粗。他们是白肤色，神情压抑但保持着警觉。剩下的公共区域便只剩餐厅，那里服务员正在为午餐做准备，他们和那个酒保一样疲惫不堪、脾气暴躁。大家都把希腊式的礼节留在了岸上，

---

①比雷埃夫斯为希腊港口城市；亚历山大为埃及港口城市。

这种文明或许只在悠闲自得、无所事事抑或寄身田园而一无所求的状态下才会出现。

我们这些上层甲板的人还算幸运，有自己的舱室和铺位。下层的乘客什么都没有。他们只能成为"甲板乘客"，从早到晚所争取的不过就是一块睡觉的空间。他们在我们的下面，一个个穿着地中海黑的衣服，在绞盘和橙色船壁间的避风处，晒着太阳弓着身体或坐或躺。

这些人是埃及裔希腊人。他们要去埃及，但埃及不再是他们的家。他们一度被驱逐，沦为难民。后来侵略者离开了埃及，埃及在遭受种种屈辱之后终于获得自由；而这些贫穷的、靠着简单手艺谋生的希腊人，这些境况也就比埃及人略微好一点的人，实则是这一自由的牺牲品。他们曾坐着和这艘肮脏的希腊船差不多的船离开埃及。现在，他们回埃及探访，混杂在我们这样对埃及没有爱，也没有恨的观光客中间，同船的还有黎巴嫩商人、一群西班牙夜总会的舞女和一些在德国读书的胖乎乎的埃及学生。

那个流浪汉出现在码头的时候，看着挺像英国人；但那可能只是船上没有英国人的缘故。从远处看，他不像流浪汉。那帽子、帆布背包、蓝绿色花呢外套、灰色法兰绒长裤和靴子，让他像个老一辈的、浪迹四方的传奇人士；背包里或许装着一本诗集、一本杂志和一部刚刚开了头的小说手稿。

他身形单薄，个子中等，走路的时候只动膝盖以下的部位，步子小而有力，每一脚都抬得高高的。这步态很有风格，和他带圆点的藏红色领巾一样。但等他走近了，我们才看清他身上的衣服褴褛不堪，领巾打得死死的、污渍斑斑；毫无疑问，他是个流浪汉。走到舷梯前，他摘下了帽子，我们这才发现他其实是个老头，饱经风霜的脸微微发颤，蓝色的眼睛湿润。

他一抬头，看到了我们这些观众，便疾步走上舷梯，连两旁的扶手绳都没有抓。虚荣啊！他向那个一脸晦气的希腊船员出示船票后，既不打量四周，也不询问，便继续快步行进，好像对船上的一切都很熟悉似的。但他走的那条通道其实是一条死路，于是他戏剧化地以一只脚为支点猛地转过身来，然后重重地放下另一只脚。

"事务长，"他好像突然想起了什么，对着甲板说，"我得去见见事务长。"

然后他择路去自己的舱室和铺位。

起航的时间推迟了。因为那群美国学生留了几个人看住他们在吸烟室里的位子，跑到岸上买吃的去了。我们只好等他们回来。他们一回到船上，怒不可遏的希腊人就给他们脸色看，使得他们不敢再嘻嘻哈哈的，其中的那些个长相平平的女生更是面色苍白、一脸羞愧。用希腊语骂人的声音简直就像起锚时的链条那般刺耳。很快，海水便将我们与码头隔开，我们于是看到，离这艘船原来的停泊处不远的地方，"莱昂纳多·达·芬奇"号庞大的黑色船体刚刚靠岸。

那个流浪汉又出现了。他已经脱掉帽子，放下背包，神情也坦然了些。两手插在本就鼓鼓囊囊的裤兜里，双腿分开站在狭窄的甲板上，俨然一个老到的海上游客，正享受着一次真正的航海旅行，迎接第一缕海风的吹拂。同时，他也在打量周围的乘客，试图寻找旅伴。他对于那些盯着他看的人没有兴趣；若有谁回应他的注视，他总扭过头去不理睬。

最终，他走到一个浅黄色头发的高个子青年男子旁，站定。

他的直觉是对的。他选中的这个小伙子是南斯拉夫人，在头一天之前，还从未离开过南斯拉夫。这小伙子是个很好的倾听者，尽管流浪汉的口音他听得糊里糊涂的，但脸上始终保持着鼓励般的微笑。流浪汉不停地在说话。

"我已经去过埃及六七次，环游世界也有十来次了。澳大利亚，加拿大，什么国家都去过。我是个地质学家，嗯，过去是。第一次去加拿大是在一九二三年，到现在已经去过八次了。我总共旅行了三十八年，专住青年旅社，这没有什么丢人的。新西兰，你去过吗？我一九三四年去的。也就跟你说说，我觉得新西兰人比澳大利亚人强。不过话说回来，这年头国籍算什么？我自己，我觉得自己就是个世界公民。"

他说话就是这样，满嘴年份、地名和数字，不时冒出一句不知道在哪辈子总结出的、简单的人生感悟。不过，这些感悟机械而缺乏说服力，就连那吹嘘也不能给人留下什么印象。那双扑闪着的眼眶湿润的眼睛出神地盯着什么地方。

那个南斯拉夫小伙子笑盈盈的，偶尔插一两句话。但流浪汉对他视而不见，听而不闻。他不懂怎么交谈，也不想交谈。其实他讲话是不需要听众的。在长年的流浪生涯中，他像是学会了这种自问自答的本领，能迅速地将自己的一生简化成一连串地名和数字。一旦地名和数字背诵完毕，他就没有什么可说的了。之后他就呆立在那个南斯拉夫人旁边。船还未开远，比雷埃夫斯港和"达·芬奇"号隐约可见，而这两人的交往已经到了尽头。他没有要旅伴的意思。他要的只是结伴所带来的某种伪装和掩护。流浪汉知道自己是个怪人。

∽

  吃午饭的时候，我和两个黎巴嫩人坐在一起。他们俩都是前一夜从意大利过来上的船，都急于表明他们是由于行李才没有坐飞机，而不是钱的关系。他们看上去还挺满意这艘船，尽管嘴上表示了不满。他们一会儿讲法语，一会儿讲英语或阿拉伯语，兴致勃勃地争相讲述其他人，主要是黎巴嫩人，如何用这样或者那样超乎想象的办法赚大钱。

  两个人都是四十岁不到的年纪。一个肤色粉红，略胖，穿得颇为随便，套了一件鲜黄色的套头衫。他在贝鲁特的生意实际上就是和钱打交道。另一个黎巴嫩人肤色较深，体格健壮，留着胡子，一副地中海俊美男子的长相，穿着三件套的格子西装。他在开罗做仿古家具，说自从欧洲人走了之后生意就很糟糕，因为商贸和文化都从埃及消失了。本地人对仿古家具的需求不大，但对他这样的黎巴嫩人的敌意倒是与日俱增。不过，我无法相信他真的很沮丧。因为在和我们说话的时候，他还冲着一个西班牙舞女暗送秋波呢。

  在房间的另一头，一个肥胖的、戴着厚镜片眼镜的埃及学生正用德语和阿拉伯语大声说话，逗得同桌的一对德国夫妻哈哈大笑。这会儿，那个埃及学生开始唱一首阿拉伯语歌。

  那个从贝鲁特来的人用带着美国口音的英语说："你应该走现代路线。"

  "绝对不行，"家具商人说，"我会先离开埃及，关掉我的工厂。太恐怖了，现代风格的家具。它们很奇怪，奇怪极了。路易十六时代的风格,那才是潮流[①]……"他突然打住,转而为那个唱歌的埃及学生鼓起掌来,并用阿拉伯语冲着他叫好,片刻之后又失去了兴致,压低了声音说:"唉,这些埃及人啊。"这感慨倒也没有什么恶意。他把盘子推开,身子往椅背上一靠,用手指敲着肮脏的桌布,还冲那个舞女挤眉弄眼,扯得两撇胡子直朝上翘。

服务员过来收拾桌子。我还在吃,但盘子也被收走了。

"你正吃着呢,先生?"那个家具商人说,"你得保持安静。我们都得安静。"[②]

接着,他突然扬起眉毛,转了转眼珠。显然是想要我们看什么。

是那个流浪汉。只见他站在门口,往餐厅里打量。乍看之下,他的衣着似乎还是体面的,他就是能给人这样的印象。他走到我们边上那张收拾过的餐桌旁,在椅子上坐下,调整姿势直到坐舒服了,然后往后一靠,胳膊放在扶手上,好像一家之主坐在主座上,也像游轮上的旅客等着被服侍。他吐了口气,动了动下巴,叩了叩牙齿。他的外套脏得吓人,口袋鼓鼓囊囊的,袋口用别针别着。

家具商人用阿拉伯语说了什么,惹得那个贝鲁特人哈哈大笑。服务员过来赶我们走,我们便跟着西班牙舞女们到那个吹着穿堂风的小酒吧去喝咖啡。

傍晚时分,我想一个人清净一会儿,便爬上陡峭的梯子,到了舱顶围了栏杆的露天平台上。那流浪汉独自一人站在那里,暴露在寒风和烟囱里冒出的灰烟中,两条脏裤腿被吹得鼓了起来,露出磨成碎条的绳边。

---

① 此句原文为法语。
② 两处"安静"原文均为法语。

他握着一本祈祷书模样的小书，嘴里念念有词，眼睛时开时合，像是在用心祈祷。他那饱经风霜的脸如此脆弱；扎得紧紧的圆点领巾中的脖子也显得不堪一击。眼周的皮肤特别松弛，好像要哭了。真是一个怪人。他找人陪，又需要独处；想引人注意，又躲避别人的眼睛。

我没有去打扰他。我害怕和他扯上关系。远远的下面，那些来自希腊、曾经是难民的人，正或坐或躺，晒着太阳。

∽

晚餐后，那个胖胖的埃及年轻人在吸烟室里继续唱独角戏，嗓子都哑了。听得懂的人笑个不停。连家具商人似乎也忘记了自己对埃及人的不满，和旁人一起鼓掌叫好。那群美国学生因为晕船横七竖八地躺着，冷冷地在旁边观望，像被围困的俘虏一般无助。他们互相讲话的时候都是压低了声音的。

吸烟室里除了美国人，主要是阿拉伯人和德国人，大家还算有默契。埃及学生是演员，而那高个子的德国姑娘则是我们公认的主持人。她拿巧克力给大家吃，和每个人都能攀谈几句。对我，她是这么说的："你读的这本英文书很好。企鹅出版社出的英文书都很好。"她搭这船可能是去会她的阿拉伯丈夫；我不敢肯定。

我背对门坐着，所以流浪汉进来的时候并未看到。他冷不丁就坐在了我前面那把刚空出来的椅子上。这椅子虽然离那个德国姑娘的座椅不远，但和它以及其他所有人的椅子一点都不显得亲密。流浪汉稳稳当当地坐好，直起脊背靠在椅背上。他的脸不直接冲着任何人，所以虽然房间小，他还是能游离于人群之外，而且成为自己小小的格局里的中心。

他那老态毕现的双腿分得很开，沉甸甸的外套垂在鼓鼓囊囊的裤袋上。他带了些读物来，一本杂志和那本我以为是祈祷书的小册子。现在我看清了，那是一本随身携带的旧日记本，很多纸张都要脱落了。他把杂志对折后再对折，掖在大腿下，然后开始看那本日记。看着看着他出声地笑了起来，并抬头观察是否有人在注意他。翻过一页，他看着看着又笑了，这次更响亮。他扭头朝德国姑娘凑过去说："哎，你会不会西班牙语？"

德国姑娘警惕地说："不会。"

"这些西班牙笑话真是太好笑了。"

他又看了几页，终于没有再笑出声来。

埃及学生继续嚷嚷，闹哄哄的场面还在继续。没多久德国姑娘又拿出巧克力。"请？"[①]声音很柔和。

流浪汉正在摊平杂志。他停下，看看那些巧克力。没有他的份。他于是摊平了杂志，然后，毫无征兆地，他开始撕手中的杂志。他颤抖着双手抓住一页纸，撕了一次，又一次。翻过几页后又开始撕，翻回几页，再撕。虽然埃及学生周围一片闹哄哄的，但撕杂志的声响还是很清晰。是杂志中的图片，那种运动照片、女性图片或者广告惹恼了他吗？还是在准备到了埃及用的厕纸？

埃及学生停止了表演，看着他。那群美国学生也开始张望。发泄过后，在众人几乎死寂的沉默之中，流浪汉开始用行动解释他的做法是有理的。他把破破烂烂的杂志完全打开，怒气冲冲地上下翻着，好

---

① 此句原文为德语。

像一时分不清杂志的上下,最后终于假装看了起来。他嚅动着嘴唇,他紧蹙着双眉,他又开始撕啊撕,碎纸片、碎纸条在他的椅子周围撒了一地。最后,他把剩下的、松松垮垮的杂志折了折,塞进外套口袋,用别针别好袋口,走出房间,一副被人惹恼了的样子。

∽

"我要杀了他。"第二天早餐时,家具商说。

他穿着三件套西装,但没有刮胡子,黑眼圈让他看起来像是挨过揍。贝鲁特人也是一脸疲惫,衣服皱皱巴巴的。这两人都没有睡好。同舱室的第三张铺位属于一个从意大利上船的奥地利小伙儿,和他们处得还不错。三个人看到第四个铺位上放着一个帆布背包和一顶帽子。到了很晚,三个都睡下后,才发现第四个铺位竟然是那个流浪汉的。

"昨晚太倒霉了。"贝鲁特人说。他斟酌着用词,然后补充道:"那老头就像个小孩。"

"小孩!如果那头英国猪现在进来——"家具商抬起胳膊指着门说,"我立刻杀了他。立刻。"

他对自己的姿态和言语甚为得意,于是又重复了一遍,让房间里的人都能听到。埃及学生带着昨晚表演造成的嘶哑嗓音和宿醉,用阿拉伯语说了句什么。那显然是句俏皮话,但家具商没有笑。他手指敲着桌面,眼睛盯着餐厅大门,鼻孔喘着粗气。

大家都没什么好心情。轮船颤抖的突突声与颠簸折磨着大家的胃和神经;甲板上的冷风虽然让人清醒,但也让人恼怒;餐室里空气陈腐,弥漫着一股子烧橡胶的味道。虽然用餐的人不多,但服务员还是火急火燎的。他们睡眼惺忪，没有洗漱，连头发都乱糟糟的。

埃及学生尖叫起来。

流浪汉走进来了。他神情和悦，像是休息得很好，准备喝咖啡、吃面包，显然没有觉得自己不受欢迎。只见他毫不迟疑，从容走到我们边上的一张餐桌旁，在椅子上坐安稳后，上下牙相互叩击了一下。服务员很快端上了早餐。他津津有味地吃喝起来。

埃及学生又尖叫了一声。

家具商对埃及学生说："今天晚上让他睡到你们房间里去。"

流浪汉既不抬眼也不去听。他完全沉浸在吃喝之中。那系得很紧的领巾下，喉结忙得正欢。他喝得很响，咽下后伴以满足的叹气；咀嚼的样子很像兔子，一口接一口，急不可耐；张嘴的间歇双手还乘势抱胸，并用胳膊和肘部揉搓体侧，全身心享受美食的模样。

家具商先是看呆了，转而变得怒不可遏。他站起身来，眼睛盯着流浪汉，嘴里喊着："汉斯！"

那个和埃及学生同桌的奥地利男孩站了起来。他十六七岁的样子，身宽体壮，营养过剩，宽大的脸上总带着笑容。贝鲁特人也站了起来，三个人一同走了出去。

流浪汉完全无视这一切，也无视这一切对他而言意味着什么，只顾着食物。吃完，他发出一声叹息，像是累了。

∽

就像捕猎老虎，诱饵已经放好，猎人和围观者则在平台安全处等候、观看。诱饵是流浪汉的帆布背包。他们把这包放在舱门外的甲板上，静候其变。家具商摆出恼怒得不愿讲话的样子。而汉斯依旧笑眯眯的，只要有人问，便解释这是怎么回事。

但是，流浪汉并没有马上进入角色。早餐后他不见了。甲板上很冷，就算在阳光下也是如此，不时还有翻滚的海浪溅上来。那些跑出来看热闹的人都待不久。家具商和贝鲁特人也频频跑回吸烟室避寒，混在德国人、阿拉伯人和西班牙舞女当中。大家让位子给他们，同情他们没有睡好、心闷气恼。只有汉斯坚守着岗位，冻得吃不消时就躲到舱内，开着门看守。他坐在下铺的床位上，逢人便抬起头微笑致意。

后来就有消息传来，说流浪汉出现了，并且正不出所料地上演一出闹剧。当时一些美国学生已经在甲板上观海，西班牙姑娘们和那个德国姑娘也在甲板上。汉斯把住了舱室的门。我看到流浪汉抓着帆布背包的背带，听到他在家具商用法语和阿拉伯语呵斥的间隙用英语回击着。家具商挥舞着手臂，右手指指点点，西装的下摆迎风飞舞。

早先在餐室，家具商的发火更像是演戏，因为他的地中海人长相、小胡子和鬈发，让人觉得他就是善于表演。可此刻在外面，在备受期待而且受害者又完全处于劣势的情况下，他乘势发挥，简直有一股疯劲。

"你这头猪！猪！"

"不……"流浪汉向围观的人求助，但大家无动于衷。

"猪！"

出人意料的一幕发生了。体格健壮、优雅地包裹在笔挺的西装里的家具商，竟然伸出左手，直直向老人的脑袋打去。流浪汉猛地一扭头，那动作和他扭头拒绝被别人看时差不多，然后，他哭了。

一拳打空了,家具商一个趔趄撞在船的栏杆上,刚好一个碎浪打来。他双手捂住胸口,摸了摸上衣里的钢笔、钱夹和其他东西。"汉斯!汉斯!"他号叫着,好似伤心欲绝。

流浪汉蹲下身子,止住哭泣,但那双蓝眼珠鼓突着。

汉斯一把揪住流浪汉的圆点领巾,边拧边用力往下扯,同时猛踢那个帆布背包,并揪着领巾把流浪汉整个往前拽。流浪汉被汉斯踢背包的那只脚绊住了。到这时,汉斯笑脸上的那抹紧张没有了,只剩下微笑。流浪汉尽管踉跄了几下,其实还是可以站住。但他宁愿跌倒在地,再坐起来。他手上还紧抓着背包带,继而放声大哭。

"不是真的。他们说的那些话,不是真的。"

那些美国年轻人站在船舷边观望。

"汉斯!"家具商喊道。

流浪汉停止了哭泣。

"汉——斯!"

流浪汉顾不上四下看看,抓起背包站起身,撒腿跑了。

据说他后来一直把自己关在一间盥洗室里。但他在我们面前又出现过两次。

大约一小时后,他走进吸烟室,没有背包,也没有一丝沮丧的迹象。他已经完全恢复了。他进来时还是很唐突的样子,目不斜视。吸烟室不大,仅仅几步,他就已经到了房间中央,差一点就碰到了家具商的腿。家具商伸长了腿坐在一把沙发椅上,精疲力竭的,一只手遮着半闭的双眼。流浪汉先是一惊,随后露出愤怒和鄙视的神情,开始扭过头去。

从错愕中回过神来的家具商嚷道:"汉斯!"他收回伸长的腿,

欠身坐起。"汉——斯！"

流浪汉扭头一看，见汉斯拿着纸牌站起来，眼里顿时流露出惶恐的神情，刚才还只是扭扭脑袋，现在全身都调动起来。他抬起一只脚的脚尖，转动身体，另一只脚重重落下，然后撒腿就跑。从进门、迈步，到罗圈腿旋转、撤退，整套动作一气呵成。

"汉斯！"

家具商并非是要汉斯采取行动，他更多是想吓唬、捉弄流浪汉。汉斯心领神会，哈哈大笑，转回身继续玩扑克。

流浪汉没吃上午餐。他本可以及时赶上第一拨吃饭，刚才就已经开餐了。可他又去躲了起来，肯定是躲在某间盥洗室里，再出来的时候已经轮到最后一拨了，这其中有黎巴嫩人和汉斯。流浪汉在门口就看到了他们。

"汉——斯！"

流浪汉不及进门就转身走了。

后来，有人在下层甲板的难民堆中见过他：背着背包，没戴帽子。流浪汉走后，大家也不再提他，但那个笑话仍在酒吧、狭窄的甲板上和吸烟室里流传。"汉斯，汉——斯！"到最后，听到这样的呼叫，汉斯既不笑也不抬头，只是吹个口哨，算是交代。笑话继续传播了一段时间，但到暮色降临时，流浪汉已经被遗忘了。

∞

晚餐时，那两个黎巴嫩人又看似不经意地谈起了钱。贝鲁特人说，根据当前中东的特殊形势分析，从埃及出口鞋子能赚大钱；但目前知道这一情况的人不多。家具商说他几个月前就知道这情况了。两人都说有意投资，并争着表示自己很在行，知道当地的秘密成本，还冷静地分析了可能赚取的巨大利润。不过，他们对彼此其实已经兴味索然。游戏毕竟是游戏，摸清了对方的底牌，也就互相厌倦了。

这是在船上的最后一晚了。美国学生无精打采的状态传染给了其他旅客，他们自己倒活跃起来。吸烟室里，灯光似乎更昏暗了，男孩女孩叽叽喳喳地聊天，声音越来越响；他们走来走去的，其中有个高个子女孩特别活跃。她穿得像芭蕾舞演员，从脖子到腰肢再到脚踝，一身黑色。那个德国姑娘，就是前一晚我们的主持人，看上去病怏怏的。西班牙舞女们也失去了打情骂俏的兴致。至于那个埃及小伙子，虽然宿醉未醒，又加上晕船，还在坚持玩桥牌，并且时而冒出一句俏皮话，时而哼几句歌，但只是被大家报以微笑而已。家具商和汉斯也在玩牌。不管是拿了好牌还是坏牌，家具商都自言自语："汉斯，汉斯。"这是白天的恶作剧唯一留存下来的东西。

贝鲁特人走进来，看他们打牌。他先站在汉斯边上，然后站到家具商边上，用他们的秘密语言英语，对他耳语道："那家伙把自己锁在舱室里了。"

汉斯听明白了，眼瞅着家具商。但家具商累了、倦了。他出完牌，和贝鲁特人走出了房间。

回到吸烟室时他对汉斯说："他说，如果我们进那个房间，他就一把火烧了它。他说他有很多纸、很多火柴。我相信他做得出来。"

"那我们怎么办？"贝鲁特人问。

"我们就睡在这里吧。或者餐室里。"

"可那些希腊服务员就睡在餐室里。今天早上我看到的。"

"那正好说明了餐室是可以睡觉的。"家具商说。

天黑以后,我在流浪汉的房间门口驻足过片刻。起初没有听到什么动静,后来有揉搓纸张的声音传来:那是流浪汉发出的警告。不知道那个晚上他是不是一直没有睡,一直留意着门口的脚步声,等待汉斯破门而入。

第二天早晨,他又回到下层甲板,混在难民中。他又戴上了帽子,是在舱室里找到它的。

∽

亚历山大港出现在地平线上,亮闪闪的一长条:那是沙滩和无数银色的储油罐。天空乌云密布,碧蓝色的海面上波涛愈发汹涌。在寒风冷雨、电闪雷鸣中,我们的轮船驶入了防波堤区。

出入境处的官员还没有上船,旅客们便早早排起了队。德国人站得离阿拉伯人远远的,汉斯和黎巴嫩人,黎巴嫩人和西班牙舞女,也都摆出互不相干的姿态。那个高个子、金头发的南斯拉夫人,因为和流浪汉有过短暂的接触,之后整个航程中始终独来独往。难民们拎着箱子、包袱从下层甲板走出来,这下他们就不仅仅是那标志性的黑乎乎的行李了。他们形体松弛、皮肤粗糙,显然是摄入太多碳水化合物的结果。那一张张斑斑点点的面孔僵硬而冷漠,又带着愚昧的狡黠与诡诈。他们眼很尖,出入境处的官员一出现,他们就推搡着往前挤。这是一种造作的鲁莽,是被压迫者对权威的敬畏。

流浪汉戴着帽子,背着包走了出来。他的举止中没有不安的迹象,但他的眼里有恐惧,眼珠子不停地转着。他在队伍后站好,煞有介事地皱起眉头,好像在抱怨队伍太长。他不停地跺脚,像是很不耐烦那些出入境处的官员,也像是在驱赶严寒。可能他觉得大家都在看他,可实际情况并非如此。背了个包、像山一般高大的汉斯见了他,只装作没看见。那两个在餐室里过了一晚、刮好了胡子的黎巴嫩人,也对他视而不见。他们对他的热情已不复存在。

合众为一[①]

[①] One Out of Many,与美国国徽上的"Out of Many, One"同义,有"各民族各文化合而为一"之意。

我现在是美国公民，住在世界的首都华盛顿。无论在这里还是在印度，大家都觉得我混得不错。但是……

在孟买的时候，我非常快乐。我受人尊重，有地位，为一位重要人物工作。当地的头面人物都来过我雇主的公寓楼，吃过我煮的食物并大加赞赏。我还有自己的朋友，夜晚我们会在公寓走廊下的人行道上聚头。我们中的有些人，比如说裁缝师的伙计和我，都是给人家打工的，就住在这条街上。另外那些人是来这段道上睡觉的。我们是体面人，从不和什么地痞流氓混。

晚上天气凉爽，行人稀少，除了偶尔开过的双层巴士和出租车，街上少有车辆来往。我们把门口的路面扫干净，洒上水，把白天藏起来的铺盖卷搬出来，点上小油灯。楼上的住户有说有笑的时候，人行道上的我们读读报、打打牌、讲讲故事、抽抽烟。黏土做的烟斗在朋友间传递。就这样，我们慢慢变得睡意蒙眬。除了雨季，我喜欢和朋友们睡在人行道上，尽管公寓楼梯下有一整个壁橱归我个人使用。

在露天美美地睡一夜，赶在太阳升起、扫马路的人出现之前起床，这感觉还真不错。偶尔我会看见街灯熄灭。大家纷纷卷起铺盖卷，都不怎么说话，一个个急急忙忙地抢着往偏僻的小街、小巷和空地赶，找地方解决内急。我用不着去抢，因为我住的房子里有厕所。

之后大约有半个小时的时间，我完全是自由的，可以随处逛。我喜欢去阿拉伯海边散步，等着太阳升起。整个城市和大海会闪着金色的光芒。唉，那些清晨里的散步；海面上一刹那发出的耀眼的光；吹在脸上、带着咸味的潮湿海风；衬衣的飘舞；晨起后在街边小摊上喝到的第一杯甜滋滋的热茶和第一口烟叶的味道。

但命运叵测。我曾经受到的尊敬、拥有的安全感，全靠我的雇主身居高位。而现在，也正是因为他的地位，我的生活一下子被彻底打乱了。

我的雇主被公司调任到政府部门，派遣至华盛顿。我为他高兴，但也为自己担忧。他将离开孟买几年时间，无法把我调派给谁。因此，过不了多久，我就会失业，还要从公寓里搬出来。这许多年来，我觉得自己生活安定。我熬过当学徒的日子，尝尽了苦头，真不知道如何重新开始。我绝望了。在孟买我还能找到另一份工作吗？我觉得自己可能不得不回老家，回那个山里的小村庄，回到妻子和孩子身边，不是回去度假，而是永远待在那里。我觉得自己可能要重新变成旅游旺季时山脚下的挑夫，在汽车站追赶刚抵达的公共汽车，在四五十个挑夫中吆喝着抢生意。那可是印度式的行李，不是轻飘飘的美国行李。那是沉重的金属箱子啊！

我真想大哭一场。我已经不能适应那样的生活了。我已经习惯了孟买的生活,吃不起那样的苦。况且我也不年轻了。我积攒了些财物,也习惯了独享壁橱,拥有隐私。我成了一个城里人,习惯了城里的舒适。

雇主说:"华盛顿可不是孟买,桑托什!华盛顿物价很贵。就算我能给你涨工资,你在那里也不可能像现在这样生活。"

但是从孟买回到山里,去打赤脚!那真是打击,太没面子了!我没脸面对我的朋友,所以我不再去露天睡觉,有时间也尽量待在自己的壁橱里,待在我拥有的物品之间,感觉这些东西都即将离我而去。

雇主说:"桑托什,我心疼你啊。"

我说:"老爷,如果我有点担心的话,那也是在为您担心。您一直过得很讲究,我真想不出到了华盛顿您要怎么应付。"

"肯定不轻松。但这是原则问题。像我这样一个穷国的代表,还带着厨子出国?人家会怎么想?"

"老爷,您总是对的。"

他不再说话了。

过了几天,他说:"桑托什,不仅仅是开销的问题,还有外汇的问题。我们的卢比没有以前值钱了。"

"我明白,老爷。本分就是本分。"

两星期后,就在我差不多要放弃希望的时候,他说:"桑托什,我和政府商议过了,你跟我一起去。政府已经同意了,会安排你的食宿。但不承担你的开销。你会拿到护照和签证申请表。不过,我要你好好想一想,桑托什。华盛顿不是孟买。"

那天晚上我又带着铺盖卷来到街上睡觉。

我一边扇着衬衫下摆,一边说:"孟买真是越来越热了。"

"你知道自己在做什么吗?"裁缝师的伙计说,"美国人会和你一起吸烟吗?夜里他们会和你坐着聊天吗?会和你手拉手在海边散步吗?"

他的忌妒让我很开心。在孟买的最后那几天,我非常开心。

∽

我为雇主整理好两个箱子,我自己的东西就用几段旧棉布裹起来。机场的人对我的行李横挑鼻子竖挑眼,他们说不能托运这样的行李,因为拒绝承担责任。所以我不得不拖着我所有的东西上飞机。站在机舱口的空姐对每个人都笑眯眯的,唯独看到我的时候就不笑了。她让我坐到机舱的最后面,离我雇主很远。好在那里大部分座位都空着,我就把包裹放在了空座位上。嘿,还挺舒服。

机舱外亮晃晃的,也热得很,里面却很凉快。飞机起飞了,升上天空,孟买和大海在机翼两侧一会儿左倾,一会儿右晃,感觉很美妙。坐安稳以后,我四下打量,寻找看起来和我差不多的人,但不论是印度人还是外国人,没有人是我这样的家仆相。更糟糕的是,所有人都打扮得像要去参加婚礼,而且,天哪,我很快看出来,显眼的可不是他们。我穿着在孟买一直穿的衣服——宽松的长衬衫,系裤带的宽腰裤。这可是相当得体的家仆服装,既不脏也不干净,要在孟买,谁也不会多看我一眼。但在飞机上,只要我站起来,我觉得人人都把头转过来了。

我很焦虑，因此脱掉鞋盘起腿，那鞋子没鞋带但勒得慌。感觉舒服了一些后，我拿出一点槟榔嚼了起来，于是更放松了。嚼槟榔的乐趣一半在于吐汁，但满嘴槟榔的时候，我发现自己有了麻烦。那个空姐也发现了。她一点也不待见我，对我说话很粗暴。我腮帮子鼓鼓的，什么话也说不了，只能瞪着她。她去叫来了一个穿制服的男人，那人站到了我边上。我把鞋子穿上，把一嘴的槟榔汁咽了下去。感觉糟透了。

过道上，那姑娘和那男人推着一辆装满饮料的推车走过来。姑娘没有看我，不过男人说："伙计，要饮料吗？"这人倒不坏。我随便指了指。是一种汽水，刚喝到嘴里时感觉还不错，挺刺激的，可再喝就不行了。我正犯愁，那姑娘开口了："五先令，英国先令，或六十美分。"我吃了一惊。我没有钱，只有几个卢比而已。姑娘跺了跺脚，我以为她要拿本子打我，便赶紧站起来把我的雇主指给她看。

片刻之后雇主从过道走了过来。他一脸不开心，气都不喘地指责我说："香槟，桑托什？我们有点过分了吧？"他没有停步，继续朝厕所走。回来经过我的座位时他又说："外币，桑托什！外币！"就是这样。可怜的家伙，他也非常不安呢。

这趟旅程让我吃足了苦头。没过多久，酒和槟榔汁在我胃里翻江倒海，再加上飞机的晃动和噪音，我不停地呕吐，弄得包袱上到处都是。我都顾不上那姑娘会怎么说、怎么做了。后来是更紧急、更糟糕的生理需求。我觉得自己会闷死在机舱后部那间狭小的、嘶嘶响的厕所里。在镜子里看到自己的脸的时候，我吓坏了。白炽灯下，我的脸色像死人的一般，眼睛充血。空气很刺鼻，而且好像要钻进我的脑子。我站到马桶座上，蹲下。我无法控制住自己。我以最快的速度跑回到还算有点空间的座舱，回到自己的座位，希望没有人注意我。此时灯光已经调暗了，一些人脱了外套在睡觉。我真巴不得这飞机坠毁算了。

那个空姐把我弄醒了。她几乎是在尖叫："是你，是不是？是不是？"

我觉得她差点把我的衬衣扯下来了。我拉住衬衣，身子紧贴在窗玻璃上。她满脸是泪，沿过道跑去叫那个穿制服的男人，还差点踩在自己的纱丽上绊倒。

真是一场噩梦。我的脑子一片空白，只知道在旅程的终点，在每个人都衣冠楚楚的机场和候机厅之后，在所有的起飞和降落之后，是华盛顿城。我希望旅程尽快结束，但这并不意味着我希望到达华盛顿。老实说，对那个城市我已经有点害怕了。我只想下飞机，走到户外，脚踏着地，呼吸自然的空气，并且弄清楚时间走到了哪一刻。

终于到了。我恍恍惚惚的。那些包裹真重啊！出现了更多封闭的房间和电灯，还有移民官的提问。

"他是外交官？"

"他只是帮佣。"我的雇主说。

"那是他的行李？那个口袋里是什么？"

我觉得很丢脸。

"桑托什。"雇主冲我喊道。

我不得不拿出那些小包装的胡椒、盐、糖和带香味的餐巾纸包、小管芥末酱。都是飞机上的零碎物品。整个旅途中，我都一直在收集这些东西。尽管身体不舒服，但只要经过飞机上的餐饮存放区，我都顺手抓一把。

"他是个厨子。"我的雇主说。

"每次旅行他都这样带调味品吗？"

"桑托什，桑托什，"等坐上了汽车，雇主说，"在孟买，你做什么都无所谓。但在这里，你代表你的祖国。我不得不说，我无法理解你的行为怎么会变得这么出格。"

"我很抱歉，老爷。"

"这么说吧，桑托什。在这里你不仅代表祖国，你还代表我。"

对华盛顿人来说，当时应该是临近黄昏还是夜晚刚刚降临，我不太清楚。时间和光线完全不合拍，情况和孟买的大不一样。我记得这次沿途看到了绿色的田地，宽阔的道路，汽车有节奏地嗖嗖飞驰，声音和孟买街头的噪声完全不同。我还记得看到很多高楼、大公园、大商店，然后出现了一些小房子，没有篱笆，但有灌木丛围着的花园，在这些房子旁，我看到了哈布舍人[①]，有的站着，更多的是坐着，几乎到处都是。让我印象特别深的就是这些哈布舍人。我以前在故事里听说过他们，在孟买也见过一两个，可我做梦也没有想到华盛顿居然住着这么多野蛮种族的人，而且还能自由地在街上逛来逛去。哦，天哪，我究竟到了一个什么样的地方？

我说过，我想要站到户外，在户外呼吸，让自己回过神，让脑子思考。但那个晚上压根儿就没有这样的机会。从飞机到机场到汽车到公寓到电梯到走廊到房间，我一直处在密闭的空间中，空调机

---

①居住在印度和巴基斯坦的班图人，是早先由葡萄牙人从非洲东南部带过去的奴隶。

发出的嘶嘶声无处不在。

我整个人都恍恍惚惚的,连住的地方都没有仔细看。我把那里当成了又一个短暂停留的地方。雇主马上就去睡觉了,这可怜的家伙累坏了。我四处寻找我的房间。没找到,只好作罢。因为想念在孟买的日子,我带着铺盖卷来到走廊,睡在地毯上。走廊很长,门挨着门。都是门。被灯光照亮的天花板上装饰着各种大小的星星图案,有灰色的、蓝色的、金色的。在这片人造天空下,我感觉自己像个犯人。

∞

醒过来,抬眼看到天花板,有那么一刻我以为自己还睡在孟买屋外的人行道上。一会儿之后我才意识到自己失去了什么。我不知道自己睡了有多久,也不知道当时是白天还是黑夜。唯一能够用来判断时间的线索是一些屋门外放着报纸。想到自己孤零零、毫无保护地睡觉时,有个陌生人,没准好几个陌生人观察过我,我的心里就非常不安。

我推了推房门,发现自己被锁在了外面。我不想吵醒雇主。我想我可以到外面走一走,我记得电梯在哪里。我走进电梯,摁了按钮。电梯降得很快,悄无声息,真像在飞机上一样。电梯停下,蓝色的金属门打开后,我看到的是混凝土浇筑成的走廊和没有粉刷过的墙壁。还有机器的轰鸣声。我猜自己到了地下室,一楼应该不远了。但我已经没有了尝试的意愿,放弃了去户外走走的想法,决定还是回公寓算了。可我没有注意过房间号,连住哪一层都不清楚。我吓得魂飞魄散,一屁股坐在电梯地板上,眼泪流了出来。电梯门又悄无声息地关上，快速上升。

电梯停下，门开了。我的雇主站在门口。他头也没梳，身上还穿着昨天的脏衬衫，纽扣也没有完全扣上。他一副很惊恐的样子。

"桑托什，这一大清早你鞋也不穿跑到哪里去了？"

我本来想拥抱他的，可他拉着我匆匆地绕过那些报纸进了房间，我把铺盖卷拿进屋里。大大的玻璃窗外，是蒙蒙亮的天和这座巨大的城市。我们住的楼层很高，远在树梢之上。

我说："我找不到我的房间。"

"政府批下来了的，"雇主说，"你肯定你都看过了？"

我们一起找起来。浴室外有条小过道通到他的卧室；另一条更短些的，通到大房间和厨房。就是这些。

"政府批下来了的。"雇主一边说，一边在厨房里走来走去。他打开壁橱的一扇扇门。"政府承诺我们会有不同的门进出，有各自的储物空间。我还有文件呢。"他打开另一扇壁橱门，往里看了看。"桑托什，你觉得政府指的是不是就是这个？"

他打开的这个壁橱很高，和房间一样高，而且有厨房那么宽，大概有六英尺，进深有三英尺。有两扇门，一扇朝厨房开，另一扇与它相对，连着过道。

"不同的门进出，"雇主说，"搁架、电灯、插座、地毯都是分开的。"

"这肯定就是我的房间了，老爷。"

"桑托什，政府里有人和我过不去。"

"哦，别，老爷，您可千万别这么说。况且这个壁橱挺大的。我会住得舒舒服服的。比起我在孟买住的小鸽笼一样的壁橱，这里宽敞多了。而且这个壁橱的顶还是平的，我就不会撞着头了。"

"你不懂，桑托什。孟买是孟买。在这儿，如果你一开始就住壁橱，别人会误会我们的，觉得我们在孟买都住壁橱。"

"噢，老爷，但他们只要看到我，就知道我只不过是个下人。"

"你是个好人，桑托什。但这些人是恶毒的。不过，如果你觉得好，我也没有意见。"

"我很开心，老爷。"

在经历了那么些不愉快后，我真的挺开心。那天晚上，我爬进壁橱，铺开铺盖，感觉很安全、隐蔽。那晚，我睡得很好。

∽

第二天早晨，雇主说："桑托什，我们得谈谈钱的事了。你的月薪是一百卢比。但华盛顿不是孟买，这里什么东西都要贵一些，我打算发你一笔补贴。从今天起，你可以拿到一百五十卢比。"

"老爷。"

"我先预付你两周的工资。是外币。两周是七十五卢比，一卢比相当于十美分，总共就是七百五十美分。七点五美元。拿好了，桑托什。今天下午你可以出去散散步，散散心。但是要小心。我们在这里没有朋友，记住了。"

就这样，休息过了，我就揣着钱来到街上。这个城市实际上一点也没有我想象的那样可怕。建筑不是特别高大，街道也不是都很热闹。这里有很多美丽的树木。此外还有很多哈布舍人，有些看起来特别野蛮，戴着墨镜，一头鬈发。但看样子，如果你不招惹他们，他们也不会攻击你。

我试图找到帮佣的人聚集的咖啡馆或者小茶摊。但在街头，我没有看到帮佣模样的人。最终，我走进一家咖啡馆，不过还被赶了出来。我进店等了一会儿之后，店里的姑娘说："你不识字啊？嬉皮士、赤脚的，本店概不欢迎。"

噢，天哪！我没穿鞋就出门了。我赶紧逃跑，心里犯嘀咕：这算什么国家，每天都要穿最好的衣服。就不能穿得普普通通，寻常的样子吗！又不是什么特殊的场合，干吗一定要穿鞋穿好衣服呢？有特别的节日要庆祝吗？多浪费、虚荣啊！难不成有人整天注意着你吗？

这些念头在脑子里打转的时候，我发现自己来到了一个环形广场，在那个有树和喷泉的地方——犹如梦想成真了一样，我一下子不敢相信——有很多看起来和我差不多的人。我紧了紧裤腰带，摁住衬衫下摆，穿过马路，来到环形绿地。

有一些哈布舍人在那里弹奏乐器，一副自得其乐的样子。还有一些美国人坐在草地上，喷泉边，台阶上。很多人穿得粗糙随便，有些人还没穿鞋；我觉得自己先前对这个民族一刀切的指责下得过于仓促了。然而，真正吸引我的并不是这些人，而是一群跳舞的人：男的都留着胡须，赤着脚，穿着藏红色的长袍；女的穿着纱丽和形状像我们印度的那种巴塔布鞋的帆布鞋。他们摇着钹，哼着曲子，头上下摇晃，身子转着圈，扬起很多尘土。这舞蹈有一点点像牛仔电影里美洲印第安人的舞蹈，只不过这些人嘴里唱的是赞美克里希那神的梵语歌词。

看到他们我非常满足。可不一会儿，一个念头袭来，搅得我心神不宁。或许是因为这些人的混血外貌，也可能是因为他们糟糕的梵语发音，我意识到这些人并非我的同类，虽然或许他们一度和我一样。就像某些传言说的，他们和那些哈布舍人一样，很久以前被捉来了这儿，从此变成了没有家乡的人，就像我们那儿四处游荡的吉卜赛人，已经忘了自己是谁。想到这里，我再也没有兴致看他们跳舞了，因为我厌恶他们，这就像你远远看到一群人，以为是自己人，走近了才发觉不是，更糟糕的是他们还低人一等，比如说是残疾人或者麻风病人，虽然从远处看他们并没有异样。

我没有再待下去。离环形绿地不远，我看到一家咖啡馆，像是允许赤脚的人进去。我去喝了杯咖啡，吃了块精美的蛋糕，买了一盒香烟；火柴随烟赠送，是免费的。一切都挺好，只是没一会儿，店里其他赤着脚的人开始盯着我看，还有一个蓄胡子的家伙走近，使劲嗅了嗅我，还笑眯眯地咕哝了一句我听不懂的话。接着，另外几个赤脚的也走过来闻我。他们倒不是不友好，但我不喜欢这种行为。离开咖啡馆后，我发现他们中有两三个人尾随着我，就感到很害怕。他们不像坏人，但我不想冒任何风险，于是在路过一家电影院时，我便走了进去。反正我也想看电影。在孟买我每周都要看一次电影。

没什么不妥。电影已经开始了，是英文的，我不太看得懂，但这正好给了我思考的时间。在黑暗中，我开始计算自己花掉的钱。那几样东西的价格看起来很合理，和在孟买差不多：电影票三元，咖啡馆共一块五，包括小费。但我脑子里想的是卢比，花出去的却是美金。一个小时不到的时间，我花掉了九天的工资。

想到这里，电影都看不下去了。我出了电影院，往公寓走。一路上出现了更多的哈布舍人，他们聚集的人行道湿漉漉的，撒满了玻璃杯和玻璃瓶的碎渣，很危险。到了公寓我没有做菜做饭的心思，也没有心情看窗外的景色。我就在壁橱里打开铺盖，躺在黑暗中，等雇主回来。

他回来后，我说："老爷，我想回家。"

"桑托什，我花了五千卢比把你弄到这里来。如果我现在送你回去，那你得免费为我干六七年的活才还得清这笔债。"

我不禁失声哭了起来。

"我可怜的桑托什，发生了什么事情。告诉我发生了什么？"

"老爷，您预付给我的工资，我今天早晨花了一大半。我只不过出去喝了杯咖啡，吃了块蛋糕，然后看了场电影。"

他的双眼眯缝起来，在眼镜片后闪烁。他咬了咬嘴唇内侧，又用下牙擦着胡髭，说道："你看，你看。我告诉过你，这里很贵。"

∞

我明白了，我是个囚犯。我接受这个事实，并调整自己的心态。我学会了不出公寓门，甚至还让自己内心平静。

我的雇主是个有品位的人，很快就把我们的公寓布置得像杂志上的家——摆放了各种书籍、印度画、印度纺织品和各种印度雕塑及黄铜神像。我很小心地不让自己因此而得意。这一切当然很漂亮，特别是窗外的景色。但那景色总是陌生的，公寓本身则给我不真实的感觉，不像孟买那个放着藤椅的破旧公寓。我觉得这里的一切和我都没有什么关系。

如果有人来吃晚餐，我就尽好职责。等活儿做好了，我会和来客道别，拉起折叠门，关上厨房，假装离开公寓，然后静静地在壁橱里躺下，抽根香烟。我有单独的出入口，可以随意进出。但是我不想离开公寓，甚至不喜欢去地下室的洗衣房。

我一周去超市一到两次，超市就在我们这条街上。每次都会路过成群的哈布舍人和他们的孩子。我尽量不去看他们，但很难做到。他们坐在人行道上、台阶上，或是红砖房周围的灌木丛旁，有些房子的窗户被木板封了起来。看起来他们很喜欢在户外待着，成天无所事事。有几个男人甚至一大清早就喝得醉醺醺的了。

在哈布舍人的房子之间还散落有一些同样老旧的房子，不过门口日夜都点着煤气灯。这些房子里住的是美国人。我很少能看到他们；他们不怎么待在街上。那些点燃的煤气灯是有含义的，表明这房子虽然外观很旧，但里面是崭新舒适的。我还感觉这应该是美国人对哈布舍人的警告，警告他们离远点。

超市外总有一名佩枪的警察，超市里则有两个带警棍的哈布舍警卫，收银机后面总有几个衣服破破烂烂、上了年纪的哈布舍乞丐。此外，超市里还有不少哈布舍小伙儿，他们虽然年龄不大但都很壮实，在店里等着帮人搬货，就像当年我在山里，等着搬运印度游客的行李。

去超市是我唯一的外出活动，但每次回到公寓我反而开心。公寓里的工作很轻松，因此我有很多时间看电视，英语也有了长进。我渐渐喜欢上了一些电视广告，通过这些广告，我见到了在真实生活中几乎见不到的美国人的样子；在真实的生活中，我只看得到他们家门口的煤气灯。在高高的公寓里俯瞰着这个著名城市的白色圆屋顶、塔楼和绿荫,我就这样踏进了美国人的家,看他们打扫房间,看他们拖地、洗盘子;看他们买衣服、洗衣服,买汽车、洗汽车。我看到他们不停地洗呀,洗呀。

电视留给我的影响很奇妙。如果有机会在街上看到美国人,我会试着把他或她想象成广告中的人,觉得他此刻是在电视节目的空当,所以我能看到他。所以,从某种程度上来说,美国人对我而言并非生活中真实的人,而是暂时离开电视画面的人。

有时候电视上会出现一个哈布舍人,但他上电视不是说哈布舍人的事,而是为了展示清洗本领。这是不同的。他和我在街上看到的哈布舍人截然不同,我知道他是个演员。我知道在电视中他是装装样子的,他很快会回到街上露出原形。

∽

一天在超市,那个哈布舍收银姑娘接过我的钱,朝着我嗅了嗅,然后说:"你闻起来总那么香,宝贝。"

她很友善,而我也终于能说清楚我的体味之谜了。那是我抽的烟草的味道,是乡下野草,很便宜。说实话,为这农民的味道,我还有点不好意思呢,但收银的姑娘却说这味道很好闻。快离开孟买的时候,我包了不少这种烟叶,和一百片剃须刀裹在一个包袱里,因为我觉得这两样东西只有印度才有。我拿了些烟草给那姑娘,作为回报,她教了我几句英语。"我黑,我漂亮"是她教我的第一句话,然后她指着外面配枪的警察,教我说:"他,猪。"

在我们公寓的同一楼层,有一个哈布舍女佣,她把我的英语水平提高了一个层次。她也被我的体味吸引，但我很快发现，她同时也喜欢我矮小的身材和异族的模样。她是个大胖女人，大脸盘，高颧骨，眼珠突出，嘴唇饱满。她硕大的身体让我不安，所以我总是把注意力放在她脸上。她误解了我。她时常用很粗野的方式和我闹，我不喜欢那样，因为我无法如愿掌控局势，我情不自禁地迷上她的相貌了。她混合着香水味的体味让我有点神魂颠倒。

她老是往我公寓跑，打断我看电视上的美国人。我害怕她留下的味道。汗水味、香水味、我的烟草味，这些气味混杂在一起，浓浓地弥漫在屋里。我向雇主放在起居室里作为装饰品的铜铸神像祈祷，祈祷别让我名誉扫地。名誉扫地，明白我的意思吧？我知道这里的人会觉得这样的念头很奇怪。他们既然允许这么多哈布舍人生活在他们中间，肯定还是多少尊重哈布舍人的。但在印度，我们都不喜欢哈布舍人。我们那里的书，不管是不是圣书，都说如果我们这种血统的男人去拥抱一个哈布舍女人，是不光彩的、错误的。谁今世做了名誉扫地的事情，来世必做猫、做猴，或是做哈布舍人！

但我在堕落。是因为无所事事，还是孤单寂寞？她觉得我有魅力；我想知道这是为什么。我开始有了一种嗜好——去浴室照镜子，纯粹为了看自己的脸。我都不太敢相信自己会有这样的行为，因为当年在孟买，我可以一个星期甚至一个月不照镜子；即便照镜子，也不是为了看长相，而是看头发是不是被剪得太短，或者脸上的痘是不是要破了。渐渐地，我有了一个发现：我长得很英俊。我以前从没觉得自己好看，我一直觉得自己相貌平平，这张脸只不过能让别人认出我。

发现自己长得好看给我带来很多麻烦。我开始沉迷于自己的长相，总想看到自己的样子。这就像一种病。比如说，我会看着电视，忽然想到：你是不是和电视上的那个人一样帅？于是禁不住站起来，走到浴室照镜子。

想到过去，我曾对自己的外貌毫不在意。我意识到那时自己在飞机上，在机场，在那家允许赤脚的人进去的咖啡馆，我一身的破衣烂衫，让人一看就知道是个仆人。想到此，我简直老羞成怒。我也认识到，华盛顿这里的人很善良，他们看我穿得破破烂烂，却仍把我当成人对待。

这以后，我很开心自己有一个藏身之地。以前我觉得自己是个囚犯。但现在，我愉快地发现自己在华盛顿需要对付的地方有限：公寓，我的壁橱，电视机，我的雇主，去超市的路，那个哈布舍女人。有一天，我发现自己无法肯定是不是还希望回孟买。躲在那间公寓里，在城市的高处，我已经无法确定自己想干什么了。

∽

我越来越注重自己的外表，但能做的非常有限。我给那双旧黑皮鞋换了副鞋带，又买了袜子和皮带。后来我赚了一笔钱。哈布舍人和那些赤脚的人都很喜欢我的烟草，我就卖掉了一些存货。后来发现卖亏了，是超市的那个哈布舍姑娘告诉我的。我得了两百美元不到。钱一到手，我便怀着和匆忙卖掉烟草一样的心情，又匆忙跑出去买衣服。

我至今留着那天上午买的东西——一顶绿帽子和一套绿西服。这套西服我穿着一直嫌大，因为买的时候无知、没有经验。但那种期待我还记得。售货员挺多话的，也算是尽职吧。但是我没有心情听。我拿了他推荐给我的第一套衣服，走进试衣间换上。对于尺寸和剪裁，我完全没有概念。我只是想到那样上等的衣料、精致的裁剪就要披在我卑微的、没什么欲求的身体上，我就觉得我是在找死。我赶紧换回原来的衣服，走出试衣间，说这套绿色西装我要了。那个售货员想要说什么，被我打断了。我又要了一顶帽子。回到公寓，我觉得很虚弱，不得不在壁橱里躺了一会儿。

我从来没有把这套西装挂起来。在商店里，在数那些来之不易的钱的时候，我已经知道买它是一个错误。这西装连同包装纸一起一直躺在纸盒子里。有那么三四次，我把它拿出来穿上，在公寓里走来走去，还练习在椅子上坐下，点燃香烟，跷起二郎腿。但我没有勇气穿着它走出公寓。后来，我穿了那条裤子，但上装从没有穿出去过。打那以后，我再没有买过西装；很快我便开始穿我现在的装束了：带拉链的夹克衫和长裤。

过去我对雇主毫无保留，没有自己的秘密。没有秘密的生活是轻松的，但直觉告诉我最好还是别让他知道绿西装和卖烟草得来几百美元的事情。就像在此之前直觉告诉我的，最好别让他知道我的英语在不断进步。

过去，我的雇主对我而言就是全部的存在。我曾经对他说，在他面前我只是尘土。这只是一种表述，是我们印度人的客套，但实际情况其实差不多。我的意思是，他是那个在外面冒险的人，而我躲在他后面，通过他来了解世界。我满足于这样的状态，满足于自己只是构成他这个存在的一小部分。和朋友们睡在孟买街头，听着楼上雇主和他的客人们高谈阔论，这样的生活曾经让我心满意足。

更让我满足的是,深夜一些客人驾车离去时,会认出在街头睡觉的我,和我打招呼道别。

然而现在,我不再把自己看成是依附于雇主的存在,虽然这个发现并非出自我本意。同时,我也开始把他当作一个外人,比如那些上门来吃晚餐的人那样看待。我注意到他与我年龄差不多,三十五岁左右。让我震惊的是我以前居然没有注意过他的年龄。我还发现他挺肥的,需要运动。他走起路来迈着小步,拖泥带水的。他戴着眼镜,头发一天比一天稀疏。还有,他有个习惯,说话的时候总爱用牙摩擦胡须或咬住上嘴唇的内侧。他常常处于一种焦虑状态,工作很认真卖力,但常常遭到同事公然诋毁。在华盛顿,他和我一样过得心神不宁,和我学到的一样,小心谨慎。

我还记得一个来吃晚餐的美国人。他看到屋里那些神像后说,他从印度一个古寺庙里带回过一个完整的神像雕塑的头,是他让向导把头从雕像上砍下来的。

我看得出,雇主很生气。他说:"那可是违法的。"

"所以我不得不塞了两美元给向导。如果我拿出一瓶威士忌,他会把整座寺庙拆下来给我的。"

雇主板着个脸,毫无表情。虽然他继续尽主人的义务,但整个晚餐期间他都很不开心。我真为他难过。

晚餐后,他来敲壁橱的门。我知道他想找人说话。我只穿着内衣内裤,但那个美国人已经走了,也就无所谓了。我站在壁橱门口,雇主在狭小的厨房里走来走去。整个公寓显得那样悲伤。

"你听到那家伙的话了吗,桑托什?"

我假装没有听懂,听他解释之后,我试着安慰他,说:"老爷,这些白人都是些野蛮人。"

"他们都很恶毒，桑托什。他们以为我们国家穷，所有人都一样。就算你是个政府官员，他们也觉得你和只能赚几个卢比讨生活的向导一样。都是穷光蛋。"

我明白了，他是觉得那个人侮辱了他，我很失望。我还以为他的不满是冲着寺庙的事。

∽

几天之后，我自己冒了个险。那个哈布舍女人来了，像头牛一样在我雇主的装饰品之间走来走去。受她挑逗，我没按捺住。闻到她的味道，看到她的腋窝，我堕落了。她把我拉到沙发上，躺在那条藏红色的毯子上——那是我雇主最好的毯子，产自旁遮普。我无助地把这一刻看成是我的耻辱。在我眼里，她是迦梨——死亡与毁灭女神，黝黑的皮肤，红色的舌头，白色的眼珠，有很多强壮的臂膀。我原以为她会很狂野很猛烈，但她只是挑逗、戏耍，似乎因为我长得矮小、异样，不像来真的，这更让我觉得受到了侮辱。她一直笑个不停。我本想抽身的，但事情还是这么发生了、结束了。事后，我感到非常害怕。

我希望获得宽恕，希望能洗去身上的肮脏，希望她能够离去。最让我感到害怕的，是她在公寓里已经表现得不像一个来客，而是把自己当成了主人。我看着那些塑像、那些织物，想到我可怜的雇主还在某个办公室里受罪。

事后，我在浴缸里泡了又泡，洗了再洗，可她的气味怎么也赶不走。我感觉那女人的分泌物仍旧沾在我这可怜身体的那个可怜部位。我突发奇想，决定用半个柠檬去擦洗。苦修，净化。可这苦修并没有我预想的那么痛苦。为了获得净化，我裸着身体在浴室和客厅里打滚、哀号。终于，我哭了出来，号啕大哭，然后才放松下来。

公寓里很凉快；空调机一直在嗡嗡响着；我看得出外面十分炎热，和我们山里的夏日差不多。我心里生出冲动，想要穿上村子里举办宗教仪式时穿的衣服。我的一个包袱里有一块簇新的围腰布，那是裁缝师的伙计送我的礼物，还没用过。我把布缠在腰上以及两腿之间，点上香，盘腿在地板上坐下，试图让自己陷入沉思并平静下来。没过多久，我就觉得饿了，心里舒坦了一些。我决定禁食。

没想到我雇主回来了。我倒是不介意被他发现我穿成那样在祈祷；要是再早一点可更糟。我只是没想到他不到傍晚就回来了。

"桑托什，出什么事了？"

自尊心作祟，我回答说："老爷，我常常这么做。"

但我发现他并没有露出赞许的神色。他焦躁不安，完全没有心思来注意我。他脱掉那件浅黄褐色的薄外套，把它扔在藏红色的沙发毯上，走到冰箱前，一气喝下两大杯橙汁，然后挠着胡子，看着窗外。

"哦，我可怜的桑托什，我们到底在这里干什么呢？我们为什么要来这里呢？"

我顺着他的目光向窗外望去，没有看到任何异样。大窗户外是一派大热天的景象：淡蓝色的天空，著名建筑的一个个白色圆屋顶在碧绿的树冠后耸立着，那白色在烈日的照射下几乎变得透明了；还有各色杂乱无章的公寓楼顶，周六和周日的早晨常有人在那儿晒太阳浴；往下看，是我走路去超市的那条林荫道，以及路两旁房屋的前前后后。

雇主关上空调，嗡嗡声消失了。稍过了一会儿，我听到了屋外远远近近的警笛声。他把窗户打开，这座不安的城市的喧嚣声一下子涌进了房间。他又关上窗户，屋里又几乎悄无声息了。我看到离超市不远的地方有黑烟冒起。黑烟盘旋着上升，转眼又变得无影无色。这不像是某些公寓楼整天冒出的那种烟。那是浓烟，失火了。

"那些哈布舍人疯了，桑托什。他们要烧掉华盛顿。"

这我倒是一点也不介意。其实，还抱着祈祷和悔过心的我，倒是欢迎这消息。那天下午和晚上，我正是怀着这种释然的心情看着、听着这个城市的燃烧。那些燃烧的画面，我在电视上一次又一次地看到；第二天早上起来，我看到火还在烧。熊熊大火的势头就像这座名城一样壮观。我不想要这火势停下来，但愿它越烧越大，四处蔓延，将这城里的一切，甚至是这片住宅区、这栋楼，连同我自己，都烧毁、消灭。我希望自己无处可逃，希望连逃生这样的念头都变得荒唐。每当大火有减弱、熄灭的迹象，我就感到失望，情绪低落。

一连四天，我和雇主待在公寓里看着这座城市燃烧。电视上还在播放着我们透过窗户看到的景象，如果把窗户打开，还能听见电视里的声音。后来，火灭了。窗外的景色还是老样子。一座座著名的建筑物还在。一棵棵树也都还在。这是我第一次，自从明白了自己不过是个囚犯之后的第一次，我想要走出公寓，到街上逛逛。

遭破坏的区域比超市还要远一些，那一带我还从未去过。第一次走在又长又阔的大街上，看着两旁的树木、住宅、商店和广告，感到那是真正的城里；但是每一块商店招牌不是被烧了，就是被浓烟熏黑了，商店内外也都被熏得乌黑，毁坏了；火显然还蹿上了楼，熏黑了那儿的窗户，灼焦了红砖，那真是一种奇怪的感觉。沿街走了几英里路都是这样的景象，还有一群群游荡的哈布舍人。起初，从他们身边走过时我装出匆忙赶路、对两旁的破败景象毫无兴趣的样子。但他们笑眯眯地看着我，我于是不由得冲他们微笑。欢乐洋溢在这些哈布舍人的脸上。他们像是刚刚发现了自己能够成就大事，力量还如此之大，因此惊喜万分。他们像是在过节。我和他们一样兴高采烈。

∽

逃跑是个简单的念头，但以前我从没想到过。调整自己适应囚徒生活的时候，我只想着要离开华盛顿，回孟买。但后来我糊涂了。我看着镜子里的自己，知道让我再回到孟买、干以前的工作、过以前的生活，已经不可能。我不可能重新成为别人的附属品。早年夜里躺在人行道上闲聊、晨间散步，是种快乐，但那就像快乐的童年：我可不想再过一次童年。

大火过后，我开始在城里长时间地散步。有一天，在甚至还没有逃跑的念头的时候，在观赏着街景、享受着新发现的行动自由的时候，我来到了一条林荫道上，那儿沿街的房子原来是私宅，现在改成了商铺。我看到一个同胞正在他的商店门廊口指挥人把招牌吊起来。看着那招牌，我明白那里成了餐厅，我猜想那人应该就是店老板。他看上去挺焦虑的，还带着些害羞的神色。看到我的时候他冲我笑了笑。这挺难得的，因为我在华盛顿街头遇到的印度人都会无视我。他们让我觉得他们不喜欢看我出现，不想让我问一些难以回答的问题。

我恭维了这个面带忧虑的人，赞美了他的招牌，还祝他生意兴隆。他个子矮小，年龄在五十岁左右，穿着老式的、阔翻领双排扣西装。他双眼凹陷，眼圈发黑，看起来像是最近掉了不少体重。我看得出，这人在我们印度肯定是个有头有脸的人，不像是开餐馆的。我觉得自己和他挺有缘分。他邀请我到店里看看，还问了我的名字，并告诉了我他的名字：普利亚。

穿过门厅是一间我这辈子见过的最漂亮、最富丽的房间。壁纸像是天鹅绒的，我都想去抚摸上一圈。从天花板上垂下来的黄铜吊灯造型优美，灯光色彩缤纷。普利亚陪着我参观，他的黑眼圈愈发严重，仿佛我的赞美加深了他对自己过度铺张的忧虑。餐厅还没有对外营业，在一角的一个架子上，我发现普利亚放了好几件吉祥物：一个铜盘，盛满了米，象征生意兴隆；一册小账本和一支小铅笔，预示财源滚滚；一盏陶土灯，祈求万事如意。

"桑托什，你觉得怎么样？一切都没有问题吧？"

"肯定不会有问题，普利亚。"

"但你知道吗，我有很多敌人，桑托什。那些开餐厅的印度人是不会喜欢我的。这里都是我的，你知道吗，桑托什。我都是付现金的。没有一点贷款什么的。我不相信贷款。要么现金，要么就别干。"

我明白了，他一定尝试过申请贷款但失败了，所以很为钱的问题焦虑。

"那你在这里是干什么的，桑托什？在政府机构之类的地方工作吗?"

"差不多吧,普利亚。"

"和我一样。这里的人有句老话:如果斗不过他们,就加入他们。我加入了他们。但他们还是算计我,"他叹了口气,打开双臂搁在靠墙的红座椅上,"唉,桑托什,为什么我们要这样做呢?为什么我们不抛弃这一切,到河边去反省呢?"他舞着手,"世界性的顽疾啊,桑托什。就是一种顽疾。"

我没听过他说的"顽疾"这个词,但理解他的意思。一时间,我觉得自己又回到了孟买的夜晚,在街头与裁缝师的伙计等人谈天、聊人生。

"瞧我都忘了,桑托什,你喝点什么,茶、咖啡,还是什么?"

我使劲晃晃头①,表示什么都行。他用一种怪异、刺耳的言语冲厨房里的人喊了一句。

"是的,桑托什,顽……疾啊!"他叹了口气,重重地对着红椅子打了一拳。

厨房里走出一个托着盘子的人。乍看之下他像是我们印度人,但再看一眼,我又觉得他不是。

那人回厨房后,普利亚说:"你猜对了,他不是我们印度人,是墨西哥人。可我有什么办法!你找来印度人,帮他们办好文件、手续,申请了绿卡,还有其他所有的事情,然后呢?他们就都溜了。逃得精光。这里有骗子,那里也有骗子,说都说不完。听着,桑托什。我以前是做服装生意的。那边五十卢比买进,这里五十美金卖

---

① 印度人表示同意时会保持面朝前方,同时歪头或左右晃头。

出。容易。可后来啊,我栽在印度长衫上。人人都要长衫。长衫啊长衫。我就说,那我给你们弄长衫。我进了一千件,桑托什。结果延误了。当然是印度那边的关系。货一年后才到,已经没有人想穿长衫了。我们印度人就是一盘散沙,桑托什。我们根本不做足消费者调查,这是使馆里的人告诉我的。但如果我去做调查,还有时间做生意吗?桑托什,你知道吗,我的问题在于我骨子里讨厌开店。我还做服装生意那会儿,有客人一进来,我就会觉得没面子,找地方躲起来。有时候我还假装自己是客人。什么消费者调查!这帮人就是牵着我们的鼻子走。桑托什,你和我,咱们俩放弃算了,一起去波托马克河边散散心,好好想一想。"

我喜欢他这番话。离开孟买之后,我还没有听到过如此贴心、有哲理的话。我说:"普利亚,我来帮你烧菜吧,如果你需要厨子的话。"

"桑托什,我怎么觉得我早就认识你了。我觉得你就像家里人一样。我会给你一个睡觉的地方,包伙食,还发零用钱,尽我所能吧。"

我回答:"带我看看睡觉的地方。"

他领着我走出漂亮的店堂,走上铺地毯的楼梯。我本以为地毯和新油漆楼上未必会有,但那儿也全部又新又漂亮。我们走进一间和我雇主的卧室差不多但稍微小一些的房间。

"瞧,嵌入式壁橱,什么都全了,你来看看,桑托什。"

我走到壁橱前。橱门是朝外开的折门。我说:"普利亚,这太小了。我的行李倒是可以放在架子上,但床褥在这里面可铺不开。这也太窄了。"

他不自然地咯咯笑了。"桑托什,你真会讲笑话。我可已经把你看成是一家人了。"

我的脑子这才转过弯来：整个房间都是给我的。我惊呆了。

普利亚也是一副惊呆了的模样。他在沙发床边坐下，眼眶下的黑晕看上去更黑了，双排扣外套让他显得格外矮小。"在这里，他们就是这样牵着我们的鼻子走，桑托什。你说得有员工宿舍，他们就说会提供的。但他们说的和你说的是两码事。"

我们都不说话，我惴惴不安，他心绪低落，思索着这个新世界的运行之道。

有人在楼下喊："普利亚！"

他的低落一扫而去，脸上露出笑容，朝我挤了挤眼睛，然后用带美国腔调的英语喊道："嗨，巴布！"

我跟他走下楼。

"普利亚，"那个美国人说，"我把菜单带来了。"

这个美国人个子很高，穿着皮夹克、牛仔裤、白色厚袜子和一双橡胶底的大号运动鞋，看上去像是马上要去参加跑步比赛。菜单很大，封面上画着一个留大胡须、包着饰有羽毛的头巾的胖男人，有点像航空公司广告里面的人。

"看上去很不错，巴布。"

"我也很喜欢。那是什么，普利亚？那个架子放在那里干吗？"

他以一副马的前半身的姿态走到那个放着盛米铜盘和陶土灯的架子旁。我这才发现架子做工很粗糙。

普利亚看上去很内疚，显然，这个架子是他自己做的，而且他显然并不打算拆了它。

"好吧，反正是你的，"巴布说，"反正我们要营造出一点东方气氛。好了，普利亚……"

"钱，钱，钱，是不是？"普利亚连珠炮似的吐出这些词来，像在逗孩子玩，"但是巴布，你怎么能问我要钱呢？听你一说，人都会以为这家餐厅是我的。但是这餐厅不是我的，巴布。这餐厅是你的。"

我们印度人就是这样讲客套话的，但巴布被弄糊涂了，注意力也就被转到了其他事情上。

我看出来了，尽管普利亚动不动说什么要放弃，说他失败了的生意，并且显得有些神经质，但他其实对付得了华盛顿。我佩服他的本事，也佩服他讲话一套一套的。我不知道他说的那些事有多少是可信的，但我喜欢猜他话里的意思，在心里玩味。我喜欢这人的手腕。他有手腕，又可靠。和他在一起，我知道自己是谁。经历了那段公寓生活，经历了绿西装和哈布舍女人的事，看过烧了四天的大火，和普利亚相处我感到很安全。自从来到华盛顿后，我头一次有了安全感。

我不能说我搬了进来。我只是留了下来。我甚至没有回公寓去取我的东西，因为怕会发生什么事把我扣住、关起来。万一撞见我雇主，向我索要他的五千卢比。万一那个哈布舍女人出现，将我占为己有，我的后半辈子就不得不在哈布舍人中间度过了。再说了，那儿也没有我什么值钱的东西。至于那套绿西装，见不到了我更开心。但是……

∽

普利亚每周付我四十美金，与我原来拿的三美金七十五美分相比，这工资像是很高，对我来说过日子也确实绰绰有余。老实说，我没有多少花钱的欲望。我知道我的老雇主和那个哈布舍女人肯定都在找我，所以觉得暂时不上街为好。好在这也不是什么难事，我在华盛顿都已经习惯了。而且，餐馆里事情很多，我很忙。我有生以来第一次过得这么忙碌，少有闲暇的时间。

餐馆一开张就很红火，普利亚兴奋得不行。他常常拿着张大菜单冲进厨房，用英语说："干得好，桑托什，干得好。"这话我可不怎么放在心上。我喜欢那种把事情做得很完美的感觉。我觉得我是在挣我的自由。尽管藏匿着，每天干活到午夜，可我感觉比以往任何时候都更能掌控自己的生活。

餐馆的侍者多数是墨西哥人，但包上头巾就能冒充印度人。他们的流动性很大，印度打工者也是这样。我和这些人处不来。他们内心恐惧，互相忌妒，还十分奸诈。他们在吃咖喱饭的时候谈的全是文件、绿卡之类的，总是在议论谁快拿到绿卡了，谁为了办绿卡被骗了，或者谁的绿卡已经到手。起初我不懂他们在谈什么，等明白过来，我觉得沮丧极了。

我知道，因为我从老雇主那里逃走了，所以在美国我的身份是非法的了。我随时都可能被告发，逮捕，关起来，驱逐出境，颜面扫地。处境很复杂。我没有绿卡，也不知道怎么办绿卡，更找不到谁商量这件事。

这些秘密压在我的心头。我曾经清清白白，现在却秘密缠身。我不能告诉普利亚我没有绿卡。我不能告诉他我背叛了我雇主，还和一个哈布舍女人有染。我害怕遭报应，因此生活在恐惧中。我不能告诉他我害怕离开这家餐馆，而且一见到印度人就急忙躲开，就像他们躲我那样。如果我承认这一切,就会觉得难堪。打一开始认识普利亚,我就假装自己是个能干的人。我希望能够保持这种形象。可惜的是,现在我们谈话的时候,他总是一副很有哲理的样子,而我也想为自己的忧愁找到宏大的理由。我的思维被这些理由捆绑了,我的忧愁也随之成了一种心病。

这比当初在公寓里的日子还要糟糕,因为现在我有责任了,我一个人的责任。是我决定要追求自由,要为自己的行动负责。想到自己在着火的那些日子里的那种兴奋劲,我就痛心。逃走后最初的那些日子里,我还觉得能够掌握自己的命运,可真是莫大的嘲讽。

一年过去了。下雪了,雪化了。我比以前更害怕出门。我的心病越来越厉害。我觉得未来就是一个洞,我正在往里面掉。有时候半夜醒来,我浑身发烫,大汗淋漓。

我依赖着普利亚。他是我唯一的希望,是我和真实世界的唯一联系。他进进出出,告诉我外面发生了什么。他会特意去我们竞争对手的餐馆吃饭。

他说:"桑托什,我从来不相信经营餐馆可以让人相信上帝。但这是真的。我像一个科学家那样吃饭。每天我都吃得像个科学家。我觉得我已经放弃了原来的信仰了。"

这就是普利亚。他的话总能迷住我,那些宏大的理由也让我变得软弱。我和厨房里的其他人越来越疏远。他们谈绿卡,谈将要获得的工作,我真想问他们:为什么?为什么?

镜子每天述说着我的故事。没有运动,加上心病,我失去了英俊的容貌。我的脸变得浮肿、蜡黄、布满斑点,总之变得很丑陋。

发现自己长得不错，到头来又失去了这长相，这使我想哭。它像是对我的虚荣的报应，这个报应是我买下那套绿西装的时候就害怕会遭受到的。

普利亚说："桑托什，你一定要锻炼身体。你脸色不好，眼窝发黑，快像我这样了。你在愁什么呢？是想回孟买，还是想山里的家人？"

只是现在，这些地方我光想一想就觉得，哪怕回去我也是异乡人了。

一个周日的早晨，普利亚说："桑托什，今天我带你去看一场印度电影。华盛顿所有的印度人，包括用人，都会去。"

我很害怕，不想去，又不能告诉他为什么。但他坚持要我去。上了车，我的心脏就开始狂跳。很快，路边就没有了门口点着煤气灯的房子，只见哈布舍人居住的又长又宽阔、被烧过的街道。路两旁的树木已经冒出新叶，路面上有被铲车推在一起的碎石瓦砾堆，还有围着栅栏的空地、木板条封死的玻璃橱窗以及浓烟熏黑的商店招牌，招牌上的广告语已经过时。汽车在宽阔的路面上飞驰；也只有道路上还有一丝生气。我觉得我害怕得快要吐了。

我说："带我回去吧，老爷。"

我用错了词。这个词我过去每天要说一百多遍。那个时候，我把自己看成雇主的附属品，它对我来说也没有屈辱的意味，而更像一个人名，一个能给人带来安全感的名字，它带给我的雇主尊严，也因此让我有了尊严。但是普利亚的尊严不可能成为我的尊严，我们之间没有这样的关系。我一直叫他普利亚；这也是他的意思，美国式的，人对人的。对于普利亚来说，这个词是带着屈辱意味的。

但他还是应了我的请求，开车把我送回了餐馆。从此之后，我再也不直呼他的名字。

我曾是个帅小伙儿；我失去了英俊。我曾是个自由人；我失去了自由。

∽

有一天天很晚了，一个墨西哥服务生走进厨房说："外面有人想见见大厨。"

以前没有人提出过这样的要求，普利亚顿时紧张起来。"是美国人吗？肯定是我们的竞争对手派来的。卫生检查啦，健康检查啦，他们随时都可以来检查我的厨房。"

"是个印度人。"墨西哥服务生说。

我警觉起来。我觉得是我过去的雇主来了，这种不动声色的行事作风挺像他的。普利亚则觉得是竞争敌手。尽管他常去竞争敌手的餐馆吃饭，人家上他这儿来吃饭他就觉得不公平。我们俩都跑到厨房门口，透过玻璃窗向灯光昏暗的厅堂里偷看。

"桑托什，你认识那人吗？"

"是的，老爷。"

那人不是我过去的雇主，而是他在孟买的一个朋友，一名政府高官。在孟买的时候他常来我们家吃饭，我服侍过很多次。他一个人，像是刚到华盛顿。他应该刚在孟买理过发，剪得很短，穿一件拘谨的深色西装，一看就是孟买的款式。他的衬衫像是蓝色的，但在餐馆昏暗的五彩灯光下，任何白色的东西都会泛着蓝色。他的样子不像是对食物有什么不满。他的两肘搁在沾有咖喱酱的桌布上，半闭着眼睛，左手挡住嘴剔着牙。

"我不喜欢他，"普利亚说，"不过，毕竟是政府高官。桑托什，你必须出去见他。"

但我不能去。

"系上围裙，桑托什。戴上大厨帽。漂亮。你必须出去见他，桑托什。"

普利亚走进了厅堂。我听到他用英文告诉那个人我马上就来。

我赶紧跑回自己房间，搽了头油，梳了头发，穿上最好的裤子、衬衫和锃亮的皮鞋，以一个绅士而不是厨子的面貌，出现在厅堂里。

看到我，孟买来的人和普利亚都显得非常惊讶。互相寒暄过后，我便等他开口。但他好像没有什么要说的，于是我松了一口气。他没有刁难我。我很感谢这个孟买来的人的圆滑。我尽量不说话，只是微笑。孟买来的人也微笑着回应。普利亚则不安地朝我们两个人微笑。就这样，在厅堂红蓝交错的昏暗灯光下，我们互相微笑着，等待着。

孟买来的人对普利亚说："兄弟，我有几句话要对我的老朋友桑托什说。"

普利亚有些不高兴，但还是走开了。

我等着他发话。但他说的并不是我害怕听到的。这个孟买来的人并没有提及我的旧雇主。我们继续寒暄。是的，我很好，他也很好，我们认识的每个人都很好。我干得不错，他也干得不错。就是这样。过了一会儿，孟买来的人悄悄塞给我一美元，相当于十个卢比，这要放在孟买可是一大笔小费。不过它不单单是小费，更表明了他的姿态，说明他还记着过去的美好时光。若放在过去，这对我而言可是一大笔钱，但现在我已经看不上了。我感到悲哀、难堪。我本以为他要整我呢！

普利亚在厨房门后等着。他的小脸绷紧了，很严肃。我知道他看到了塞钱的动作。瞄了一眼我的脸色后，他顾不上和我说什么，匆忙走出厨房过来了。

我听到他用英语对孟买来的人说："桑托什是个好伙计。他有自己的房间，带浴室的，什么都有。下周开始，我每周给他一百美金。一千卢比一周。这里可是一流的餐厅。"

每周一千卢比！我惊呆了。这可比任何当官的挣得都要多。我肯定那个从孟买来的人也惊呆了。或许他已经在为自己刚才善意的举动后悔了，那可是宝贵的外币。

那天晚上餐馆关门的时候，普利亚说："桑托什，那人是敌人。我看到他的第一眼就知道了。因为他是个敌人，所以我做了桩不好的事情，桑托什。"

"老爷。"

"我撒谎了，桑托什。为了保护你，我告诉他，我准备在圣诞节之后每周发你七十五美金，桑托什。"

"老爷。"

"现在我不得不兑现我的谎言。但是，桑托什，你知道的，这工资我们是负担不起的。日常开支，加上其他种种费用，我不说你也知道。桑托什，我会发你六十美金。"

我回答："老爷，你不给我一百二十五美金，我就不干了。"

普利亚两眼冒火，黑眼窝显得更黑了。他嘿嘿假笑着，嘟起嘴唇。那个周末，我拿到了一百美元。普利亚还是那个好人，没有对我怀恨在心。

∽

我赢得了胜利。有了这样的胜利之后我才意识到我是多么需要它，意识到在获取自由的过程中，我早就将死亡视为了目标，而不是终结。我已经获得了重生。或者不如说，我的感官复活了。但是，在这座城市里，我如何让我的感官得到滋养呢？这里没有散步，没有知心朋友闲聊。我可以去买新衣服，但那又如何呢？难道我就光照镜子了？或者去街上走走，让路人观赏我和我的新衣服？不，买衣服打扮自己只会让我又回到原来的状态。

餐馆旁隔几家店铺是家蛋糕店，店员是个瑞士或德国女人，厨房里则有一个菲律宾女人。老实说，这两人都没有什么魅力。那个瑞士或德国女人一巴掌可以打断我的脊梁，而那个菲律宾人，虽然年纪不大，但长得极像我们山里的老女人。尽管这样，我也觉得我亏欠了感官的需要，或许可以和这两个女人耍一耍。但我又害怕担责任。唉，我已经明白女人可不是陪你滚完闹完就了事，她们那一百多磅的身躯事后还是会缠着你。

所以胜利时刻就过去了，没有什么庆祝。想一想我就觉得挺奇怪：悲伤是持久的，而且能让人盼着自己死去，但胜利的喜悦一眨眼就过去了。我的胜利时刻过去了，我发现之后等着我的，是我过去所有的伤痛和恐惧：为非法身份、我的旧雇主、虚荣和哈布舍女人提心吊胆。然后我看清楚了，胜利并非来自我的努力，而纯粹是靠运气；命运就是这样来欺骗我们，让我们错觉自己是有能耐的。

但是这种错觉驱之不散，我变得焦躁起来。我觉得要采取行动，改变命运。我决定走出房间，不再躲藏。我开始在下午出门散步，越走胆子越大，一天比一天走得远。我的雄心是有一天走到那块有喷泉的环形绿地，就是我在华盛顿第一次散步走到的地方。那里有人穿着过去印度仆人穿的那种服装，用不标准的梵语唱歌，跳着古怪的美洲印第安人的舞蹈。终于有一天，我来到了那个广场。

那一天，我穿过马路，来到广场，在一条长凳上坐下。哈布舍人就在那儿，还有赤脚的人、穿着纱丽和藏红色长袍跳舞的人。那时是下午两三点，非常热，大家都懒洋洋的。还记得第一次来的时候，我觉得这里的一切都那么神奇和无法形容。而现在，一切看起来都那么普通、无趣——道路，汽车，商店，树木，四处张望的警察——我们的世界充斥了这么多无用和多余的东西。这里再也没有什么神秘的。我觉得自己知道那些人是从哪里来的，那些汽车又要往哪里去。同时，我又感觉到那里的每一个人都和我有相同的感觉，这让我感到些许安心。从那以后，每天忙完中午那一顿，我就踱到这个广场，一直坐到该回普利亚餐馆忙碌晚饭的时间。

一天傍晚，在那些跳舞的、奏乐的、唱歌的、黑不溜秋的、赤脚人和警察中间，我看到了她，那个哈布舍女人。我的记忆还是准确的，她肥硕的身躯再次让我惊叹。我决定待在原地不动。她看到我，先是微笑，然后像是想起还有记恨这回事，恶狠狠瞪了我一眼。在我眼里，她再一次变成了千臂迦梨——死亡和毁灭女神。她狠狠地盯着我，打量着我的穿戴。我不由得想，难道我买这几身衣服就是为了给她看吗？她站了起来，块头是那样大，紧绷在腿上的裤子让她看起来更加吓人。她朝我走了过来。我噌地站起来，撒腿就逃。我奔过马路，绕了一点远路，头也不回地到了餐馆。

普利亚正在算账。他做账时候的样子总是显得比实际年龄老，也不急也不躁，但就是老，像一个不再妄想生活还会有任何惊喜的人。我羡慕他。

"桑托什，有人给你送来一个包裹。"

那是一个用牛皮纸包着的大包裹。他递给我的时候，我心想，他的生活多么平静，每天和这些账单、纸条和记账笔打交道，把账记得整整齐齐，每天都记在本子上，一本用完了就再换一本。

我拿着包裹走到楼上我的房间，打开。是一个硬纸盒，里面是那套绿西装，连同它的包装纸。

∽

我觉得肚子上好像开了个洞。我无法思考，还好得马上下楼去厨房，一直要忙到午夜。但忙完我还是得回房间，一个人待着。我躲避不了，我从来就没有自由过。我被抛弃了。我什么都不是。我让自己变得什么都不是。我无法重新来过。

第二天早晨，普利亚说："桑托什，你看上去脸色很不好。"

他的关心让我更加脆弱。他是我唯一可以说话的人，可是我不知道能对他说什么。我的眼泪落了下来。那一刻，我真希望全世界都变成泪水。我说："老爷，我不能再在你这里干下去了。"

我这么说，只是要表达我的情绪，表达我想大哭一场、寻求解脱的愿望。但是普利亚并没有迁就我。他甚至没有露出惊讶的表情。

"你想去哪里,桑托什?"

我该怎么回答他这么严肃的提问呢?

"你去了那地方就会有什么不一样吗?"

他已经不要我了。我没法再想眼泪什么的了,赶紧说:"老爷,我有敌人。"

他哈哈笑了起来。"你真会讲笑话,桑托什。像你这样的人怎么会有敌人?和你作对又没什么好处。我才有敌人呢。这一半是你的福气,一半是这个世界的公平所在。也就是因为这样你可以一逃了之。"他笑眯眯地伸出双臂,做出奔跑的姿势。

就这样,我终于把我的情况告诉了他。我把过去的雇主、我的叛逃和买绿西装的事都告诉了他。而他的反应让我感觉,我说的这些事他都知道。我还跟他讲了哈布舍女人的事情,以为他会骂我一通。如果他骂我,那就意味着他在意我的名誉,他是可以依靠的,我也就还有救。

但他说:"桑托什,你不会有事的。跟那个哈布舍女人结婚吧,那样你会自动变成美国公民。你就成了自由人了。"

我没有想到他会说出这么一番话来。他这是要让我往后永远孤独。我说:"老爷,山里老家还有我老婆和孩子呢。"

"但这里才是你的家,桑托什。山里有老婆和孩子,那很不错,他们永远会在那里。但那已经过去了。你得为自己在这里的生活着想。在这里你孤苦伶仃。什么哈布舍不哈布舍的,只要你乐意,这里没有人在意的。这里不是孟买。走在街上谁也不会多瞧你一眼。你做什么也不会有谁在乎。"

他是对的。我是个自由人。我可以做任何想做的事情。如果我想要走回头路，我可以回到那套公寓乞求雇主的原谅。如果我想要做回原来的我，可以去警察局自首："我是个非法移民。请把我遣送回孟买。"我可以逃跑、上吊、自首、认错、藏匿；我干什么都可以，反正我是一个人。但我不知道我想干什么。这就像那时我感觉自己感官复活，想要外出庆祝，却不知道怎么庆祝一样。

空虚的感觉带来的不是哀伤，而是平静。是与世决裂。普利亚没有再对我多说什么，上午他总是很忙。我离开了，上楼走到自己房间。里面仍旧空空荡荡的，仍旧像是在半小时之内就可以成为其他人的房间。我从来没有觉得这房间是我的。我不敢碰那粉刷得毫无瑕疵的墙壁，一直小心翼翼地不去弄脏它。都是为了这一刻。

我试图回想，在过去的日子里，到底是我在哪一刻做的哪件事，把我带到了这间房间。是和哈布舍女人鬼混的那一刻吗，还是那个美国人来公寓吃晚饭，侮辱了我老雇主的那一刻？是我离家看到普利亚站在店门口的那一刻，还是我照镜子、买下绿西装的那一刻？或许更早，是前半辈子在孟买、在山里的时候？我找不出那一刻；每一刻好像都很重要。正是这一连串的事情才把我带到了这个房间。这真让人害怕，令人烦恼。但现在不是做新决定的时候，而是要叫停的时候。

我躺在床上，看着天花板，望着天空。门被推开了。是普利亚。

"我的天哪，桑托什！你在这里待了有多久了？你太安静了，我都忘记你的存在了。"

他打量着我的房间，走进浴室，又走了出来。

"你没事吧，桑托什？"

他在床沿坐下。他待的时间越长，我越是发现见到他我还是很高兴的。情况是这样的：我试着想象他冲进我房间的情形，但无法把这与真实的时间相联系，似乎它只发生在我的脑海里。他在我身边坐下后，时间就变得真实了。我觉得自己非常爱他，很快我就又能嘲笑他的焦躁不安了。确实，没过多久，我们俩就有说有笑了。

我说："老爷，今天上午你一定得放我假。我想出去走走。我会在喝午茶的时候回来。"

他使劲看着我，我们两人都知道我没有说谎。

"行，行，桑托什。你出去好好散个步。走到肚子饿了再回来。你会感觉好很多。"

走在那些已经熟悉的马路上，我想，如果广场上那些穿着印度服装跳舞的人真是印度人该有多好。那样或许我就可以和他们做伴。我们一起上路流浪，中午的时候在大树下乘凉休息，傍晚的时候沐浴在金色云彩和西沉太阳的光辉之中，每到晚上就在村子里落脚，人们会欢迎我们，给我们水和食物，生一堆篝火。但这些都是对过另一种生活的向往。这些人我观察了很久，知道他们就是城中人：电视生活在等待着他们，他们的与世决裂和我的不同。我没有过电视生活。那无所谓。在这个城市里，我孤身一人，无论做什么都无所谓。

曾经，那幢公寓大楼在我眼里像喷泉广场一样神奇。但现在再看到它，我觉得它其实很普通，不很高，墙面砌着白色小瓷砖。一扇玻璃门；向下的四级台阶；右手边有张桌子，信件和钥匙之类放在邮件架上；左手边铺着一张地毯，放着软布包椅、茶几和插着纸花的花瓶；还有那部没有声响的快速的蓝色铁门电梯。我看到了这里的朴素。我知道我要去哪一层楼，那儿的走廊有星星图案的天花板，像人造天空一样照得很亮，闪着蓝、灰、金三色的光。我认识我要找的那扇门。我敲了那扇门。

是那个哈布舍女人开的门。我看到了她做事的公寓。这是我第一次走进这套公寓，我本以为它和我老雇主的公寓差不多，一层两户。但是，第一次，我看到了电视里的场景。

我以为她会很恼怒，但她只是很疑惑的样子。我很感激她。

我用英语对她说："你能嫁给我吗？"

就这样，事情搞定了。

"这样最好了，桑托什，"回到餐馆后，普利亚一边把茶递给我，一边说，"你要成为一个自由人了。一个公民。你将拥有全世界。"

我高兴了，因为他高兴。

∞

就这样，我成了美国公民。我获得了合法身份，在华盛顿生活。我还为普利亚工作，但是我们俩的话没有以前那么多了。餐厅是一个世界，华盛顿的公园和林荫道则是另外一个世界。到了晚上，这其中的几条林荫道就会把我带到第三个世界。那里有被烧过的砖房，砸烂的围墙，野草丛生的花园。其中两栋高楼的砖墙之间，还有一块平地，像是具有艺术气质的孩子会去玩耍的地方，那些哈布舍孩子从来不过去。还有我现在住的那栋黑乎乎的房子。

这房子有股怪气味，里面所有的东西都很古怪。但我有勇气在这里住下去，因为我是个异乡人。我把心与头脑关闭上，不再接触英语，不看报纸、不听广播、不看电视和墙壁上贴着的哈布舍赛跑手、拳击手和音乐家的画像。我不想再去了解什么，也不想再学什么。

我是个简单的人，决定只为自己活着。我好像经历过了几辈子，再不想生事了。下午，我有时还会散步到那个喷泉广场。我还能看到那些跳舞的人，但好像和他们隔着一层玻璃。有一次，据传又发生纵火事件了，有人在我家屋外的人行道上用白色油漆喷了一行字："黑人兄弟"。我懂得这几个词，但我觉得，是谁的兄弟或者什么的兄弟呢？我以前随波逐流，不觉得自己是独立存在的。后来我看着镜子里的自己，决定要成为一个自由的人。获得了自由之后，我不过是认识到一点：我有一张脸，有一副身体，我必须养活这身体，给这身体穿上衣服，年复一年，直至它消亡。

告诉我，该杀了谁

我兄弟就是这样的人。挑了个糟糕的上午结婚。天又冷又湿,一座座城镇间的小小乡野不是绿的而是白的。雾霭像细雨一样浸湿了田野,偶尔有头奶牛,也是那样湿漉漉的。一条条小溪流看上去很脏,泛着牛奶般的白,有些河面漂满了空罐头和其他垃圾。到处是水,就像雨季冒着大雨回到家看到的情景,只是积水处还倒映不出天空,太阳还来不及把一切晒热、烘干。

火车车厢里很热,车窗上流着雨水,人和衣服都散发着异味。我的旧西装也有股子难闻的味道。这西装我现在穿大了,但我就这么一套西装,还是有钱时买的。哦,天哪!城镇间几乎没剩下多少乡野了;偶尔可以看到远处有房子,孤零零的,我就想:这样一个清晨,在那房子里看着外面的雨、火车,该有多好呀。这景象飞驰而过,很快又一个小镇出现了,紧接着又是一个,整个地区像连成了一座巨大的城市,一切都是棕黄色的,不是砖头就是铁皮,或者生了锈的马口铁,如同一个潮湿的巨型垃圾场。我的心在下沉,胃揪得紧紧的。

弗兰克正看着我，观察我的脸色。他穿着漂亮的花呢夹克，灰色法兰绒长裤，人又高又瘦，略微有些谢顶。他很开心，因为和我同行。他很开心，因为大家见到我们俩，意识到他是和我一起的。他是个好人，是我的朋友。但内心深处，他是个高傲的人。没有人像弗兰克那样对我好，他还乐意摆出卑微的姿态：并拢双膝，像是膝盖上托着一小盒蛋糕。他脸上没有笑容，那是因为他太睿智、快活了。他那双旧旧的大皮鞋擦得和学校老师的一样亮。每天晚上他都自己擦皮鞋，就像有的人每天祈祷才能感觉良好。虽然他不是故意的，但他总让我感到自己悲哀、渺小，因为我知道我永远不能像他那样衣衫整洁，也永远不能像他那样睿智快活。但是我知道，哦天哪我知道，我已经失去了其他所有人，我在这个世界上唯一的朋友就是弗兰克。

有个男孩用手指在车窗的湿玻璃上写字，那些字母没多久就消融了。那男孩有母亲陪着，状态良好。他知道火车到站后他们要去哪里。我一点也不喜欢这样的时刻：火车到站，大家各奔东西；轮船靠上码头，大家各自收拾起行李。每个人都有行李，每个人的行李都不同。车到站，船靠岸，人人步履轻盈，喜形于色，顾不上交谈，因为他们清楚自己要去哪里。而我，自从来到这个国家，就没有弄清楚过。我不清楚我要去哪里。我只能等着，看会发生什么。

现在，我要去参加我兄弟的婚礼。但等火车到了站，我不知道接下来该乘哪路公共汽车，还是需要转火车，不知道该走哪条街道，穿过怎样的大门，敲开哪扇房门，进入怎样的房间。

∽

我的兄弟啊。我记得类似的一天，但很热。白天黑夜都暗沉沉的，雨一直在下，敲打着马口铁皮屋顶。屋子外面的地泥泞不堪，院子里雨水和着泥浆泛着黄色的泡沫，屋子后田野里的巴拉草被雨水打得弯下了腰，一切都是湿漉漉、黏答答的，裸露的皮肤瘙痒难忍。

驴车在屋檐下，驴子在屋后的牲畜棚里。牲畜棚里烂泥、动物粪便、新旧干草饲料混在一起，又湿又脏。驴子静静地立着，背上盖着一个装糖的袋子，防止着凉。厨房在一个棚里，母亲正在做饭，受潮的木头冒出刺鼻的浓烟。于是食物中也都是烟味，不过反正这样的天气里不会有什么胃口。那泥浆、暑热和臭味都让人想吐。父亲在楼上，穿着美利奴羊毛衫和衬裤，坐在阳台走廊的摇椅里一边摇晃，一边用手搓着膀子。烟雾并没有赶走楼上的蚊子，但蚊子也不咬他。他并不是在思考什么严肃的问题，只是看着外面阴沉的天空和甘蔗地，摇着椅子。在马口铁皮屋顶下的某间屋子中，弟弟躺在地板上。他得了疟疾。

这个房间空荡荡的，光秃秃的杉木板上有几个钉子，挂着几件衣服和一本挂历，再没有其他物品。虽然有房子，但没有什么东西放进来。我那漂亮的弟弟得了疟疾，浑身打战，躺在地板上的一个糖袋子上，这袋子上还铺了一个面粉袋，他身上也盖着一个面粉袋。看他那张小脸就知道他病了。他在发烧，可不出汗。你对他说什么，他听不懂；他自己说的都是些胡话。他说，他周围的一切，身体里的一切,都又沉又滑,非常滑。

看起来他像是要死了。你会想,那么小的人儿,长得那么漂亮,却受那么多苦,而我这样的人却这么健壮,这是不对的。弟弟生得眉清目秀,如果活下去一定能成为童星,像埃罗尔·弗林或者法利·格兰杰①那样。房间里的这个漂亮孩子对我来说像个奇迹,一想到可能会失去他,我便无法忍受。让我同样无法忍受的还有那空荡荡的房间,顺着木板墙缝隙弥漫进来的潮气、屋外的黑泥浆、浓烟的气味、蚊子,以及即将到来的夜晚。

这就是我记忆中的弟弟,哪怕后来他长大了。哪怕后来我们卖掉了驴车,买了卡车,拆了旧房子,盖了漂亮的新房子,粉刷一新,里面什么都有,但想到弟弟,脑中浮现的依旧是那个瘦小、多病、代我受苦的漂亮弟弟。我总感觉,谁要是害我的弟弟,我就会去杀了他。我不在乎我自己,因为我没有人生。

弟弟生病的那一年,推算起来应该是一九五四年或者一九五五年,一个很普通的年份,从天气上来看,应该是一月或者十二月。印象中,这事发生在很久以前,所以我无法说出确切的时间。如同无法确定时间一样,我也想不出事情发生的确切地点。我知道我们的房子在哪儿,我知道,哦,天哪,如果我回去,我会在那个路口从出租车下来,沿着古老的萨瓦纳路走。我很熟悉那条路,无论什么天气,我都认得那条路。但是不知道印象中我所见到的情景发生在哪儿。其他一切都变得模糊不清,只剩下连绵的雨、即将到来的夜晚、房子、泥浆、田野、驴子、厨房冒出的黑烟,以及走廊上的

---

① 埃罗尔·弗林(1909—1959)和法利·格兰杰(1925—2011)都是好莱坞的著名影星。

父亲和躺在地板上的弟弟。

人越怕什么，什么就越会发生，就像心念着危险，危险就必定降临。我又像是在做梦了。我看见自己在一栋英国式的老房子里，像劳伦斯·奥利弗和琼·芳登主演的《蝴蝶梦》里的那种房子。那是一个楼上的房间，有很多百叶窗和浮雕装饰。天气状况不明。我和弟弟在一起，我们在这栋房子里是陌生的访客。弟弟还在求学，在英国念什么学院。这次他是来看他同学，住在他家里。门外走廊上，发生了点什么事情。他们吵起来了，友好的争执，扭打起来。他们本只是闹着玩，但那刀刺进了男孩的身体，就那么轻而易举地刺了进去。那男孩一声不响地倒了下去。我见他满脸惊愕，却看不到一滴血，也不想蹲下去看个究竟。我看到弟弟张开了嘴要叫，但发不出声音。什么声音都没有。我害怕了——弟弟要被送上绞刑架了，肯定会那样，但这只是一次意外，不是真的——那一刻，我知道我长久以来背负着的爱和危险迸裂了。我这一生完了，被毁了，被毁了。

最糟糕的事情还在后面。我们得和那个男孩的父母一起吃饭。他们还不知道发生了什么。我们两个人，我弟弟和我，还得坐下来和他们一起吃饭。男孩的尸体还在屋子里，就在柜子里，就像电影《夺魂索》里法利·格兰杰演的角色一样。①那尸体一开始就在那里，永远都在那里，除此之外的一切都像是拙劣的模仿。但我们还得和他们一起吃饭。弟弟吓得瑟瑟发抖；他不善演戏。和我们一起

---

① 《夺魂索》是希区柯克1948年导演的悬疑电影。故事中两名同谋杀人后藏尸于一个大箱中，再邀请受害人的亲朋、老师参加宴会，而宴会就在那个箱子上举行。最后他们的罪行被发现。

吃饭的人，我看不见他们的脸，不知道他们长什么样。

他们可能像这列火车上任何一个白人，比如那个在潮湿的车窗玻璃上写字的男孩的母亲。

∽

现在我帮不了任何人。我的这辈子已经毁了。我希望火车永远也别停下来。但是看啊，房子越造越高，越造越密，都挨着铁轨了；透过潮湿的窗玻璃可以看见房间、厨房里晾晒的衣物和其他东西。伦敦。我很高兴弗兰克与我同行。火车停下来后，他会照顾我。他会带我去婚礼的会场，无论它在哪里。我弟弟要结婚了。我的内心却像灌了铅。

火车停下后，我们任别人匆匆下去。我要稳定一下情绪。走出去的时候雨已经停了，太阳像是要冲破云层。弗兰克说我们有充裕的时间，所以我们决定先走一段。雨后的街道很脏，房屋黑魆魆的，阴沟里堵着旧报纸。我跟着弗兰克走在我熟悉的街道上。我不知道这只是一个巧合，还是弗兰克故意的安排。弗兰克什么都知道。

然后，我就看到了那家店铺，像个带着玻璃门面的脏盒子。

现在它变成了一家专卖滑稽玩具的商店，布满灰尘的玻璃橱窗里放着一些小卡片。娱乐你的朋友，吓唬你的朋友。扑克牌戏法，假牙齿，固体啤酒，橡皮蜘蛛，爽身粉，塑料狗粪。东西不多，但你可能不会相信，从前，有过那么几个月，这地盘是我的。

"就是这个地方，"我对弗兰克说，"我这辈子铸下大错的地方。我倾家荡产的地方。两千英镑。我花了五年时间才攒起来的。五个月时间,在这里就通通没了。"

两千英镑。如果你这辈子总在和美元、美分打交道,那英镑听起来像没什么大不了的。但两千英镑,我父亲十年都赚不到。有过那样的遭遇,还怎么重新振作呢?你或许会说,可以从头来过,再工作,再攒钱。话是可以这么说,但你知道,信心被挫败了,就是挫败了。

弗兰克搂住我的肩,把我从橱窗前拉开。店主,也就是现在租下了这个铺面的新店主,看着我们。他是个黄种人,矮小、秃顶、肚子略微鼓出来。他橱窗里摆放的东西好像都开始积尘了。内心的傲气使然,弗兰克挺直了身子。是做给那个秃顶的家伙看的,做给任何一个注视着我们的人看的。

我说:"你这白狗子。"

弗兰克好像喜欢这样的脏话似的,反而变得温柔有礼。就因为他这样的态度,我开始说些连我自己都不相信的话。

"我要赚很多钱,弗兰克,比你一辈子挣的还多,你这白狗子。我要买下这儿最高的楼,买下整条街。"

但连我自己都知道这是在胡说八道。我知我这辈子算是毁了,我自己都想笑话这些话。

我不想现在出现在这条街上,不是因为不想被人看到,而是不想看到别人。弗兰克说那是因为他们都是白人。他说这样的话的时候,也不知道对不对,我总觉得他是在挑衅我,激我去杀个白人。

我想要离开这条街,让自己平静下来。弗兰克带我去了一家咖啡馆,我们在最里面对着墙壁坐下。他坐在我边上,和我交谈。他谈起了自己的童年,我觉得他是想让我知道,他小时候也得过疟疾,躺在一间空荡荡的房间里。不过,他赢得了人生,住在自己的城市里,他变得聪明强壮。他不知道他这么说让我有多羡慕他。我看着纸餐巾上的花朵图案,思绪不知飞向了何方。他不明白我内心深处的想法。就算给他一百年时间,他也不会理解的:这个世界于我而言太乏味,除了甘蔗地和柏油路,别无景致;打小我就知道,我注定没有人生。

∽

世界对我而言太乏味,但对我弟弟来说,就不一样了。他本会有突破,成为一名专业人士。这一点我本会亲眼见证。对于富人和专业人士来说,这个世界并不乏味。我知道的,我见过他们。你盖个茅棚,他们建座大厦;你的屋前是泥地和长满巴拉草的荒地,他们的屋前是花园;星期日你百无聊赖,他们搞搞派对。我们都是娘肚子里出来的,但有些人一步步高升,有些人就落在后头。有些人落后太多,自己都不知道自己在哪里,也就无所谓了。

就像我的父亲。他不能读,不会写,但他无所谓。他还拍着胖膀子,笑呵呵地拿自己的浅薄打趣。他说他很乐意这样,把那种生活留给弟弟去过。他弟弟在城里做法律文书,每次碰面,父亲总是把自己的人生当作一个故事、一个笑话讲,他还把我们,他的孩子们的人生,也讲成笑话。但从他的说笑中,你可以看出他觉得自己非常聪明,他才是得了实惠与好处的那个。我的两个姐姐和一个哥哥也是那样。他们接受的教育着实有限;然后,就像过去的人那样,他们结婚了。我的哥哥开始打老婆之类,总之将前辈们的陋习一一延续下来：每逢周五周六都喝得醉醺醺的，乱花钱，且毫无廉耻心。

我在家中排行老四，是第二个儿子。我长大之后，周围的世界发生了很大的变化。许多人离家继续学习深造，返乡后成了大人物。我知道我错过了时机。当我不得不辍学的时候，我明白自己失去的有多么多，于是，我下决心不让同样的事情发生在弟弟身上。我觉得我看事情比家里人都明白；他们总说我太敏感、暴躁。但我觉得我似乎成了一家之主。我对我们家既抱有厚望又感到羞愧。抱负感像羞愧感，而羞愧感则像一个秘密，总是很伤人。就算到了现在，一切都过去了，这种羞愧还是能让我再次心痛。弗兰克是永远也参不透我的内心的。

∞

曾经有个人住在我们家附近的一栋两层楼的房子里。那房子是混凝土盖的，还用了带装饰的混凝土砖块。房子是褐色的，木栅栏是巧克力色的，一切都是那么整洁、美好，好像是可以吃的东西。我每天都研究这幢房子，觉得富人的房子就是这样的，因为里面住的人富有。他是个富人，但他一度和我们一样穷。听说他在南边有几英亩田，田里发现了石油。一个和我父亲一样简单的人，没受过太多教育。但在我眼中，他是个伟大的人，因为有油田、运气、财富和房子。

我崇拜这个人。他一点也不铺张，有时候可以看到他站在路旁等公共汽车，或是坐出租车去城里。如果不知道他是谁，你是不会去注意他的。我把他仔细研究了一遍，通过他梳的头发、扣起的衬衫和系带皮鞋的款式等他身上的一切,看到了运气和金钱。他独自一人住在那栋房子里,孩子们都已经结婚了。据说他和家人不和,总是忧心忡忡的。但在我眼里,那也是他的卓越之处。

一次,村里有人举办婚礼,那种传统的、通宵达旦式的婚礼,这个有钱人让出了自己的房子供婚礼用。婚礼之夜,我第一次走进这栋房子。房子外面看起来很大,里面其实很小。楼下基本上是混凝土柱子和墙壁,空荡荡的。二楼有五个小房间,外加前后门廊。屋里灯光昏暗,非常昏暗。这是我记得最清楚的一点。还有就是死老鼠的气味。屋子里给人感觉到处是灰尘,走动时会觉得有灰落在身上。那其实不是灰尘,是木虱子的粪便,又小又硬又光滑的"木蛋";无论把手放在什么地方,你都可以感觉到木蛋在手指下滚动。

客厅里家具塞得满满当当的,殖民风格的扶手椅、双人沙发、中央餐桌,应有尽有。但它们让人觉得只要重重一碰,随时会散架。客厅里除了家具,几乎什么都没有了,没有画,连日历都没有,倒有一沓宣扬基督教的杂志《耶和华的见证》之类。这栋房子像座坟墓,好像没有人生活在里面,好像那个富人不知道造这栋房子做什么用。

然后有一天,富人被枪杀了。是因为钱,还是家庭恩怨,没有人知道。这成了又一桩悬案。黑人警察到处张贴告示,悬赏五百美元捉拿凶犯。整个村子仿佛一下子变成了道奇城,或是《杰西·詹姆斯》中亨利·方达和泰隆·鲍华即将出镜时的场景。[①]

全村的人都等着看好戏。但好戏没有上演。告示褪了色,剥落

[①] 道奇城位于美国堪萨斯州,在电影、文学作品中多以枪手与犯罪横行的形象出现;《杰西·詹姆斯》(又译《满寇志》)为西部枪战片。

了，警方也渐渐忘了这案子。但那栋房子还在。褐色的油漆剥落了，马口铁皮屋顶生锈了，斑斑锈迹一直延伸到墙面；地面的潮气很快爬上了墙，犹如鲜绿色的灌木。鲜绿色变暗变黑，俨然一片灌木。屋子里长霉了，屋顶全生锈了。油漆完全剥落，木头露出纹路，渐渐布满窟窿，松软的部分被风侵蚀，仅剩下中间坚实的部分，像骷髅架。我还住在村子里的时候，那栋房子就已经是那副样子了。

现在我知道了，那个我曾经以为很富有的人其实一点也不富有。从这儿，从这个乡村模样的城市看过去，我觉得自己可以俯瞰到那块潮湿、平坦的土地上的整个村庄，那条起伏不平的、在绿色甘蔗地间穿行的黑色柏油小路，一条条杂草丛生的沟渠，一座座茅草棚，雨后黄色庭院里积起的水，以及那栋正在腐烂的混凝土房屋的生锈屋顶。

∽

你会好奇人们怎么就来到了这个村子，这块地方怎么变成了他们的家。但这儿就是家。星期天早晨，如果阳光灿烂，村里人都不干活，都在自家屋前的院子里休息。村里零零星星长着几簇百日草，一些万寿菊、老姑娘花、鸡冠花、杓兰和常见的芙蓉花。理发师走街串巷，大伙儿就坐在芒果树下让他理发。记忆中，就是在这样一个早晨，我父亲的弟弟骑着自行车从那条柏油路上过来。

父亲的弟弟住在城里。他是怎么进城的，为什么他受了教育而我父亲只字不识，他是怎么从律师那里获得工作的等等事情，都发生在很久以前，在我出生之前，所以它们对我来说都是谜。他是个基督徒，至少起了个基督徒的名字：斯蒂芬。这是他追求进步的一个标志。虽然父亲总在背后嘲笑这名字，但我们都以斯蒂芬为荣。因为有了他，我们家才在村子里有一点小名气，受人尊敬。

他来看我们可是一件大事。邻居们会提早把这消息传到我们家，母亲赶紧在院子里抓鸡宰杀，父亲则忙着准备瓶装朗姆酒、酒杯和水。吃大餐喽！最后，临走前，斯蒂芬会拿出些铜币分给孩子们，让我们看星期日下午四点半的连场日戏。

他来的时候就总是这样的。小时候我崇拜斯蒂芬。正因为崇拜他，有一段时间我一直以为他是一个人住在城里。但后来我失望了，因为发现斯蒂芬有家室。他有一大堆女儿，都在修道院学校上学，还有个儿子，天资聪颖、学业出众，非常得他的宠爱。这孩子年龄和我差不多，或者稍微大一点。他来过我们家一两次，是个可爱、文静的孩子，不像其他城里孩子那样在我们面前装酷。相比我和弟弟，我父亲更为这样的孩子而骄傲。斯蒂芬的儿子正合乎他的期望：与众不同、聪明，将来会成为一个专业人士。我父亲的这种骄傲是以他特有的方式表达的。他没有给他铜币让他去看戏，而是送了他一支秀兰·邓波儿牌自来水笔和一块米奇手表。

斯蒂芬从来不事先告诉我们他什么时候来。我们也弄不清楚他为什么会在星期天早晨离家，到乡下来和我们聚餐。父亲解释说斯蒂芬喜欢时不时逃离一下现代生活，还说他对他的基督徒老婆不满，而且因为他追求进步，所以烦心事就特别多。我不明白像斯蒂芬这样的人会有什么烦恼。就算真的有烦恼，他也不常表露出来。

斯蒂芬喜欢开玩笑，拿人开玩笑。不等把自行车在树荫下停稳，把帽子摘下，把车锁挂好，把朗姆酒喝上，他就已经开始拿我们寻开心了。我不明白他为什么觉得我们的驴子那么好笑，就像他从来没有见过驴子似的。他老拿驴子嘲笑我们，驴子死了他还是嘲笑我们。后来我们买了卡车。卡车在楼下闲置了几个星期，车轴下放了木块，他也为此嘲笑我们。我们无论做什么都会遭到斯蒂芬的嘲笑。对他的笑话，父亲总报以笑声，让他更是变本加厉。

刚开始的时候，斯蒂芬也常常拿我当靶子。"你准备什么时候把他嫁出去？"他常常这样问我父亲。那时我还小呢。父亲总是哈哈大笑，然后回答："下一季吧。我给他找了个好姑娘。"随着年龄变大，斯蒂芬看出我并不喜欢这样的幽默，他也就不再拿我开玩笑了。

斯蒂芬并不是一个尖酸刻薄之人。他就是天生爱开玩笑，尽管他有很多所谓的烦心事。有时候他也嘲笑自己。一次，他带着儿子来看我们，说："我儿子从来不说谎。"我问那个男孩："这是真的吗？"他回答："不是。"斯蒂芬扑哧笑了出来，说："我的天哪，看看你们对他的影响！这孩子刚刚撒了第一个谎。"这就是斯蒂芬，总是诙谐中带点严肃。你会感觉到，他总是嘲笑我们的一大原因是，他希望我们多点进取心。

斯蒂芬一直问我父亲准备让我弟弟接受什么样的教育。"其他人都没指望了，"他说，"但这个孩子你还是可以让他受点教育。戴约，孩子，你想要念书吗？"戴约用脚搓着脚踝，回答说："是的，我想念书。"我觉得斯蒂芬更关注弟弟，是因为弟弟长得漂亮。他总说："我要把戴约带走。"父亲会说："好，你带他走，让他上点学。在这里上学他什么都学不到。这年头，不知道那些老师都在教些什么。"

我一直想，如果斯蒂芬能关照戴约，利用他的关系让戴约进一所城里的好学校，那该多好。但我知道斯蒂芬只是说说而已，或者说，是酒足饭饱之后信口说说。我想严肃地和他谈谈戴约的事情，但不知道要怎么开口。换作一个陌生人倒好办。但斯蒂芬是家里人，家里人反而怪怪的。我不想让斯蒂芬和他儿子觉得我们家要和他们家竞争。如果他感觉出这一层来，他不仅会嘲笑我们，说不定还真的会恼了。

所以我就随他说去。我知道他会一边喝酒，一边开玩笑，眼睛会越来越红，直到忧虑真的在脸上显现出来。饱餐后，他会跳上自行车回到城里，回到他自己的家。

我知道斯蒂芬不会真心为戴约着想，因为他一门心思都在自己儿子身上。斯蒂芬谈让儿子深造的事已经好多年，为此存钱也存了好多年。对此他毫不避讳。儿子去加拿大读大学的事情办得差不多了，离出发的时间也不远了，他还是很紧张。可以感觉得到，斯蒂芬对儿子不单是寄予了厚望，还掺杂着点害怕。他就像抱着一件珍宝，生怕那东西掉下去砸碎，割伤自己。连我父亲也注意到了他的异常，开始在背地里说："我兄弟斯蒂芬要被他儿子抛弃了。"我父亲就是这样想得开。自己的孩子他可一个也不管，免得日后被抛弃。

一个周日下午，在那个男孩出发前几个月，斯蒂芬来了。像往常一样，没事先通知一声。这一次，他没有骑自行车，也不是一个人。他租了一辆车，里面坐着他全家人。我在屋后的巴拉草地上看到车停下，斯蒂芬家的姑娘们都下了车。我想起了家里的情况，傻乎乎地直跑进屋，想要扫扫地、清理清理房间。但我的心情沉重，因为能想象到那些姑娘会怎么看我们家。最后，听到他们的脚步声在房子一侧的楼梯上响起时，我装得像父亲那样毫不在乎，一副随便什么都可以调侃的样子，让他们知道我家就这样，就这么回事。

就这样他们都上了楼。斯蒂芬信基督教的妻子和他那些基督徒女儿们脸上满是不屑的表情。如果她们个个长得很丑，倒还让人好受些，可她们不是。我觉得她们的不屑是有道理的。我故意落在人堆后面，不想引起注意。但是，我那母亲，一边把脏脚放在脚踝处蹭，一边从头上拉下面纱，咧嘴笑着说："啊呀，斯蒂芬，你也不事先告诉我们一声。你害得这孩子……"她指着我，"跑来跑去想要整理整理这屋子呢。"然后她就笑了，好像讲了个好笑话。

这傻女人不知道自己在说什么。我跑到屋外的巴拉草地，穿过甘蔗地，努力压抑胸中的羞辱感和愤怒。

我走啊走啊，觉得自己永远不想再回那个家了。但天色渐渐黑了，我还是得回家。沟渠里的青蛙开始呱呱地唱起歌来，家里也亮起了昏暗的灯光。没有谁惦念我，也没有人在意我说过什么，更没有人在意我去了哪里、做了什么。房子里每一个人都在谈论一件事情：戴约要上城里，住在斯蒂芬家。斯蒂芬要送他上学，照顾他的学业。斯蒂芬要把他培养成一名医生、律师，或者其他专业人士。一切都安排好了。

真像做梦一样，但这梦来得不是时候。我本该感到开心，却觉得周围的一切都该去死。戴约马上要走了，而我，就像斯蒂芬心里装着儿子一样，开始感到心里装着戴约，一件会不小心摔坏、把自己割伤的东西。与此同时，原谅我吧，一种新的情绪在我内心滋长：我在等待，等待我的父母，等待斯蒂芬一家人，等待那一天所有在场的人——等着这些人通通死去，将我的耻辱一起埋葬。我恨他们。

就算到了今天，我还恨他们，尽管我有更多的理由去恨白人，恨那家咖啡店、恨那条街、恨那些毁了我人生的人。但现在，死去的人却是我。

∽

我曾想象过大城市的样子。它不是这样的，街道也不一样。在我的想象中，那是一座漂亮的公园，有高高的如同长矛一般的黑色铁栅栏；宽阔的人行道上挺立着枝叶茂盛的大树；雨点落在地上，感觉就像《魂断蓝桥》里雨点落在罗伯特·泰勒身上；人行道上落满了扁平的树叶，形状完美，颜色漂亮，金的、红的、深红的。

枫叶。斯蒂芬的儿子去蒙特利尔上大学之后不久，给我们寄了这样一片树叶。信封很长，邮票很奇怪，信纸中就夹着这样一片漂亮的枫叶，是从无数飘落在人行道上的叶子中捡起的一片。我常常把那封信和叶子拿出来看，端详信封上的邮票。我看见他走在人行道上，走在黑色栅栏边。天很冷，他停下来吸了吸鼻子，看着地上的树叶，想起了我们，他的堂兄妹们。他穿着一件厚厚的大外套御寒，胳肢窝下夹着公文包。这就是我想象中他在蒙特利尔求学的样子，在枫叶之国快乐生活的模样。我希望看到戴约也是这样。

∽

斯蒂芬的儿子去蒙特利尔之后，斯蒂芬一家对戴约的忌妒才真正爆发出来。他们对他冷嘲热讽，让他睡在客厅里，每天晚上要等别人都去睡了他才能在客厅里打地铺睡觉。他不像斯蒂芬的儿子，他没有看书的房间，只能待在门廊下读书。斯蒂芬家很小，门廊差不多就在人行道上，所以他可以看见每个路过的人，任何路过的人也都能看见他。看见他？他们都可以伸出手，翻翻他正在看的书。这个常在门廊上读书学习的孩子于是在附近赢得了一点名气和敬意。我觉得正是大家对这个穷苦孩子的一点尊重使得斯蒂芬一家很恼火。他们觉得只有他们才有资格学习。

你或许会觉得，斯蒂芬的女儿们应该为她们英俊的堂兄弟骄傲，但她们格外排挤他。和所有穷人一样，她们只希望自己飞黄腾达。打压穷人的总是穷人。她们觉得戴约降低了她们的身份。如果哪一天斯蒂芬给我捎信，说戴约和他的那群女儿闹翻了，我一点也不会感到奇怪。

戴约参加各种考试，但都失败了。你可以想象，这让她们有多开心，让她们忍不住要欢呼庆祝。没通过的原因在于戴约上的是个很差的学校。好的学校他进不去，因为没背景，基础又差。所以他只好去了现在这所私立学校。这学校的老师是一群乌合之众，压根儿谈不上什么资质。但是斯蒂芬的女儿们不这么看。

你或许会觉得，既然斯蒂芬这么崇尚进步，他一定会支持戴约，给戴约这孩子一点实际的帮助和鼓励。但自从儿子走了之后，斯蒂芬变得非常怪异。他对这个世界上的任何事情都没了兴趣，像一个服丧的人。而且，他似乎盼着坏消息，等着心爱之物从手里摔落，砸伤自己。他的脸浮肿了，头发也变得灰白、粗糙。

但先得到坏消息的是我。一天，我开完大卡车，精疲力竭地回到家里，看到戴约回来了。他穿得像个访客，整整齐齐的，说他再也不想回斯蒂芬家了。他说："他们把我当成小工，只知道使唤我跑腿。"

我看得出他受了很多委屈，而且很怕我们不相信他，逼着他回去。

我的父亲正是想这样做。他挠着膀子，搓着下巴上灰白的硬胡楂。他很喜欢搓胡子发出的声音。他摆出一副什么都知道的样子，自作聪明地说："这你就得忍着点了。"

所以可怜的戴约只能向我求助。看着他那充满悲伤、恐惧的脸，我心软了，人都要颤抖起来，血液似乎在血管里上下翻涌，胳膊也隐隐作痛，好像里面有一根铁丝，正被拉紧了一样。

戴约说："我一定要走，一定要离开。我觉得再和那些人待在一起，我就会被他们的忌妒给毁了。"

我不知道该说些什么。我没有路子，也没有任何关系。斯蒂芬有关系有路子，但我不能向他开口。

"我在这里没事可做。"戴约说。

"去油田怎么样？"我问他。

"油田，油田。白人把肥缺都留给了自己，在那儿顶多做个助理化工师。"

助理化工师，这说法我还是第一次听到，印象深刻。斯蒂芬一家觉得戴约什么都没学着，但依我看，这孩子在这两年里长进不少，讲话都不一样了。语速没有以前快，声音也不忽高忽低了。现在讲话他能用很多手势，还带上了一点好听的口音，所以有时候听起来像女人；受过教育的人说话都那样。我喜欢他现在的腔调，尽管眼睁睁地看着我这兄弟变成了一个语言大师，我多少有点尴尬。既然他打开了话匣子，我就任他说下去。说话的时候，他的悲伤和恐惧都不见了。

后来我问他："如果出国留学，你准备学什么？医学，会计，法律？"

我母亲插话道："也不知道为什么，从戴约小时候起，我就希望他能当个牙医。"

就她那点见识，你能肯定她在此前从没为戴约的前途思考过，无论牙医还是其他什么，都是随便说说罢了。我们让她把要说的说完。等她下楼去了厨房，戴约才又开始用他的腔调说话。他没有直接回答我，绕了半天，最后才说："航天工程。"

这个词，就像助理化工师一样，也是我从来没有听到过的。这让我有点害怕了，但戴约说英国有个大学，只要付了钱就能进去读书。反正，我们就这样说好了。他将出国深造，学习航天工程。

我们说好之后，戴约像逃犯似的迫不及待要离开，好像船已经在码头等他，好像他在这个岛上一个月都待不下去了。现实倒也确实如此：他要赶一班船，有几个朋友等着一起去英国。我东奔西走，四处借钱，在各种各样的文件上签字，直到把钱凑齐。

一切进展神速。我还记得看着戴约笑眯眯地登上轮船的时候，我心里在想：这样的时刻，怕是只有日后才能体味出其中的真滋味。轮船起航后，看着它和码头之间油垢斑驳的水面，我感觉很糟糕。我觉得这整件事做得太轻松了，这么轻松往往得不到好结果。不过这些都及不上我心中的悲伤，为弟弟，为这个穿着新西装的纤弱男孩而悲伤。

悲伤的情绪在发酵。我在心里埋怨斯蒂芬一家，怪他们忌妒弟弟，把他逼走。戴约离开两三天后，我忍不住进城去了斯蒂芬家。

斯蒂芬的家在城里一个很糟糕的地段，是栋矮小、老式的木结构房屋。想到过去曾把斯蒂芬视为大人物，我都替自己害臊。现在我看明白了，斯蒂芬在城里可算不上什么，他的所有希望，他女儿们的所有希望，都寄托在那个去蒙特利尔读书的儿子身上。对于他们来说，他就是一个王子。在那栋既没有前院，也没什么后院可言的小房子里，他们生活得如同白雪公主和七个小矮人：小小的起居室里挂着小小的外国画，放着小小的打蜡家具。走在里面几乎得弯着腰，否则很可能碰坏什么。

我去的时候是傍晚时分。一家子都在。斯蒂芬在门廊的摇椅里晃着。他那苍老的模样让我很吃惊。头发全部花白了，又短又硬。一家人都看着我，好像感觉到了我是来找麻烦的。我让他们失望了。我亲吻了斯蒂芬的脸颊，也同样亲吻了他的妻子。那些女孩假装没看见我，对此我倒也没有什么意见。

他们给我端来了茶。这茶可不像我们乡下那样，把炼乳、红糖和茶都混在一块儿。不，不是那样的。茶，牛奶，白糖，各归各的放。我假装是那七个小矮人中的一个，他们叫我做什么我就做什么。然后，不出我所料，他们问起了戴约。

我用他们给我的小茶勺搅了搅茶，呷了一口，放下杯子，然后说："哦，戴约。他走了。乘的'哥伦比'号。"

斯蒂芬大吃一惊，椅子也不晃了，然后挤出一点微笑，那模样和我父亲真像。

斯蒂芬的妻子，那个不知羞耻的穿短裙的基督徒，开口问道："他出去做什么？打工？"

我又举起茶杯，说道："出去接受高等教育。"

这一刻，斯蒂芬都显得恼火了。"高等教育？他连低等教育都还没有开始呢。"

"这只是个人看法。"我说,借用了从戴约那里学来的词。

斯蒂芬的一个女儿,那个绝顶漂亮又非常恶毒的小不点,跑出来问道:"那他去学什么专业?"

"航天工程。"

斯蒂芬满脸惊愕,我觉得自己要笑出来了。他们个个忌妒得生恨。斯蒂芬的女儿们通通跑了出来,在小小的客厅里把我团团围住,仿佛我是马戏场上的黑姑娘。我还是不动声色地用他们的小茶杯喝着茶。四周墙上贴着外国风景画和照片,好像因为他们是基督徒什么的,就必须知道这些一样。

"航天工程,"斯蒂芬说,"他在机场和城区间开开出租车,怕是会过得好一些。"

女孩们咯咯笑了起来,斯蒂芬的妻子也面露微笑。斯蒂芬又一次展现他挖苦和嘲讽人的本色,取得了话语控制权。这一下这家人的心里又平衡了,感觉好多了。我想再待下去,难保不说出脏话来羞辱他们,便起身离开。走的时候,我还听到一个姑娘在哈哈大笑。我真无法形容当时我心里有多恨。

第二天早晨四点我就醒了,我还在生气。我气得睡不着觉,眼睁睁看着天亮起来。那一整天,去采石场来来回回运货的途中,我一直在生气。

下午干完活,我把卡车停在屋前,叫了辆出租车去城里,去斯蒂芬家。我并不清楚我要做什么。一路上,有一半的时间我在想,就去和他们和解吧,接受斯蒂芬的玩笑话,并且让他们知道我也能笑对他的那些风凉话。

不行,这是懦弱的表现,是愚蠢的、错误的,和敌人怎么可能开玩笑呢？一旦知道谁是敌人，你必须在被他们消灭之前把他们消灭。所以路上的另一半时间我想的是到了那里该如何把那房子里所有的东西都砸烂：在客厅里抄起弯木椅，从这面墙砸到那面墙，从这扇百叶窗砸到那扇百叶窗，砸烂每一个房间，砸烂每个房间里那些该死的浮雕装饰。

然后发生了一件怪事。或许是由于早晨醒得太早了，缠了我一整天的便秘突然消失了。赶到斯蒂芬家的时候，我想的只是赶紧上厕所。

所以我冲进了他们家。斯蒂芬还是坐在小门廊的摇椅上，但我什么都来不及和他说。我也没有向他的妻子、女儿们问好。我直接冲进了卫生间，在里面待了很长时间。我拽了马桶链，等水箱重新注满水后，又冲了一次，这才走出卫生间。我径直穿过屋子，跟谁也没有说话，就回到大街上。我又感到双臂隐隐作痛，不过并没有铁丝拉紧的感觉。我一直走啊走啊，直到头脑冷静下来，最后叫了辆出租车回家。

第二天又是四点钟，天还没有亮，我就醒了，但我感到的是害怕。我想哭，想要祈求原谅，我开始觉得自己出问题了，我的生活、我的脑子都不正常了。我胸中的仇恨也破裂了，我感觉不到恨意。我开始感到迷茫。我想起戴约生病躺在老房子的地板上，想起他乘着白色的"哥伦比"号离开。天亮后起床时，我依然一片迷茫。

我在等待惩罚。我不知道会有怎样的惩罚降临到我头上，但每天我都在等待。每天，我也在等待戴约的来信，但他杳无音讯。我很想再去斯蒂芬家，只是再去一次，就坐在那里，什么也不做，什么也不说。但是我什么都没有做。

后来，斯蒂芬得到了他儿子的消息。消息说他儿子在蒙特利尔脑子出问题了。学业和父亲的期盼让他不堪重负，在蒙特利尔他精神崩溃了，就像那些警犬和宠物，要是主人被杀就会发疯一样。斯蒂芬终于接到了坏消息！王子一去不复返。城里那栋小房子里的那家人乱成一团。真的是乱成一团。

我的父亲说："我一直说吧，斯蒂芬肯定会毁在那个孩子手上。"

他觉得自己赢了。他什么也没有做，干等着就获得了胜利。不过我没有忘记我的仇恨，那引起我强烈生理反应的仇恨。我真想把他们都杀了。

∽

现在，我又想起了那片枫叶，那个给我们寄枫叶的男孩把它装在贴着奇怪邮票的航空信封里。他在求学，穿着外套，拎着公文包，走在大街上。那条大街还在，雨点也无数次落在上面，黑色铁栅栏旁的人行道上依旧铺满落叶。我觉得自己正走在那条人行道上，走在那些奇怪的叶片上。有时候我会捡起那些奇怪的叶子、奇怪的花朵。我有一张纸，纸上有像学生作业本上那样的虚线，上面还写着一个号码。弗兰克在纸最上端那条虚线上，用他的笔迹写下了我的名字。但是，我不知道能给谁写信，寄上一片树叶，或者一朵花。

∽

水是黑的，船是白的，灯光闪烁。船上，很深的底层舱里，人人都觉得自己像个囚犯。灯光昏暗，每个人都躺在自己的铺位上。

早晨起来，海水是蓝色的，但看不见陆地。船到哪里你也到哪里，你再也不会是个自由的人。船里散发异味，像呕吐物，又像餐厅后门的腐臭味道。船日夜兼程。海水和天空都渐渐失去了颜色，一切都变得灰蒙蒙的。

我真希望这船能一直开下去，我不想再踏上陆地。我的下铺是一个做珠宝生意的，名叫可罕或者穆罕默德之类。他一直戴着帽子，一直戴着，像是存心要搞笑似的。但他那张小脸上没有一丝笑容。他已经在嚷嚷着要回家了。我不能回家，我得待在船上。我不知道我是怎么把自己困住的。

陆地越来越近。一个早晨，透过雨幕已经可以看到陆地了，白的多，绿的少，没有其他颜色。船突然停下，周围很安静。旁边泊着一艘小船，上面有几个穿油布防水服的人。看得见他们在走动，但听不见他们在说什么。经历了这么多天的海上航行之后，眼下的小船和它周围的一切都显得特别鲜亮，像是一张黑白照片突然变成了彩色照片一样：起伏的大海深邃湛蓝，油布防水服黄灿灿的，那些人的脸则红扑扑的。

这片神秘的土地是他们的，你不过是个过客。雨中的那些房子没有一栋属于你。你无法想象自己沿着悬崖上那修得如此平整的路行走，但你又必须走上去。船上乘客带着行李一一走上那艘小汽艇之后，大船马上鸣笛示意。这艘给人以安全感的大白船，它在说再见，它在急着驶离，远离你。鲜艳的色彩不见了，画面也变了，充斥于耳中的是噪音，眼前的是拥挤的人群和行李、火车和汽车。就这样，我两眼一抹黑地上了岸。

∾

我告诉自己，我来英国是为了找戴约，在他求学期间照顾好他。但在码头上我没有看到他，火车站里也没有他的踪影。他就让我这么孤零零的。我摸索着，学着别人的样子，活了下来。我找了份工作，在帕丁顿找了住所，学会了看公共汽车线路，认识各个地名；看着季节由冷转热。我活了下来，勉强过着，但那完全是因为我觉得这不是我的生活。我的感受和在船上时一样，我觉得自己失去了人生，我永远丢弃了它。

我在揣测中度日，几个星期之后，戴约终于来信了。他还想责备我，说不得不写信回老家才问到我的住址。他在另一个城市。信里，他只字未提航天工程，只说他刚读完一个专业，拿到了文凭，现在需要一点帮助，好南下伦敦继续学业。

我向烟厂请了一天假，从邮局里取了几英镑钱，乘火车去戴约所在的那个小城。现在都是那样的。乘着火车或者长途公交车去往一个陌生的地方，根本不知道自己会到什么样的街，敲开什么房子的门。

这条街上清一色都是低矮的灰砖建筑。从那幢楼的院门到门口没几步路，开门的男人一听我报上名字就大为恼火。他是个小老头，衣领里的脖子皮肤松弛下垂，我听不太懂他带口音的话，但听出戴约欠他十二英镑房租，不辞而别了。除非把钱付清，否则他是不会把戴约的手提箱还给他的。我开始讨厌这小老头和他散发着霉味的房子。这房子墙上的污垢闪闪发亮。看到他租给戴约的每周收取三英镑的小房间时，我强忍住怒火才不至于动手揍他。这年头要忍气吞声的时候太多了,至于这样做到底有什么好处,我是说不清。

在这间斗室里,我看到了戴约的行李箱,还贴着"哥伦比"号的行李标签。我付了钱,提了行李箱就走。我不知道戴约在哪里,这四个星期来他躲在哪里。我就像个刚下轮船的傻瓜一样,拎着重重的行李箱,在街头来来回回寻找他。

后来我回到了火车站,仍旧拿不定主意是不是该就这样离开。候车室里空荡荡的,座椅被人用刀划出长长的口子,让人看了不禁倒吸凉气。我想象着戴约举目无亲地在这里熬过的那些日子,那些白天黑夜。他没有任何人可以依靠。被火车带回伦敦的一路上,眼里看到的一切我都恨:房屋,商店,所有过着安稳日子的人,所有在田野上玩耍的孩子。

火车到站后,我等来一辆公共汽车,又转了一辆公共汽车。拎着那只沉重的箱子转过街角时,我猛地看到了戴约。他仍然穿着上"哥伦比"号时的西装,站在我的屋子门口。

看上去他等了很长时间,似乎连等的是什么都忘了。他不消瘦;如果说有什么变化的话,他倒是壮实了一点。一看到我,他的伤心劲就涌了上来,我的眼泪也流了出来。我们俩走入地下室,互相拥抱,一起在沙发床上坐下。我注意到他身上散发着异味,衣服很脏,这让我有些难堪。

他把头枕在我腿上,我轻轻拍打着他,像哄一个婴儿,心里念着没有我,他孤苦伶仃度过的这些日子。他用脑袋撞着我的膝盖说:"我没有信心,哥哥,我丧失了信心。"我看到他那几星期没理过的头发,看到那污渍斑斑的衣领,也看到了脏鞋子。他一遍一遍地说:"我没有信心,我没有信心。"

所有想要责备他的话我都咽了回去。我轻轻摇着趴在我腿上的弟弟，直到心情平复下来。天黑了，外面亮起了街灯。我不希望他因为虚荣心而做出错误的选择，想要给他一条出路。所以我开口问："你还想不想完成学业？"他没有回答，只是抽泣。我又问他："你不想再学下去了吗？"他抬起头，擤了擤鼻子说："我没事，哥，我喜欢上学。"我发现他情绪好转一些了。他只是有点担忧、孤独而沮丧，这些都会好起来的，真的。

我走进厨房，打开灯，蟑螂在肮脏的旧灶台和胡乱堆放的锅碗间四处逃窜。我拿出面包、牛奶和一盒纽布朗士维克沙丁鱼罐头。

这是一个满月的夜晚。每逢月圆，楼上的白人老妇总会发作，和丈夫大打出手。咒骂、尖叫和厮打之后，其中一个被另一个赶出去，关在门外，这才罢休。

我生了一堆小火，用了一点点煤，更多的是报纸一类的引火物，和戴约坐下来吃饭。地下室没有洗澡间，我很遗憾。不过，第二天戴约就可以去公共浴室洗澡，六便士，浴室提供柔软的旧毛巾。此刻，那一点炉火让房间变得很暖和，屋里的湿气也烘干了些。老鼠马上闻到了食物的味道，我听到它在抓挠那块我挡在它洞口的纸板。住地下室就像住帐篷一样。我搬进来后不久做了一件搞笑的事情。我在壁炉上方的墙壁正中间挂上了一小块女士手镜。现在，戴约也可以拿它打趣了。

我们拖出沙发床，铺好被子。戴约身上的臭味、死老鼠、陈年的灰尘、煤气和铁锈的气味，我似乎都闻不见了。楼上，那个老女人把丈夫关在了门外。半夜，我被吵醒，是那个丈夫站在人行道上骂街，又砰砰地敲门。第二天早上，一切恢复平静。每月一次的发作就此结束。

∾

就这样，悲伤和恐惧突然过去了，欢乐时光接踵而至。那欢乐的时光来了，它伴随着我们，我开始忘却。斯蒂芬和他的家人、我的父母、甘蔗地、烂泥地、富人那栋摇摇欲坠的房子、夜航船、清晨出现的神秘大陆，这些我都忘了。一切都显得非常遥远，像是另一辈子的事情，像是都和我无关了。我和戴约就这样住在地下室，楼上住着个疯了的老女人，我们不认识其他人，在伦敦的日子就这样一个月一个月过去了，我觉得我又活过来了。

我收拾出后面的那间房给戴约住，给他准备好阅读灯和其他一切。他开始了正常的学习生活。他恢复了自信，而且看起来他没说谎，他真的喜欢学习。因为他刚学完一个专业，拿到文凭，就又开始学习另一个专业。我给他买了新衣服，他穿上真是好看，甚至可以说时髦。他说话的腔调更老练了，我觉得他有模有样，比得上任何专业人士。我知道自己没有文化，所以从不过问他的学习。我希望他别再有任何差池。对我而言，能陪着他就够了。

可以说，我慢慢喜欢上了大都市的生活。在老家，人和人相处都很粗鲁，大家都把工作看成是一种罪恶、一种惩罚，我也自由散漫惯了。但在这里，我慢慢喜欢上了工厂。没有人监视你，没有人嘲笑你，大家都是平等的。我喜欢烟草浓烈的香味，也渐渐喜欢上了我操作的机器。还没有切开的香烟从机器里出来，又长又结实，都可以拿来跳绳。我以前从没有想过，工厂永远在那里、早晨起来了就可以过去的这种工作状态，感觉还不错。

每周五，工厂免费发一百根香烟。这些香烟有一种特殊的水印，但是那些从巴基斯坦来的家伙还不知足，有的因为偷窃而被抓。一天，一个白肤色的巴基斯坦人像穿着高筒靴的牛仔那样从工厂出来，他们把他拦住，从他的靴子里搜出很多香烟来。这样的事情常常发生。工厂就像个学校，一开始你并不喜欢，但往后会越来越爱它。

不像开卡车那样疲于奔命，也没有人总责骂你。发放的工资，也都被装在一个小小的牛皮纸信封里，公务员或者专业人士领工资也不过这样吧。固定的工作，固定的收入。几个月后，我还清了在老家的债，有能力攒一点钱了。父亲有点余钱都藏在家里，我可不会像他那样。我把钱都存进了邮局，我有自己的小存折本。一天，我发现自己已经存下了一百英镑。这是我的钱，不是借来的。一百英镑。我很有安全感。我真的无法形容这种安全感。每当想起那笔钱，我就闭上眼睛，把手放到胸口上。

∾

人太快乐的时候，容易忘乎所以。那一百英镑存款让我飘飘然，忘了自己是谁。它让我想入非非，忘了来伦敦是为了什么。现在，我要的不仅仅是安全感。我想让这笔存款不断膨胀，我想看到邮局的人每个星期都在我的存折上写下新的数字，留下不同的笔迹。我像着了魔一样。我知道这很傻，也没有告诉戴约。与此同时，我因为这个小秘密而满心喜悦。既然希望看到每个星期存款都有所增加，我又找了一份工作。四处打听之后，我在一家餐馆厨房找了一份夜班工作。

于是我开始没日没夜地上班,漫长的工作时间占据了我生活的全部。我每天六点起床;七点,戴约还在睡觉,我就出发去烟厂上班;六点左右回到地下室,戴约有时在,有时不在;八点,出发去餐馆,直到半夜甚至更晚才回到家。对我而言,伦敦意味着不停地搭乘公共汽车,早晨、傍晚和深夜;伦敦意味着工厂、餐馆厨房和地下室。我知道我太累了,但那也是快乐的一部分。好比你生病瘦了,反倒会觉得就这么瘦下去吧,倒想看看自己到底能瘦到什么程度。或者好比你是个胖子,虽然不喜欢胖,但也好奇自己到底能够胖成什么样:胖子总爱看自己的影子,像是个秘密的嗜好。夜里睡觉、早晨起床时,我都感觉很累,但我喜欢,也享受这种感受。那也成了我的秘密,就像我在银行的存款,每月以五十到六十英镑的速度增加。至于疲劳,上午过去一半后也就不见了。

我觉得,戴约要是发现我满脑子都是挣钱的念头,他会笑话我。虽然他什么也没有说,但是我知道,作为伦敦城里的一名青年学生,他不会喜欢哥哥在餐馆厨房里打工。不过随着时间的推移,几个月过去了,一年过去了,转眼两年了,我们毕竟生存了下来,我的存款也在增加。我发现钱让我变得坚强。有了金钱做后盾,我什么都能够忍受。我不在意人们怎么说我、看我。没有钱的时候,我痛恨地下室,曾梦想不仅能给戴约买体面的衣服,也给自己添几件。但现在,衣服对我来说根本无所谓。一想到大家看我穿着工作服走在那条街上、从地下室出来,恐怕没有人会相信我在邮局里存了一千英镑,然后一千两百英镑、一千五百英镑,一想到这点,我就觉得很激动。

这点我自己都很难相信。伦敦的日子！老家的人是这么感慨的，意思是那里的生活多么美好。这不是我追求的，我不是奔着这个目的来的。但是现在，我觉得这样的日子来了；如果说我有什么好害怕的话，那就是怕我自己的能力有限，等有一天戴约读完书，抛开地下室，留下我一个人，我的人生也就完了。

真是这样。那些日子是快乐的。我和戴约同住地下室，我一门心思打工，每天早晨去工厂、晚上去餐馆，还能享受星期天的休假，这是以前没有过的。有时候我会想起我来到这里的那一天早晨，深绿色水中的那些穿着黄色油布防水服的人。但是，那些好像都成了在另一个世界的回忆，好像是我编出来的一样。

∞

真是疯了。人怎么能这样骗自己呢？看看这些街道。看看这些事物、这些人，都是我以前从未见过的。他们也有自己的生活；这个城市是他们的。我不知道我那时以为自己在哪里。我似乎把这座城市当成了自行运转的鬼城，它是我发现的。弗兰克不会懂的。他永远不会明白这座城市在我眼里是什么模样，也不会明白我曾怎样地拼命过。

他只有兴趣听听工头怎么欺负我，餐馆里的人如何互相打斗。他老是问我这类有关种族歧视的事情。他是我的朋友，我唯一的朋友。只有我知道他帮了我多大的忙，把我从多远处拉回来。但是他一直在提问，试图了解我的过去，因为喜欢看到我软弱的样子。他喜欢设陷阱让我掉进去，他急于把我推入黑暗中去。

无论在咖啡馆、公共汽车站，还是在公共汽车上，他的态度都是"离我们远点，这人现在很脆弱，我保护着他呢"。穿着锃亮鞋子、时髦花呢夹克的他摆出的这种态度，让我愈发脆弱。想当年，要我去服装店花现金买上一打花呢夹克都不在话下。

但现在，钱没有了，所有的东西都没有了，我只剩下身上这套西装，还散发着臭味。不过这里的一切都有味道。在老家，在我们老家，窗子永远是开着的，空气流动着，所有东西都是干干净净的。这里所有的东西都是锁起来的。连在公共汽车上也不透一丝风。

今天，在这个城市的某个地方，戴约要结婚了。我不知道他以为自己在哪里。

∽

我干啊干啊，存啊存啊，钱越来越多。存到两千的时候，我怔住了。我觉得我不能再这样干下去了。我知道这样的生活总有一天会结束，我无法永远打两份工，肯定会出什么事。我不想再这样拼命干活，拼命存钱，把存款增加到三千。于是我干脆什么活都不干了。我辞去了烟厂的活，离开了餐馆。我从邮局里取出那两千英镑，决定花这笔钱。

这就是无知，这就是疯狂。这就是这笔钱带来的疯狂。这笔钱让我觉得自己有能耐。这笔钱让我忘了它是怎么辛苦赚来的，忘了是花了整整四年才存下来的。我手中的这笔钱，两千英镑，让我忘了父亲赶驴车，一个月挣的绝不会超过十英镑。他就是靠着那十英镑把我们养大。一个月十英镑，一年也就是一百二十英镑，我手中的这笔钱，父亲要用十五六年才挣得回来。这笔钱让我觉得伦敦是我的。

我取出钱，按照老家人的做法，盘下了一桩生意。我就是被钱弄疯了。我既不了解伦敦，也不懂生意，但我盘下了一桩生意。我以为，这不过就是像老家人那样，买辆卡车搞运输，赚了钱再买第二辆，然后第三、第四辆。

我想开一个卖咖喱烤肉的小铺子。不是餐馆，更像是跑马场里的那种小食摊，柜台一头放两三盆咖喱，另一头放些烤肉、黑面包、煎薄饼什么的。家乡很多女人都做这种买卖，生意很好。我还在烟厂打工的时候，这个想法有一天突然就冒了出来，后来我就一直记挂着它。这个想法是突然冒出来的，就好像有人把它送给了我，因而我觉得它是可行的。对此，戴约兴趣不大，他只一如往常地大发议论，但说的到底是什么意思，你只有猜的份。我不知道他是觉得这生意太不体面呢，还是觉得在伦敦卖咖喱烤肉太滑稽，让人想起老家和那些简陋粗糙的东西。我就由着他说。

首先让我感到震惊的是店铺的租金。但我没有被吓住，没有就此打住。没有。我还处于疯狂之中，无法停下来。像是要去赶火车一样，不把钱花掉我的心就不安定。我在一条脏乱的小街上租下了一个破烂的小店面，付了几年的房租。奇怪的是，钱一出手，我就知道自己干了件蠢事，意识到钱全出手了，我又一文不名。我感觉这生意肯定会砸。我感觉自己的心在流血，我就是这样一个灭自己威风的傻瓜。

就这样，在四五个星期的时间里，我的世界又发生了彻底的翻转。我不再坚强、富有，无法不在乎别人说什么想什么。一下子，我就又成了穷光蛋,我的寒酸相让我忧虑。我开始渴求那些先前没有给自己的小享受,比如说那种十二英镑一件的花呢夹克:在支付了装修工、电工和原料供应商的钱款之后,我已经买不起了。

然后我还得和偏见和规章制度作斗争。在老家,你可以随时在自家屋外支起桌子做生意。但这里有各种规章制度。那些人穿着花呢和法兰绒制服,拿着各式各样的表格,到店里来盘查,怀疑这怀疑那。他们中有的人还很年轻,相当年轻。他们让我不得片刻安宁。他们板着面孔,挑三拣四,总之对我做的任何一桩事情都不满意。我既要买,又要烧,还得洗。小店地段不好,生意很差。就算我再卖命,起得再早,还是无济于事。

我明白,我把自己给害了。我残存的一点斗志也消失殆尽了。我曾经偷偷抱有的梦想,买下整个伦敦的梦想,就这么破灭了,虽然我一直清楚这本就是痴人做梦。没有了邮局里那两千英镑,没有了现钞,我就没有力量,如同剪去了头发的参孙[①]。

应付完穿法兰绒制服的人,我还得应付那些英国小混混。我不知道我怎么招他们惹他们了,他们怎么就选中了我。他们的话有一半我听不懂,他们也根本不是那种好打交道的人。一个个穿着奇装异服,寻衅滋事。有时候吃了不付钱,有时候砸盘子、摔玻璃杯,将刀叉拧得七歪八扭。他们好像玩上了瘾,总是那么多人对付我一个。他们就是这样表现勇气与教养。我完全孤立无援。

过去,我卖苦力,打两份工,虽然辛苦,对这类事情倒根本不在乎,因为我兜里有钱。但现在,一切都让我受不了。我无法忍受

[①]参孙,《圣经·士师记》中的人物,是天赋神力的希伯来民族英雄,其神力藏于长发之中。

那帮小流氓讲话的腔调、笑闹的样子和怪异的穿戴。我的内心再次充满了仇恨，就像以前恨斯蒂芬一家那样。仇恨让我心烦意乱。

∽

戴约本该帮我一把的。他是我弟弟。我赚钱都是为了他，漂洋过海来这里也是为了他。但他对我不闻不问。他和我住同一间地下室，星期天偶尔和我吃饭，但他的态度是：我做我的生意，他做他的事情。他有自己的追求，要继续深造学习，或是做任何他想做的事情。有时我回到家，他房间里的灯还亮着，有时我回家后，他才蹑手蹑脚从外面回来。早晨我出门的时候，他总还在睡觉，我也不叫醒他。他就这样在那里，不可能被无视。我开始对他也心生怨恨。

我开始恨他讲话的腔调。我偷偷地盯着看他的脸。他曾是个帅小伙子，喜欢抹凡士林头油，把头发梳得像法利·格兰杰那样；但现在，他的面相变得和普通工人没什么不同了，而且还没有父亲那种因劳作和日晒雨淋积淀下的坚毅。他一开口讲话，就是那种腔调。他什么都能扯，滔滔不绝，而你要说的只是："戴约，给我一根火柴。"他让我感觉有些不对劲，这样说话的人总归是哪里出了问题。他说话还是有口音，不过一旦说上了就刹不住，好像憋了一整天没有跟人说过话，好像在伦敦连个可以说话的人都没有。

所以从那时候起，我开始担心戴约。咖喱烤肉店一直挺让人操心的，但对我而言，那已经过去，无法挽回。我辛苦工作，赚来的钱却这样白白挥霍了，什么好处都没有享到。我不可能再从头来过，不可能重回卷烟厂。一方面我无法想象再去忍受那些文盲女工的侮辱，一方面也没有勇气再去应对寒冷早晨坐很长时间公共汽车去上班的辛劳。那样的生活已经终结。现在我把精力都放在了弟弟戴约身上。我观察他的脸，他讲话的腔调和刮胡子的样子。他什么都没有察觉，说话还是那样娘娘腔。我也什么都不提。我甚至不知道自己在想什么。我只是观察他，揣摩他。

∽

一天早晨，我很早醒来，发现自己梦遗了。这是我第二次梦遗，第一次发生在我还是个小男孩的时候。我感到精疲力竭，又脏又羞愧。我想去找戴约，请求他原谅我，因为这出事情，我意识到我没有设身处地替他想。我觉得我让他失望了，我暗自背叛了他，我想去找他，像过去那样说说话，弥合我们之间的嫌隙。我觉得我必须让他知道，我一直是爱他的。

我走进后面那间小房间，后院的晨曦透过薄薄的窗帘照进来。我看着睡在窄窄铁床上的这个生着一张苦力的脸的男孩。床旁的桌子上，有我为他铺上的红油布和为他修好的台灯，以及他那些又大又厚的书和闲暇时阅读的平装书。他让我买给他听流行音乐的小半导体收音机也放在桌上。

一张苦力的脸。但更让我受到打击的是，这张熟睡的脸上流露出的悲哀神情，还有这窄小的房间、窗外的水泥高墙和阳光照不到的院子。我不知道，不知道以后会发生什么，我和他的未来会怎样，他会有衣锦还乡的一天吗，会坐着轮船回家，在一个阳光灿烂的早晨靠岸下船，搭乘出租车回到那个十字路口，一路穿过他所熟悉的街道吗?

我注意到他用作烟灰缸的盘子上搁着价格昂贵的烟,还注意到他的指甲和手指都很脏,上臂赘肉横生。过去,他双臂健壮,走路姿势也很帅,总让我觉得他像方达[①]。

我就这么站在那寒冷的房间里,看着他。只见他人抖了一下,翻了个身,睁开眼睛,意识到我站在他的床前。他吓了一跳,从床上一跃而起。他的床单非常脏,脏极了。

他问:"怎么了?"

没有平日里说话的那股子腔调。他盯着我,像是怕我要杀他一样。他不再说话,好像一下子不知道该怎么说话了。一张苦力的脸。

悲哀,悲哀的是我。悲哀像洪水一样将我淹没。

我问:"戴约,你在学什么课程?"

他脸上的恐惧不见了。他想要做出气恼的样子。试图做出气恼的样子。他说:"有人让你当警察了吗?"这话他没有拿腔捏调,也没有说个没完没了。他倒又像个孩子了,在老家时的那个小男孩。

我说:"我不过是想和你说说话。你知道我忙着店里的事情。我们很久没有好好谈谈了。"

他开始扯淡,慢慢又找回了那股子腔调。"好吧,既然你问了,你也有权利问,我就告诉你吧。在这里学习可不容易了,没有你和其他人想的那么容易。很多人到这里来,带着自己的理想,觉得能开始学习……"

我不得不打断他:"你在学什么呢?"

[①]亨利·方达(1905–1982),好莱坞著名影星。

"我要为现代化世界的到来做好准备。我在学习计算机编程，如果你想知道的话。计——算——机——编——程。希望这能得到你的认可，让你满意。"

我拿起桌上那包香烟说："这很贵。"

他用那种腔调答道："我抽好烟。"

苦力的脸。苦力的回话。我感觉如果继续待在这间房里，我就要揍他了。

但来的时候，我满心是对他的爱，对他的愧疚。

那一整天，我都很愧疚。店里也诸事不顺，白人小流氓又来捣乱，到了晚上我的胳膊就像绑了铁丝一般沉重。挨过倒霉的一天，我乘夜车回家。下车后，一条戴颈圈的黑狗跟上了我。街灯照着一棵棵行道树，树干上树皮剥落，有几分像家乡的番石榴树。人行道上湿漉漉的，一层薄薄的黑污泥上全是脚印。那条大狗倒是挺友善。我知道它认错了人，想要把它赶走。但它看着我，摇着尾巴，我一走，它也走，而且跟得非常紧，像是要往我身上蹭。

它一直跟着我走啊走，走过那些垃圾桶，来到地下室。这下它总该知道跟错了人吧。但是没有。我一开门它就钻了进来，在厅里跑来跑去，摇着尾巴，很开心的样子，弄得到处都是爪印。

我去戴约房间找他，狗也跟着我。打开灯，看到的只是那张肮脏的床，被子在床中间揉成一团，床单和枕头都发黄了，茶碟里满是烟蒂。哦，我的天哪。

我饿极了，但一想到食物我又犯恶心，便冲了一小杯阿华田。喝的时候，那狗又跑到我跟前，冲我直摇尾巴。它摇着尾巴跟我走到门厅。我打开房门，它总算知道跟错了人，冲上台阶，头也不回地消失在黑夜中。它的离去,让我感觉很孤单。

后来,躺在床上,我听到戴约踮着脚尖走进来,打开他房间的灯。

第二天早晨,戴约还在熟睡,我出门去菜市场。在地铁车厢中,我看到了一则广告:学习计算机编程,为明日世界做好准备。

我明白了。我不吃惊,但满怀怨恨。我想再次看看他受惊的面孔。地铁驶过几站后,我下了车,在站台上走来走去,不知道接下来该怎么办。我抽了几根烟,看着好几辆列车驶过。我觉得有人开始注意我,便站到对面的站台去,那一边没有那么多人。最后我上了一辆车返回。

算他聪明,这个只配做苦力的小子。他还只抽好烟。哦,天哪。我想象着自己冲进地下室,冲进那间铺着脏床单、放着满碟好烟烟蒂的房间。我想象着自己把他从床上拎起来,照着那张撒谎的、苦力的嘴巴狠狠扇过去。

但我没有勇气走下通往地下室的那几级台阶。我站了很久,低头看着垃圾桶和倒塌的篱笆,篱笆间有三两株无人打理的植物,已经长得同小树般高大;地下室的窗户上满是尘土,小院子里到处散落着经雨淋日晒的纸屑,以及其他各种垃圾。居然还长着一种叫不出名字的草。

那个每逢月圆就要发疯的白种女人打开了前门。她的脸又皱又黄,隐隐有一股黑气,看上去神志恍惚,大概是被每月一次的发作折腾的。看得出她睡眠很不好。她弯下腰去取牛奶,我发现她黄色的头发稀疏得像婴儿的。起身时她看到了我,我想她认出了我,但又在犹豫。我差点想对她说"早上好",要真说了,那可是我们做了五年邻居后唯一的交流。但我改了主意，快步朝街角走去。我心想：哦，天哪，幸好我改了主意。

但我不能就这样离开，再去菜市场。我没有办法做其他事情，必须先把眼前的事解决。我在街角等了又等。我不知道自己在等什么，也不知道自己想做什么，直到看见戴约穿着西装、拿着书，从屋里走出来。

我知道他要去的公共汽车站，于是向左转，走到上一站。公共汽车来了，我上了车，在右侧找到一个座位坐下。到下一站，戴约果然等在那里。这样跟踪他挺滑稽的，就好像他是个陌生人。他完全没有察觉到我在暗处盯着他。他出门前大概只是用凉水胡乱洗了一把脸，身上的衬衫很脏。他完全不会照顾自己，把自己搞得那么邋遢。他上了车，往二层走了。他抽的确实是好烟。

他在牛津广场站下了车，趁遇到红灯，我也下了车，尾随他穿过拥挤的人群，来到牛津街。在牛津街的尽头，他买了份报纸，进了一家里昂咖啡连锁店。我在外面等了很久。时间不早了，上午已经过去大半。我跟着他，又来到罗素大街。我证实了他的确无所事事，一会儿在印度食品店的橱窗前张望，一会儿又停下来研究卖外国报纸的报亭外的告示，或是穿过马路去看书店门口陈列着的满是灰尘的旧书。这一带有很多穿西装、打领带、拎公文包的非洲人，也在四处闲逛。我真不知道他们受的那些教育，到底给他们带去了什么。

走着走着，前方没有商店了，人行道旁出现了高高的黑色铁栅栏，戴约转身走进大英博物馆前对外开放的广场。广场上有很多穿着轻便旅行装的外国游客。这里就像是另一个城市，而他像旅游团中的一员。我瞧他穿着西装、夹着书，走上了宽大的台阶。但是，那些游客只是来游玩一天，他们是快乐的，有大巴等着载他们回宾馆；他们有各自的祖国，各自的家，等着他们回去。想到这里，我心头一紧，悲从中来。

他正往里走，我知道没有什么好看的了，但决定还是等着。我一边看着那些游客，一边毫无目的地走来走去，在柱廊中、院子里、院子外的树荫下，到处瞎走，还一度往回一直走到托特纳法院街附近。那里有一家热气腾腾、食物味道四溢的印度餐厅。我于是想到了自己的烤肉铺子，想到了我把自己困在那里，在那里浪费生命。午饭时间到了，我都差点忘了。我跑回博物馆，从来来往往的游客间穿过，跑上台阶，正要往里冲时，看到了戴约。他正坐在廊柱下一条木头长椅上抽烟。

他仍然拿着书，伸展着手脚坐着。我心头冒火，恨不得当即跑到他面前，当众给他难堪，当众和他对质。但他脸上的神情让我改了主意，于是我躲到柱子后观察着他。

不单单是那张愁苦的脸。还有吸烟的姿势，他夹着烟的那只手，从嘴边颓然落下，好像什么都不在乎；他四仰八叉的姿态也绝不是在卖弄，倒像是断了脊梁。那是一张疲惫、愚蠢的少年的脸，一个迷失了方向的人的脸。不久前在房间里睁开眼睛、惊恐地看着我的，就是这张脸。这时候，我觉得如果再去吓唬他，他那嘴会张开尖叫。

此时，太阳亮晃晃的。绿草坪修剪得平整漂亮。草地边缘露出的泥土黝黑而肥沃，像是头一回拔掉了灌木杂草的土地，不论种什么都会长得很好。踩在上面，你能感觉到脚下的土湿湿的，种子刚冒出的芽都能看见：细细小小然而一叶又一叶的，一天天地生长。

一群穿蓝色短裙的女生坐在水泥街沿上，她们年轻、没有忌惮，大声谈着笑着，招来许多路人的目光。公共汽车来来往往，出租车过来停下又离开，男男女女上上下下。整个世界都在运转。而我，只觉得超然在外，觉得这地方只有弟弟和我而已，几根柱子将我们隔开，我穿着工作服，他穿着皱巴巴的、已经走样的廉价西装，抽着香烟。我真希望他能抽上全世界最好的烟。

我不希望他像斯蒂芬的儿子那样沦为一个蠢货。我不希望这样的事情发生。我想走到他面前，拥抱他，搂住他的头，靠近他，近到能够闻到他身体的味道。我想要告诉他：没事，我会保护你的，你一定不用再念书了，你自由了。我希望他因此露出微笑。但他是不会对我微笑的。如果我现在走到他跟前，他会被吓着，会张开嘴尖叫。我这么做，只能换来这样的回应。我不能走过去，我只能站在柱子后面看着他。

他掐灭了香烟，带上书，走出黑色栅栏之间的大门。午饭时间到了。小饭馆，三明治，人们走出办公室，在树荫下行走。他混在他们中间。但他无处可去。看到他离开，我觉得自己也无处可去：伦敦的生活结束了。

∾

我无处可去，但我继续行走，像戴约一样混在游客中。咖喱烤肉店：那是一个绞索，我把自己的脖子塞了进去。如果我能够撒手不管，就此离去，该多好。让昨天剩下的咖喱变馊、变烂，变得像毒药一样红；让灰尘从天花板上掉下，积起来。趁着戴约还没有彻底被毁，带他回家吧。但愿人能这样，但愿人能毅然决然地抛下被毁了的生活！

离开地下室，离开楼上的那个疯婆娘，离开那个打开窗户什么也看不见的房间。地下室的每个夜晚都在闹老鼠。一次，我拿开那个挡在老鼠洞口的盒子，想用填充剂把它封死，结果发现了盒子上那块被老鼠夜夜挠抓的地方，粘着一大片白色鼠毛。让老鼠出来吧。这里的生活结束了。我承认我输了。来的时候，我一无所有，现在，我还是一无所有。我要走了，依旧一无所有。

我走了一个下午，觉得自己自由了。我不屑地睨着眼前的一切。整个下午过去了，我走累了，却依旧睨着。我睨着公共汽车，睨着售票员和街道。

我蔑视晚上出现在店里的白人小混混。

他们是来捣乱的。但今晚不同了，我对这里没有任何指望了。他们试图挑衅我。这反而给了我力量。参孙又有头发了，他很强壮，什么也奈何不了他。他就要坐船回去了，海水不管在深夜里有多黑，到了早晨就会变蓝。再坚持一会儿，一小会儿，他就要离开了。他要离开，让灰尘掉落，让老鼠出洞。

酒杯和盘子碎了。满耳朵都是狂语与狂笑。让一切都破碎吧。我会带着戴约一起上船，他的脸上不会再有悲伤，他不会张开嘴尖叫。我走出小店，我要走了，手中握着刀。但走到门口时，我有一种想要破口大骂的冲动。我又看到了戴约的脸，这让我浑身无力，胳膊里的骨头变得如同铁丝一般。这些人抢了我的钱，毁了我的生活。我关上门，转动钥匙。我迷迷糊糊的，感觉自己转过头，听到自己说："今天我要和你们随便谁拼了，两个人一起死。"接下来我什么都没有听到。

然后,就像以往那样,在一片安静中,我看到了那男孩受惊的脸。这很奇怪,因为他和戴约是大学里的朋友,戴约和他待在英格兰一栋老式的木结构房屋里。那是一个意外。他们只是闹着玩,可那把刀轻而易举刺进了那个男孩的身体,他没有挣扎就倒了下去。我无法低下头去看。戴约看着我,张开了嘴,想要叫,但发不出声音。他想要我帮他,他害怕得眼珠子都要爆出来,但现在我帮不了他。等待他的是绞刑架。我不能替他受刑。我知道我心里完全乱了,一直以来背负着的爱和危险破碎了,刺痛着我,我的人生也完结了。一切都不再有声响。尸体藏在柜子里,就像《夺魂索》里那样,只不过地点改成了这栋英式的老房子。接下来,是那不可避免的最糟糕的局面:在寂静中摸黑赶路,和那个男孩的父母同坐在餐桌旁吃饭。戴约在颤抖。他不是一个好演员,他会暴露自己的。就像那个柜子里装的是他的尸体。是我的尸体,我无法看清楚那房子长什么样,也无法看清楚那男孩的父母什么样。像在做一个梦,身体动弹不得,想要快快醒来。

我又听见声音了,我知道我的右眼出事了,但我没法举起手来去摸它。

∽

现在,我在公共汽车上,弗兰克坐在我旁边。我靠窗坐,看着窗外的马路。他靠过道坐,紧挨着我。我们要去另一个火车站,搭乘另一列火车;然后再换一辆公共汽车。最后,在某栋房子、某个教堂里，我会看到弟弟和他要娶的白人女孩。在这三年来，戴约自谋生路。他放弃了学习，找了份工作。

过去，我常常想象他那天回到地下室后的情形：屋里空无一人，也不会再有人回来。每每想到这儿，我便觉得那是世界末日。但是，没有了我，他反而过得更好；他不需要我。我失去了他。我不知道他现在过着怎样的生活，也不了解他现在和什么人交往。有时候我觉得他是个陌生人，不再是我以前了解的那个弟弟。有时候，我又觉得他还是过去的他，并且觉得他像我一样，很孤独。

雨停了，太阳出来了。火车从一幢幢高楼背后经过。楼砖是灰色的，没刷漆，窗框倒是涂上了鲜艳的红、绿色。人们一层层地住在他人的头顶上。高楼的附属楼楼顶上散落着各色垃圾。有几扇冒着湿气的玻璃窗后放着小盆栽。每个人都在属于自己的小小容身之所当中。但你也可以撒手不管，从此消失。后面总有人会出现，打扫垃圾，清理杂物，在里面开始生活，直到离去的那一刻。

下了火车，站在站台上，感觉好像又出了伦敦。候车楼又小又矮，远处的红砖房小而整洁，小小的烟囱冒着烟。车站广场上的大广告牌让人觉得这儿的每个人都很快乐：在一把屋顶形状的雨伞下，一家人吃着肉肠，做着鬼脸，团团圆圆吃着饭。

在等最后一段路途的公共汽车时，我又紧张起来。街道很宽阔，一切都很干净，我觉得自己暴露无遗。还好弗兰克很了解我，他靠近我，似乎要为我遮挡刮来的寒风。他的脸被风吹得有些发白，稀疏的头发有些扬起来，让他看起来像个小男孩。

我好像看到孩童时的弗兰克在这样的街道上玩耍的情景。不知为什么，我看到他脸上脏兮兮的，身上的衣服也脏兮兮的，像那些在街头行乞的孩子。就在我低头看着弗兰克锃亮的大皮鞋,脑海里转着这些念头的时候,一个穿着窄小牛仔裤的小女孩径直走过来,抱住弗兰克的膝盖,向他讨要一便士硬币。弗兰克说没有,那小女孩便捶他的腿,口中还说道:"你肯定有一便士。"女孩年龄很小,还不明白自己拉扯住陌生人是在做什么;她恐怕连钱是什么都未必知道。但弗兰克苍白的脸露出紧张的神色,甚至在小女孩走开后仍旧没缓过劲儿。直到汽车来了他才放松下来。

在最后这一程通往教堂的路上,我觉得自己像是进入了敌区。我无法想象弟弟在这种地方生活,生活在这样的人群之中。街道很宽阔,树木光秃秃的,一切看起来都很新。连那座教堂看上去也是新建的。那是一幢红砖建筑,没有围栏,什么都没有。它就那样兀自立在大路旁。

我们站在人行道上等着。寒风瑟瑟,我很紧张。但我觉得弗兰克比我还紧张。一个穿花呢外套的女人走出教堂。她五十来岁,面容友善。她朝我们笑了笑。弗兰克于是变得比我还害羞。我不清楚她是我弟弟的岳母,还是只是来婚礼上帮忙的。说起婚礼,大家想到的画面总是宾客们在教堂、礼堂或者其他什么地方的外面等待。反正不会是我面前这幅场景。

又有些人走出教堂,但不多,其中还有一两个孩子。他们都盯着我看,如同看敌人。这些毁了我的生活的人!

弗兰克碰了碰我的胳膊。我很高兴他碰我,但还是耸了耸肩摆脱了他的手。我明知弗兰克不是那样的,但还是告诉自己:他是他们那一边的,和他们是一伙的,看见我就跟没看见一样。同时,我知道我这样想不对,因为,你看他,他也相当紧张。他想要和我单独在一起，而不喜欢和自己那伙人混。不像在公共汽车上或者咖啡馆里，在这儿他没法装出"我在保护他"的样子。在教堂外，情况不同了，我们两个站在一边，那些神色哀伤的人站在另一边，太阳红彤彤的像个橘子，路面上几乎没有什么树荫，教堂砖墙的四周野草疯长。

一辆出租车停下。是我弟弟到了。他身边跟着一个瘦削的白人男孩，两个人都穿着西装。今天有出租车，大喜的日子。没有缠头巾，没有游行欢庆的队伍，没有锣鼓声，没有欢迎仪式，没有绿枝扎成的拱门，没有婚礼帐篷中的灯光，没有婚礼歌曲。只有出租车、叼香烟、穿尖头皮鞋、梳短发、瘦精精的白人男孩，以及我那衣襟上别着一朵白玫瑰的弟弟。他还是老样子。一张丑陋的乡下苦力的脸，他在和他的朋友们说话，在众人面前摆酷。我不懂了，我之前为什么会以为这三年里他会有所变化。

他和他的朋友向我走来。我看着他的眼睛，看着他的大脸和笑呵呵的嘴。这是一张柔和的脸，也是一张受了惊吓的脸。我希望在未来的日子里，没有人惦记上这张脸，没有人想打烂这张脸。他的那个朋友看着我，吸着烟，眯着眼睛吐出烟雾。他瘦削、粗糙的脸上生着一对狡猾的眼睛。

我能感觉到弗兰克的身体变得僵硬，也更紧张了。不过这个时候，那个穿着花呢外套的女士又出现了，并开始用轻快的语调讲话。与其说是在讲话，不如说是在发声。她发出的声音打破了死寂。她把我弟弟和他的朋友带走，然后在他们那群人中间走来走去地张罗。她是个好人，长相也让人觉得舒服。在这个糟糕的时刻，她表现得非常友好。

我们走进教堂,那个和善的女士让我们坐在右手边。右手边除了我和弗兰克,并无他人。接着,别的人也走了进来,在左边坐下。这个丑陋的教堂非常大,以至于大家都坐下后,还是给人空空荡荡的感觉。这是我第一次进教堂,我不喜欢教堂,就像不喜欢有人让我吃牛肉和猪肉。那些花、铜器、古旧的气味和十字架上的身体,无不让人想到死亡。我嘴巴里感觉怪怪的,又犯恶心了,仿佛咽口唾沫就会呕吐。

我垂下头,学着弗兰克的样子。那股气味始终在我的嘴巴里。直到仪式结束,我才抬起头来看我弟弟和他的新娘。那姑娘穿着白裙,兜着面纱,戴着花,活像个死人。她的脸庞很阔,面色很白,没有什么表情,脸颊和太阳穴部位擦的彩妆在闪,像上了蜡。她是个异类。我不知道我弟弟怎么会允许自己这么做。这是不对的。他在这里是一只迷途的羔羊。除了那个姑娘,你可以从其他所有人的脸上看出这一点。

教堂外,空气清新。他们拍了很多照片,尽管如此,这场婚礼依旧更像葬礼。那个和善的女士让我和弗兰克坐进摄影师的车。摄影师是个焦虑的生意人,他戴着金丝边眼睛,蓄着小胡子,一路上都在谈他的生意。他把车开得飞快,和我们老家那些疯狂的出租车司机没有什么两样。他谈他要干的活,谈他怎么开始做摄影这一行,他和报社的关系等等。他甚至一边开车,一边从胸前的口袋里掏出名片,转过头,笑嘻嘻地递给我们。

他把我们带到了一个餐馆模样的地方,一到那里他就忙着拍照,不再理会我们。这是一栋老式建筑,中间是一个庭院,四周有回廊。到处都有快要垮了的棕褐色柱子,像老照片里的英国。有人把我们带进一间小房间，里面的柱子更加破败。所有参加婚礼的人都聚到了这里，并且纷纷摄影留念。小房间容下了所有参加婚礼的人。

有几个女人在哭，我弟弟一脸疲惫、神情茫然，那姑娘，他的妻子，看起来也很疲倦。人生大事就这么草草解决了，一个人就这样迅速毁了自己的生活。弗兰克一直不离我左右，轮到我们坐下的时候他就坐到我的旁边。大家都没什么话说。哪怕守灵的人，话还会多些呢。只有那个漂亮的服务员，系着白围裙，黑长裙子漂亮又干净，她很开心。她是局外人，只有她表现得像是在婚礼派对上一样。

不要给我肉。弗兰克也说不要给他肉。他现在处处想做得和我一样。漂亮的服务员给我们端来了鳟鱼。鱼皮煎得黑而脆，但咬上去，我发现鱼肉是生的，还有臭味。在教堂里感受到的那股恶心味道又在我嘴里泛起，让我又一次想到死人、铜器和花。

服务员又走了进来，她的腋下开始有难闻的气味飘散出来。她问大家是不是要葡萄酒，说她刚才忘了问。没有人听到，也没有人回答。她又问了一次，并且补充说不少人会在婚礼派对上喝葡萄酒。还是没有人回答。突然，一个之前一言不发、愁容满面的老头抬起头，笑了笑，说道："小姐，你已经得到回答了。"我觉得这人像斯蒂芬，是家里那个睿智而风趣的角色，他说什么其他人都应该开怀而笑。大家听了这话确实都笑了。我觉得我挺喜欢这个人。

我爱他们。他们拿走了我的钱，毁了我的生活，拆散了我和弟弟。但你无法杀了他们。哦，上帝啊，告诉我谁是敌人。一旦找到了敌人，就能杀了他们。但这些人把我弄糊涂了。是谁伤害了我，是谁毁了我的生活？告诉我，该去报复谁。我辛苦了四年存下一点钱,我白天黑夜像驴子一样干活。我的弟弟应该成为一个有知识的人,一个体面人。然而,我们的结局竟是:在这个房间里,和这些人一起吃饭。告诉我,该杀了谁。

弟弟向我走来。他要带着妻子走了,永远地走了。他拉住我的手,看着我,眼泪涌了上来。他说:"我爱你。"这是真心话,就像那次他哭诉自己没有自信心一样。我知道他爱我,这一刻是真的,可一旦走出这间房,这就不是真的了,他将不得不忘我。因为在那出祸事之后,我打定主意不让任何其他人知情,给老家传回的话是说我死了。所以自那时起,我就已经是个死了的人。

我有自己的地方要回去。这一切结束后,弗兰克会带我过去。我弟弟就这样永远地离开了我,我已经记不清他长什么样了。我只看到了雨、房屋、泥地、屋后的田野和田野里被雨打得东倒西歪的巴拉草、厨房里的驴子,以及炊烟、阳台上的父亲、躺在地板上的弟弟,还有那个张开了嘴尖叫的男孩,像电影《夺魂索》里的画面。

自由国度

新版序[1]

《自由国度》这一组小说构思于一九六九年，主要探讨流离失所。构想中，它包括一部核心长篇小说，其背景设置在非洲，此外还有几篇发生在其他地方的小故事：两则笔者在地中海和埃及期间写的日记片段，两则关于印度移民（印度的印度人与特立尼达的印度人）在伦敦和华盛顿的故事。这几则以不同地方为背景的短篇小说是为了强化核心小说，并让非洲素材带上全球化的色彩。

我觉得这一构想清晰明了，但发现别人不是这样认为的。安德烈·多伊奇出版社的戴安娜·安特尔，这个对我的作品一直有相当共鸣、远不止读者的人，更倾向于将这部关于非洲的长篇小说单独出版。出于数点理由，我不喜欢这个建议。我刚刚从费力的写作中解脱出来。我喜欢流离失所这一主题；喜欢多样的背景。那些戴安娜想要抛弃的短篇小说，来得并不容易（其中的一篇移民故事，有三个月时间我每天伏案修改）。而且，最关键的是，鉴于我的这部核心小说着眼于在非洲的英国侨民，而和我背景相同的人中还没有谁反映过这一主题，我觉得很有必要界定自己（这个想法对于当今

---

[1] 此为2008年《自由国度》单行本自序。

世人来说会显得很奇怪)。在当时的文学界,像我这样背景的人不多(有几个加勒比出身的写作者,但多是风靡一时而如今已销声匿迹的类型),而且我还发现,虽然我写作、出版已经有十三四年,但我的背景、我笔下的异域素材,对于出版商、编辑和书评人而言,依然是有争议的话题。戴安娜的态度好像是说这个问题已经不存在了,但她是在偏袒我。

戴安娜没有坚持;书还是以我写的面貌出版了。它获得了第三届布克奖;尽管一九七一年的布克奖还没有后来那么大——布克奖设立的初衷是奖励那些可能会被忽视的有价值的作品——这书卖得倒不错。于是戴安娜最初的关于出一本简略、不带辅助篇章的作品的构想,没有得到实现。但随着时间的流逝,随着布克奖水准渐退与世界的改变,加之我也不再觉得自己是写作界的异类,我的想法开始和戴安娜的趋同。我觉得此书中的核心长篇小说被其他篇章湮没了,变得渺小,便也开始认为这篇小说应该单独出版。就这样,在其首次出版三十七年之后,这一单行本由骑马斗牛士出版社发行了,同时完整版继续出版。

∽

构思和写作《自由国度》(包括一整组小说)的那两三年里,我个人正处于极度的低落期。那是我生命中最后一个类似的阶段;在那以后,我懂得了从容。当然在当时,我还不知道自己离从容的境界不远了。写作者的这种令人窒息的低落——一如非洲,甚至比非洲更甚——自然影响到了小说中的每一个人:酒吧男孩,侍者,甚至是那些沿途看到的非洲人。

流离失所的想法并非无中生有。它折射着我个人的处境。一九六四年到一九六五年期间，我在伦敦南部买了一栋一八四〇年代的小型老屋。在翻修房屋的时候（大部分都没有动），我住进了格林尼治区一家酒店式公寓。当时没有书让我的思想有所寄托。每个糟糕的日子里，我都能反省自己居无定所的境况。一九六五年年底，我动笔写一本书；与此同时，美国一个基金会提供我去东非的机会。我去了非洲，在那里待了九个月，完成了那本书。

回到英国后，我开始着手特立尼达殖民史的写作。我本以为这活儿并不复杂。但这个主题真是太引人入胜了；我对这个我生于斯长于斯的岛屿的历史知之甚少。它在奴役时期的历史细节非常恐怖，恐怖到令人着迷，就像它完全是另一个地方。我花了整整两年时间，才完成了这项艰苦工作。写作过程中，我像是疯了一样，觉得等完成了这本新书，我该把费尽周折买下的那栋房子卖了，离开英国，开始游荡的生活。我昏昏然，隐约觉得这本新书会成功，让我在经济上获得保障。

当然，事情并没有这样发展。委托我进行此项写作的美国出版商利特尔布朗不认同我的作品，不认同我表现的主题。他们的否定意见过了些时候才传到我耳里（这大概拜我的代理所赐）；就这样，离开了英国四处游荡的我，不过几个月时间就发现自己一下子陷入了尴尬的局面。就像（那些日子里）每次面对危机一样，我转而想到了写作。我开始写《自由国度》。

在提笔之日的三年之前，我在东非时，常常会花一整天时间开车，从乌干达的坎帕拉去肯尼亚的内罗毕，沿途景色壮美。在内罗毕殖民风格的诺华克酒店或者是更新一点的泛非酒店住一两晚之后，再开车回坎帕拉。一次，在驶近终点的时候，一个念头不知怎的冒了出来（当时我正在写另一本书）："这段旅途应该可以演绎出一段故事来。"提笔正是基于这样一个简单的念头。正是这个念头逐渐带出了回忆，沿途的风景，以及非洲现代史上的许多片段。

这个阶段，漂泊的生活把我带到了不列颠哥伦比亚省的维多利亚市。有个朋友为我在一栋崭新的楼房里租下了一间美丽洁净的房间，房间里家具、瓷器、餐具一应俱全。这是个绝佳的工作场所。维多利亚市是个文明程度很高的老派城市，城里有中国人和韩国人开的果蔬店和一家很不错的旧书店。早晨，我喜欢去咖啡店；下午则往另一个方向走，去一家骑术学校，希望能够在年纪尚允许的时候掌握这一运动来替代高难度的徒手搏击（以失败告终）。晚饭后我去海边散步。在一个小海湾，困着许多长长的杉木之类的木材，它们在岸边受着海浪的侵扰而翻滚，却无法逃脱。这一景象让我觉得很神秘，看很长时间也不觉得厌倦。

然后有一天，我写不下去了。我似乎把脑子里的东西都用尽了。维多利亚的一切于我而言都像是监狱。我变得无所事事，不得不回到英国。当然，我还是没有房子，住进了海豚广场附近一家酒店式公寓。费用很高，而且也没有什么必要。所以住了一小段时间之后，我们去了格罗斯特镇，住进了我妻子的姨妈家。她住在一栋那种两两联排的房屋里，养了一只神经紧张的猫。这只猫曾遭人虐待，后来被她救了下来。

我发现住在这里很安逸。我拿出在维多利亚期间写下的手稿，在那只阴郁的猫咪的注视下，在客厅里坐下开始阅读。我喜欢我读到的。我意识到，约莫六个星期之前让我搁笔的原因只不过是一时的怯懦。我知道该怎样继续写下去了。我重新提起了笔。原本只打算在格罗斯特待几天，结果一住竟是好几个月。晚上，远处会传来铁路编组站的声响，好在那地方离得足够远，声音只是隐约而舒服的。

这就是现在读者手中所握的书的写作过程。其背景和历史糅合了肯尼亚、乌干达和卢旺达三个国家的元素。非洲一直以来没有什么大变化。如果现在坐下来再次呈现这本书的主题，我会描绘出同样的面貌。

在这部长篇小说的下半部分，主人公们在一家已经变得毫无意义的破败殖民地宾馆里度过了一个奇怪的夜晚之后，准备开车回家。主路之后要穿越一个山谷，山谷里道路泥泞。泥泞中，茅草屋升起下午的炊烟，一个个非洲妇女在犁地。她们弯着腰，但腿站得很直。这一画面像是自古便存在的，从中穿梭而过的汽车里的驾驶者因这魔幻般的场景与自己涉足其中的荒谬，而不知所措。他萌生了一个念头，一个奇怪但为他所珍视的念头：他正行驶其上的这条现代化道路在一个转弯之后会变得古旧、杂草丛生而无法通行，而在这道路还是生机勃勃时，路下面山谷中那恒久的生活，将一如既往地继续下去。

这个小小的瞬间并没有被写进我交给安德烈·多伊奇出版社的那本书里。我花了几天的时间去写这个瞬间，但它太神秘了，和小说的其他部分格格不入，最终还是被我抛弃了。多年之后，我改变了想法，觉得还是应该把那个时刻写进书里。但那个时刻已经不存在了：手稿和最初的图书样稿已经被收藏的库房给销毁了。

2007 年 10 月

1

在这个非洲国家里,有一个总统,还有一个国王,他们分属不同部落。两个部落积怨已久,随着国家的独立,他们对彼此的忧虑变得愈发深重。国王和总统都暗中和白人政府派驻当地的代表有过从,而被讨好的白人,就个人情感而言更喜欢国王。但鉴于总统势力更为强大,全权掌握了新式军队,军队里的人都来自他的部落,白人于是决定支持总统,这终于导致总统决定在本周末,发动军队攻打国王和他的臣民。

国王的地盘在南部,沿袭殖民时代的习惯被称为南部总署。鲍比就在此工作,是中央政府下属部门的一个行政官员。但危机爆发的这一周,他在四百英里之外的首都参加一个社区发展研讨会。在首都,没有丝毫战争或者危机爆发的迹象。参加研讨会的英国人多于非洲人。所有非洲与会者都衣冠楚楚,但寡言少语。研讨会于周日中午以自助午宴的形式闭幕。午宴设在一个半公顷大的花园里,花园位于仍属英国辖区的近郊。

尽管大批白人已离境前往南非，很多人被遣送回国，但在这个周日，首都，这个由英籍印度人在非洲荒原里建造出来的都市，和平日里并无二致。这座城市和非洲人的营造能力毫无关系，也不需要有关系。离此不远有专为游客提供半日游的丛林村庄，但在城中，非洲的存在感仅限于半热带式的郊区花园，旅游品商店所陈列的雕刻、皮质商品、做成纪念品的手鼓和长矛，以及新建的旅游饭店里穿着制服、行动笨拙的服务生。这些男服务生的周围永远有白人或者以色列主管的身影。非洲只是一个装饰。它对白人游客和外籍居住者散发着魅力，对非洲人同样有吸引力。它使非洲人离开丛林来到城市，似乎他们就此便获得独立，收获文明。这依然是个殖民城市，散发着殖民地的魅力。每一个置身此地的人都远离故土。

∽

新什罗普酒吧原来只招待白人，现在已成为城中各种族兼容的热门去处，并以种族间的各种"小冲突"而闻名。在这里，常常可见白人敞着衬衫喝啤酒，非洲人则总喝插着鸡尾酒棒、装在矮杯子里的漂亮些的饮料。他们都穿着英国制的达克斯牌西装，头发偏分，左侧低、右侧高高堆起，也就是被城里的非洲人称为英国式的发型。

这些非洲人都还年轻，二十来岁，体态偏胖。他们能写会读，多为高级公务员、政客或政客的亲戚、跨国企业分公司的主管或总经理。他们是这个国家的新生代，自视为实力派人物。他们身穿西装，但这西装的钱很有可能还没有付过；甚至有可能已经把西装面料供应商驱逐出境了。他们来新什罗普酒吧，是为了被白人看到、注意到，就算是匆匆的一瞥也好，这样就有了被任用或者找人麻烦的机会。酒吧里没有亚洲人，种族解放在这儿只是对黑人和白人而言的。

鲍比穿着件黄色棉衬衫，其样式被人称为"本地衬衫"，看上去像套头罩衣，袖子短而阔，领子开得很低。花色很大胆，饰有红黑相间的非洲民族图案，很"本地"，但事实上是在荷兰设计生产的。

和鲍比同桌的那个小个子非洲青年并非本地人。他很快向鲍比做了自我介绍：祖鲁人，来自南非的难民。他穿着浅蓝色裤子，白色衬衫。他在酒吧里的非洲人中间尤显突出，因为他戴着一顶格子布帽。他跌坐在椅子里，不停地把玩帽子，一会儿戴上，拉低遮住眼睛，一会儿取下用作扇子，一会儿又放在胸前用那双小手揉捏，像是在做某种静力肌肉锻炼。

和这祖鲁人谈话并非易事，他同样显得焦躁不安。国王和总统，南非阴谋事件，研讨会，游人，土著人，话题跳来跳去的都谈不深，相互之间也毫无关联。那顶布帽似乎成了他不可捉摸的一部分，让他时而像花花公子，时而像南非矿井里深受剥削的工人，时而像美国吟游诗人。他告诉鲍比他是个革命家，有时候还真像么回事。

他们在一起待了一个多小时。快十点半了，鲍比觉得有点晚了。他们静默了片刻，目光都打量着酒吧里的其他人，之后那祖鲁人说："城里现在都有白人妓女了。"

鲍比看着啤酒，啜了一口，慢悠悠地，故意不看祖鲁人的眼睛，心中却在窃喜：终于谈到性了。

"这样不好。"祖鲁人说。

"什么不好?"

祖鲁人坐直身,戴上帽子,将手伸进裤子后袋,同时挺起了小而健壮的胸脯,把白衬衫绷得紧紧的。他掏出一个钱夹,用拇指拨弄着厚厚一沓新钞票。"瞧,有了这玩意儿,我可以去那些欢迎我的地方。不过我觉得那样不好。"

鲍比暗自想,这小子是个男妓。面对宾馆酒吧里的非洲男妓,鲍比心里总是会紧张,不过做好了讨价还价的准备。他说:"你胆子够大的,带这么多现钞在身上。我身上从来没有超过六十或者八十先令。"

"在这个城市里,无论想做什么事情,不带上两百现金都是不够的。"

"对我来说出门在外一百就够了。"

"那你就好好享受吧。"

鲍比抬起头,直视这个祖鲁人。祖鲁人没有闪躲,对视之后,倒是鲍比先把目光移开了。

鲍比说:"你们南非人都够傲慢的。"

"我们不像你们这里的本地人。这些人是全世界最无知的。看看他们。"

鲍比看着祖鲁人。就算是祖鲁人,这家伙的个子也太小了。"你得注意你的言辞。他们可以把你驱逐出境。"

祖鲁人用帽子扇了扇,转身说:"为什么这些白人要到这里和本地人混在一起?几年前,本地人都不能进这个地方。现在你瞧瞧。这不好。我认为这样不好。"

"南非的情况肯定不一样。"鲍比说。

"你想听什么呢，先生？听着，我可以告诉你。我在南非混得不错。我有钱买威士忌，我有女人。吃惊吧？"

"我看得出，很多人会觉得你很有魅力。"

"我告诉你……"祖鲁人压低了声音，鬼鬼祟祟地报出了几个南非政客的名字，说他和他们的老婆或者女儿睡过。

看着祖鲁人紧张的小脸、充满仇恨的眼神，鲍比感到同情和激动。这是非洲式的激动：鲍比忘了自己的紧张。

"这里的南非人，"祖鲁人再次提高了声调，"在这里他们从不让你清静。他们总在寻找同乡。'你是南非来的？'我已经厌烦了他们的搭讪。"

"我觉得他们没有什么可指责的。"

"你进来的时候我还以为你是南非人。"

"我！"

"他们总跟我坐，总想跟我搭话。"

"多好的一顶帽子。"

鲍比倾身去摸那顶彩格帽。有那么一瞬间，两个人都抓着帽子。祖鲁人由着鲍比摸帽子的料子。

鲍比说："你喜欢我的新衬衫吗？"

"我死也不穿这种本地衬衫。"

"我是说颜色。那些漂亮的颜色，你可以穿，我们穿不了。"

祖鲁人的眼神变得严肃起来。鲍比的手指在帽子上慢慢移动，直到快要碰到祖鲁人的手指。然后，他低下头看着两人的手指，肉粉色中透着黑色。

"等我重生的时候……"鲍比说着打住了,这种皮钦语①祖鲁人未必喜欢。他抬起头来说:"如果有机会再生,我希望能够是你的肤色。"他的声音压低了。彩格帽上,他的手指还在动,直到盖住了祖鲁人的一根手指。

祖鲁人不动声色。他抬起头来看鲍比的时候,脸上毫无表情。鲍比的蓝眼睛湿润了,好像在凝视着什么。他薄薄的嘴唇颤抖着,像是定格在了似笑非笑的神态。两个人陷入了沉默。接着,祖鲁人没移动自己的手,也没改变表情,冲着鲍比的脸啐了一口。

有那么一秒左右,鲍比的手指仍停留在祖鲁人的手上。然后他收回手,摸出手帕,擦了擦脸,收起手帕,眼睛依旧盯着对方,嘴唇依旧似笑非笑。祖鲁人一动不动。

这一幕酒吧里的人都看见了。黑人公然盯着他们俩,白人则移开了目光。大家的谈话一度中断。

鲍比站起身。祖鲁人继续凝视前方,前方现在已经没有了人,但他的目光没有因此而出现丝毫涣散。鲍比故意把刚才坐的椅子往后挪了挪,然后视线朝前,垂着左臂,右前臂猛地一推,脸上保持着刚才那僵硬的笑容,向门口走去。他的身体在那件宽松的、随身体晃动的本地衬衫里显得胖胖的,要被献祭似的。

祖鲁人跌坐在沙发椅里。他戴上帽子又拿下,下巴抵着脖子,嘴巴张开又闭拢。他的脸一度绷紧了,毫无表情,而此刻又如同孩子般安然。他的革命成果便是,能到新什罗普酒吧混混,勾搭白人男子。在首都,这个祖鲁人孑然一身,没有工作,靠着一家美国基

---

①指不同种语言混合而成的语言。

金会提供的微薄救济金过活。在非洲的这个区域里,美国人,只有美国人,才是支撑着一切的。

那个穿制服的服务生没有忘记职责,他捏着账单朝鲍比追过去,在门口把他拦下。那儿放着一面巨大的土著人手鼓,是这酒吧新装修后添加的饰物。鲍比一开始没有听见,一片惶恐,等明白了之后才释然。他从黄色的本地衬衫下的柔软浅灰色法兰绒裤子的后口袋里摸出钱包,眼睛并不看着服务生,兀自微笑着,好像想起了一个笑话。他给了服务生一张二十先令的钞票,接着心血来潮,又潇洒地给了服务生一张钞票,付了祖鲁人的酒钱;找零也没有要。

❧

宾馆大堂里挂着新公示的总统肖像。这照片是本周末才出现的。在旧版照片里,总统戴着国王部落的头巾,那是独立时国王送给总统的礼物,以作为双方部落团结的象征。这张新照片里,总统没有戴头巾,而是穿着夹克和衬衫,系领带,头发梳成英国式的。摄影棚的灯光照得总统肥嘟嘟的两颊发亮,浑浊的眼睛凌厉地直视镜头。据说,因为总统是非洲人,所以他的眼睛能放出一种神奇的力量。而他的这对眼睛,倒似乎是因为知道这一说法而更显得神奇了。

新什罗普酒吧前的花园里灯火通明,假山石、白色旗杆和上面无精打采的国旗都能看得清清楚楚。鲍比沿着斜坡车道离开那里,驶上黑暗的高速公路。高速公路两旁杂草丛生,似乎每进入一个郊外住宅区,都要经过这样的荒芜之地。晚上,这儿总有不少乡野村夫出没;他们不断地涌入这个被篡夺了的城市,但因为只有乡间的生存技能，无法一下子在城市里找到容身之所。很多骇人的故事也因此而流传开来。对于这些传闻，鲍比通常不屑一顾，对讲述这类故事的外籍侨民也嗤之以鼻。但现在，他将车开得飞快，迅速穿过被荒野包围的高速公路，绕过宽阔的交通环岛，经过印度集市颠簸不平的小巷——房屋，商店，仓库——来到市中心。这里有着复杂的单行车道，明亮的广场四周有六栋高楼，还有一个尘土飞扬、开阔的停车场。

他住的宾馆大堂空间狭小，在几幅英国猎狐印刷画之间，也挂着总统的新肖像。宾馆建于殖民时代，是鲍比这样的内地官员到首都出差的落脚地。它看起来比实际的年代更久远，风格是仿都铎式的，但用的是粗糙木材，因而它看起来几分似"先锋派"，几分似英式郊区建筑。鲍比并不喜欢这家酒店。他的房间里有一个开放式的壁炉，房间整体呈白色调，毛茸茸的：白墙壁，白羊皮毯子，白包芯纱床罩，还有一张斑马皮床脚垫。

夜晚就这么过去了，一个星期就这么过去了。这是他在首都的最后一个晚上。第二天一早，他要开车回南部总署。行李已经打点好了。他将留给房童的小费塞进信封里，很快上了床。他很平静。

∞

对于鲍比来说，非洲意味着空旷，意味着在漫无边际的大路上行驶，累人，但是安全；非洲还意味着其他非洲人，长得如同成年人的非洲少年。他脑海里始终盘旋着这样的话："要搭车？你是个大孩子了，没上学吗？不，不，你别怕。瞧，我给你钱。拉住我的手。瞧，我的肤色，你的肤色。我给你买书的钱。买书，识字，找一份好工作。如果有机会再生，我希望能生成你的肤色。你不要害怕。要不要五先令？"但这番天真的甜言蜜语，基本无法真正述诸言语，因为一旦出口，似乎就带上了嘲讽和自轻。

作为政府官员参加研讨会的一整周里，鲍比一直想象着自己将如何独自一人驱车回到南部总署。但是在自助餐会上，琳达要他捎她回家，他无法拒绝。琳达是南部总署的"大院夫人"之一，也就是那些生活在政府大院里的夫人们。她随前来参加研讨会的丈夫一起飞到了首都，但不想和他一起飞回去。鲍比认识琳达夫妇，还去过他们家吃晚饭，是三年前的事情了，三年过去了，他们还只是泛泛之交。虽然双方并无嫌隙，但彼此的关系半生不熟，有很多不确定性。鲍比原本设想独自体验一下冒险的感觉，对这段旅程充满了期待，现在仿佛要被压力和不自在取而代之了。

与其说是欲望，还不如说是失望使然，鲍比走进了新什罗普酒吧。准备出门前他就预感到这个晚上不会有好结果。他并不喜欢新什罗普酒吧这样的地方，不熟悉泡吧的那一套技巧，也不懂如何去应对各种状况。与那个祖鲁人对视的第一眼，直觉便告诉他这个人不过是个轻佻的挑逗者。但他还是走到了桌子边，以身试之。他不喜欢非洲男妓。这些卖身的少年要价不超过五个先令，但凡高过这个价就纯粹是以钱换性的交易，是不正当的。鲍比很早就有此定论，但还是没有忍住，和那个祖鲁人讨价还价起来。

那个晚上他违反了自己定下的所有规矩；那个晚上也证明了他的那些规矩是何等正确。他没有感到苦涩，也不伤心。他不责怪那个祖鲁人，也不责怪琳达。这事要是发生在来非洲之前，他很有可能因此驱使自己去更危险的地方混几个小时，回到住处后也可能采取更过激、更自辱的行为。但是现在，他知道这种情绪会过去，新一天的早晨也将来临。就算琳达搭车，车照样可以开。

半夜里，他被一阵鸡鸣声吵醒，声音来自宾馆旁的一个小巷子。这是非洲夜幕下各种声音里的一种：夜贼被打扰，惊醒的人各自诅咒谩骂。后来，他看到自己再次来到一个类似新什罗普酒吧的地方。他仰面躺着，穿制服的服务生居高临下地站着；但是他抬不起头，看不清那男孩的长相，看不清他是否在嘲笑他。他的头很痛，剧痛，好像脑袋要爆炸了。他醒来后头还在痛，仿佛脑袋被抽干了。后来他又睡着了，再后来被忽远忽近地在空中盘旋的直升机吵醒，那时已经过了五点，房间里也透进了日光，是起床的时候了。

2

嘎咔——嘎咔——嘎咔——嘎咔,直升机飞得很低,好像在巡视宾馆的停车场,轰鸣声淹没了鲍比汽车的防盗警报声。鲍比打开车门,感觉自己被人监视了一般,因而并没有抬起头看直升机。飞机盘旋了一会儿,斜着冲向高空。

前一天晚上鲍比无所顾忌地驾车穿行过的那片集市,这个时候各家商店和用混凝土、瓦楞铁皮盖的仓库都关着门。简陋的招牌上长长的印地语店名难以辨认,和建筑物一样挤挤挨挨的。过了集市之后,道路就沿着一条宽阔、干涸的沟渠前行。此刻还挺凉爽的,但过一会儿肯定又是灰尘,又是晒死人的阳光。沟渠消失后,路变成了双行道,中间是种着鲜花和灌木丛的隔离带。

联邦俱乐部是殖民时代一些印度人创立的;那是首都唯一一家接受非洲人入会的俱乐部。国家独立后,俱乐部的创建人被驱逐出境,俱乐部被没收,改成一家接待游客的大酒店。酒店有一个花园,杂草蔓生,绕着光秃秃的院子。酒店门口悬臂式的混凝土屋檐下,满是尘土的道路旁，琳达站在一个象牙色的行李箱旁，冲着他挥手。

她心情不错，瘦削的脸上看不出清晨早起的倦容。没有必要去问她为什么会在首都滞留一个晚上。她穿着奶油色衬衫，衬衫下摆松松地遮住了她窄而扁的臀部，一条淡褐色围巾裹住了头发。这一身装束，加之站在混凝土屋檐下，让她显得娇小而男孩子气，没有成熟的样子。她算不上漂亮，面容和实际年龄也相当，但据传她对总署大院里的男人们极具杀伤力。鲍比听过不少有关她的流言蜚语，算得上骇人听闻。他为她打开车门，心想：她听闻过的关于他的流言蜚语，怕是一样的骇人吧。

他们向对方走去，在空旷的院子里大声打招呼。这是他们俩第一次单独会面，但两人都表现得好似有人在旁观一样。所以在一段时间的静默和紧张之后，场面就变得好像他们俩是演员一般，各忙各的，没有真的在听对方讲了什么。琳达忙不迭地道歉、感谢、解释，与此同时，鲍比则连声地说不用解释不用谢，并慌里慌张地接过那个象牙色的手提箱，如同在舞台上接过道具。

嘎咔——嘎咔——嘎咔——嘎咔。

沉默中，两人都抬起了头。驾驶直升机的是白人。

"他们在寻找国王，"直升机飞走后，琳达说，"他们说他在首都。他坐着一辆非洲人开的出租车逃出了南部总署。还化了装。"

那一定是昨晚外国人圈子里的谈资：鲍比开始对他的搭车人感到沮丧。车从满是石头和年久失修的路面上颠簸着开出院子。

"希望他们还没把他那些可怜的妻子怎么样。"琳达说，她还没有完全放松下来。"你在这一地区很有影响力吧？"

"不能这么讲。我在上流社会里算不上什么人物。"

她兀自愉快地咯咯笑了起来。

鲍比板着脸。他决定让自己显得深沉些，不与她有任何不必要的交往。他已经表示了友好，这足够了，至少就目前的情况而言。

于是他沉着脸，沿着双行车道驾驶；沉着脸把车开上蜿蜒的乡郊小路，路旁是宽大的草坪、树篱、大房子、大花园，园子里常可看见穿着卡其布衣服、光着脚的打杂男孩。

"真不能相信这是在非洲，"琳达说，"这里和英格兰太像了。"

"这里比我所了解的英格兰还奢华一些呢。"

她没有回答，沉默了好一阵。

他觉得自己可能太过咄咄逼人了，于是说："当然，他们也不允许非洲人住在这里。"

"他们有仆人，鲍比。"

"仆人，是的。"他有些措手不及。没料到她这么快就存心似的和他较劲。接着，就像预言种族大屠杀，他以冷酷而满足的声调说道："我想那就是有些人，比如说约翰·穆本德－穆巴拉，会拒绝搬出非洲人住宅区的原因。"

"这名字你念得可真准。"

鲍比的深沉变成了阴郁。"嗯，他是不会来找你的。你如果想参观他的作品，就必须自己去找他。去非洲人住宅区找他。"

琳达说："这个约翰刚开始创作的时候，是个挺不错的画家，风格质朴，我们那时都很喜欢他画的瘦骨嶙峋的牛群什么的。但他画久了，没那么质朴了。现在是一塌糊涂。所以我觉得他留在非洲人住宅区继续画画也没有什么问题。"

"有过这样的说法。"

"关于他住在非洲人住宅区?"

"关于他的绘画。"鲍比痛恨自己的回答。

"他长得实在太胖了。"琳达又说。

鲍比决定不再接嘴。他再一次决定要保持深沉,不再轻易开口。

∾

驶过那些郊区花园住宅,就到了非洲裔城市居民租种的小片土地,这里的树木稀疏了不少。城镇近郊的土地显得很开阔,光线更像是在预告离大海不远了。这里既是城镇又是荒野,高大的柱子上贴着日晒雨淋的广告牌,上面有咧嘴笑的非洲人抽着烟,喝着软饮料,用着缝纫机。

过了这片土地,就出现了小块小块的农田和未经修剪的灌木丛。可以看到非洲人的身影,大多数在步行,有一两个骑着旧自行车。他们的衣服上打着大块红、蓝、黄或绿色的长方形补丁,这是当地的一种风俗。鲍比有点想开口说说非洲人的色彩感,但他忍住了,因为这和刚才那个画家的话题太相似了。

土地开始转为斜坡,视野也随之更加宽阔,感觉离刚过去的那个英国式印度小镇已经很远了。路的一旁是些小土丘,类似于长满了杂草的蚁丘,但它们其实都是树木被砍伐后留下来的。这里已然成了荒地,一片荒芜。就在七十年前,那些和刚才路边出现的一样的非洲人,还居住在这里,在森林的庇护下,过着与世隔绝的生活。

嘎咔——嘎咔。起先只是遥远处低沉的嗡嗡声,很快到了他们头顶;直升机披着晨光在上空盘旋了好一会儿,吞没了汽车的声响和引擎的震动感。路渐渐转为下坡，车时而沐浴在黄灿灿的阳光中，时而行驶于潮湿的阴影中。直升机飞走了，又可以听见风声和车轮声了。

从路边一堆堆的水果和蔬菜摊里跑出几个非洲男孩，他们拎着沉甸甸的花椰菜和卷心菜。这里曾经发生过事故：肇事的司机被愤怒的人群包围攻击，那些人都是一眨眼间从路边的丛林里冒出来的。鲍比放慢了车速。他弯着身子，一手握着方向盘，一手低低抬起，朝着第一个冒出来的男孩慢慢地挥。那个男孩装作没看见，鲍比保持微笑，继续挥着手，直到从所有男孩的身边驶过。接着，他想到了琳达，又恢复了深沉的表情。

她若无其事，还是一副自得其乐的样子。她问："你有没有注意到那些花椰菜的大小？"听上去，她似乎根本不知道他们在斗嘴。

他冷冷地回答："是的，我注意到了那些花椰菜的大小。"

"这一点让我感到惊讶。"

"哦？"

"说来有点愚蠢，但我从没想过他们还会种地。不知道为什么，在我的想象中他们都生活在丛林里。马丁跟我说我们要被派到南部总署来的时候，我还以为我们将生活在森林里的一片空地上。我从来没有想到这里竟然会有马路、房子和商店……"

"还有无线电广播。"

"这很荒谬。我知道这很荒谬，但我隐约想象过这样的场景：他们站在树下，靠着长矛，围着那种老式的大唱片机。还有'他主人的声音'牌唱片。"

鲍比说："你还记得基金会的那个美国人吗，曾经过来劝我们要做好数据统计工作之类的那个人？有一天我开车带他出去逛，出了城他就吓坏了。一直不停地问：'刚果在哪里？那里是刚果吗？'那一路他绝对是吓坏了。"

这时车驶上了一条山路，路渐渐变得陡峭起来。路边有个路标写着：警惕山石滑落。

"这是我最喜欢的路标之一，"鲍比说，"我开车的时候最爱找这种路标。"

"语句很精准。"

"不是吗？"

鲍比的深沉已经不知所终，现在再要摆出那副样子恐怕很困难。随着旅程的深入，他和琳达已经成了旅伴，他们都在留意路旁的各种景色，寻找话题。

"我喜欢一大早上路，"琳达说，"会让我想起英格兰的夏日清晨。尽管我得承认，在英格兰的时候，我并不喜欢夏天。"

"哦？"

"我总是觉得我会过得很快乐，但事实并非如此。日子一天天过去，我总是找不到事情做。夏天总让我觉得自己一事无成，错过了很多。我喜欢秋天。秋天能让我找回一点掌控自己命运的感觉。对我来说，秋天是重生的伟大季节。当然，我这些想法太女孩子气了。"

"我不会说这是女孩子气，倒觉得这挺特别的。我曾经的一个精神科医生认为，每个人在十月都会想到死亡。他说自己一意识到这一点，风湿病就不治而愈了。当然，在悟到这一点的同时，他在家里安装了中央暖气系统。"

"不知道为什么，鲍比，我早先就觉得你看过精神科医生。"她又显露出愉快的样子，"告诉我，你出过什么事？"

他平静地回答："我在牛津的时候有过一次精神崩溃。"

或许是他说话的语气过于平静，琳达依旧兴致勃勃的样子。"我一直都想问问有过这种经历的人。到底什么是精神崩溃？"

他曾不止一次为精神崩溃下过定义，但还是假装字斟句酌，寻找合适的表述："精神崩溃，就像看着自己死去。哦，不是死去，是就像看着自己变成一个幽灵。"

她学着他的语气问："发作时间有多长？"

"十八个月。"

她有点被震住了。他能感觉到。

像是逗孩子一般，他嘿嘿一笑，说道："看那些可爱的树。"她照着他的话做了。两个人的目光都落在树上的时候，他又搬出深沉的语调说："非洲救了我的命。"他像是在公布一个声明，为所有事情做了解释，仿佛惩罚并原谅了所有那些误解了他的人。

她陷入沉默，不知如何回应。

∽

这里的风景闻名遐迩。天空有多开阔，大地便有多开阔。地不断地下沉、下沉，大陆架在这里出现巨大的裂缝。极目远眺，山谷广袤无际，与天同色。不管朝什么方向望去，一切都笼罩在云雾中。

琳达感慨道："非洲啊，非洲。"

"要不要停下来看一看？"

他把车停在山谷边的一片开阔处。两人下了车。

"好凉爽啊。"琳达说。

"真让人难以相信,这里几乎就在赤道线上。"

眼前的风景两人都见过很多次,此时谁都不想说话,生怕说出来的是陈词滥调,或是表达得太过矫情。

"多亏了这些云,"琳达终于开了口,"我们第一次出来的时候,马丁一直对着云拍照。"

"我从来不知道马丁还是个摄影家。"

"他不是。他不过是刚给自己弄了部照相机。过去,他送洗胶卷的时候总用我的名字,这样柯达照相馆的人就不知道是他拍了那些照片。我猜那里面有很大一部分是垃圾。在厌倦了拍摄云雾后,他又开始趴着跪着拍那些毒蘑菇,还有他能够找到的最小的野花。他那部相机不适合拍那些东西。照片冲出来,都是模糊的,绿的黄的。照相馆的人很负责地把照片不论好坏都寄了回来,寄给我。"

他们差点忘了身边的风景。

"这里好凉快。"鲍比说。

一辆白色桑塔纳开过,也是出城的方向。开车的是个白人,他看到鲍比和琳达,便用力地直摁喇叭,然后加速向山下驶去。

"真不知道他在炫耀些什么。"鲍比说。

而琳达笑了。

他们回到车里。鲍比说:"说起来扯淡,不过我觉得这里所有一切……"他指了指那片绿色山谷,"都属于我。"

她忍俊不禁,把身子朝前倾了倾,大笑起来,说道:"你这么说确实很扯淡,鲍比。"

"但是你知道我的意思。如果我无法确定我能再次看到这一切，我现在可能会无法消受眼前的这些景象，你知道的。"说这话时，鲍比坐得笔直，好像一个刚学会开车的新手，一边开，一边左看看右瞧瞧。"我过去完全不知道世界上有类似非洲这样的地方。我也没有兴致去知道。和你一样，我想到的只是部落、长矛。当然，南非我还是略知一二的。"

"我刚才在想，我们有好长一段时间没有听到直升机的声音了。"

"直升机的搜索视野不大。我在空军部队怕是就学到了这一点。"

"鲍比！"

"只是服兵役而已。"

"他们是不是已经抓到国王了呢？"

"对方有白人做后盾，他肯定是要遭殃了。在这个问题上，我属于少数派，我知道，但我一直觉得这个国王令人发窘。对我来说，他太英国化了。我们倒是会看到他那些聪明的伦敦朋友会为他做些什么。真是个笨蛋。我敢肯定有人会跳出来，怂恿他说些诸如分裂之类的话。"

"'有这些外国佬在，这里真让人压抑，是不是？'"

"但他们还觉得这样很有意思，很好玩。我从来不这么想，这点我必须说明。你知道，因为不了解情况，外界会铺天盖地来指责。我们也脱不了干系。为非洲独裁政权效力什么的。"

"这也是马丁所担心的。"琳达说。

"哦？"

"你说的指责。"

"我是来这里服务的，"鲍比接着说，"不是来告诉他们该如何管理这个国家。在这一点上插手的已经太多了。非洲人选择什么样的政府与我无关。无法改变的事实是,他们需要食品、学校和医院。不是抱着服务目的而来的人在这里无事可干。这听起来有些不留情面,可我就是这么看的。"

琳达没有接他的话。

"我的观点没有多少人赞同,我知道,"他说,"我们的公爵夫人是怎么说的呢?"

"公爵夫人?"

"我是这样称呼她的。"

"你是说多丽丝·马歇尔?"

"我俯首于'黑人区',她是不是这么说的?"

琳达露出微笑。

"她这话够俏皮。但是我不明白为什么我们都认为非洲人是睁眼瞎。你以为非洲人不知道马歇尔家族掌控着老南非铁路?"

"她是南非人。"

"她是这样告诉每一个人的。"鲍比回答。

"'而且以此为豪,我亲爱的。'"

"'我在南非学习礼节的时候——'①"

"就是这样,"琳达说,"学得真是惟妙惟肖。还有那个 glove-box,你知道的吧?"

"你是指不说 glove-compartment②。"

---

① 此句在原文中用了很多错误的拼写,表现多丽丝·马歇尔的口音,其中的礼节 (etiquette) 被写成了 ittykit。
② glove-compartment 和 glove-box 都是指汽车仪表盘下的储物空间。

"对，你得说 glove-box。"

"'因为这是南非的 ittykit，亲爱的。'"

"确实如此，确实如此。"琳达答道。

"我觉得他们该惩罚丹尼斯·马歇尔，把这两个人派到南非去，越早越好，对大家都好。"

她整了整发际边的头巾，把车窗往下摇了摇。

"好像有点冷了呢，"说完她深深吸了一口气，"在首都就这点不错。那露天篝火。"

这是外国人圈中很普遍的一种看法。一路聊过来，这句让鲍比失望了。他说："对我来说，首都的诱人之处在于开车回去。我想我是永远也不会厌烦这样的旅程的。"

"别说了，你要让我伤心了。"

"我记不清在哪里读过毛姆的一段话，说得真是精彩。我知道现在他的拥戴者不多，但是他说过，如果你一心想要得到最美好的，而且努力坚持，一直坚持，通常你会如愿。我得说，我开始有那种感觉了。我认为我们始终可以做自己真正想做的事情。"

"对你来说，那容易办到，鲍比。但刚才你还在说，你一度都不知道有非洲这样的地方。"

"我现在知道了。"

"我也知道了。但有什么用呢？我或许想留下来，但不能留下来。"

她关上车窗，又深深地吸了口气，凝望着宽阔的山谷。

她说："我要不是英国人，倒愿意做一名马赛人①。马赛女人身材

---

①分布在非洲东部的族群，至今仍以传统的方式生活着。

高挑，非常优雅。"

这句话是在恭维非洲：鲍比将其视为一个信号，是她对他的态度改变了。但他还是说："好一个肯尼亚殖民者。但那些不切实际的非洲人可都是落后分子。"

"他们落后吗？我想到了非洲南部那些用篱笆围起来的村寨。和地理书上的图片一样。拥有一座小小的茅屋，四周围着高高的篱笆，夜幕降临后牵着牛回家，以防备劫匪。"

"我正是这个意思。非洲的彼得·潘[①]。"

"但是，非洲史前状态的那一面，难道对你没有一点影响吗？"

他没有回答。两个人都尴尬起来。

他说："我得说，我想象不出你住在那种村寨里的样子。"

对此她表示接受。

过了一小会儿，她说："劫匪。我喜欢这个词。"

这时候，道路不再那么空荡荡的了。通往首都的交通虽然不那么繁忙，却也持续不断：旧卡车、包着头巾的锡克人驾驶的槽车、欧洲人和亚洲人开的小汽车，还有非洲人驾驶的标致车，后者通常崭新、时常超速，里面挤满了摇摆的非洲人。

标致车都是专跑长途的出租车。其中有一辆，鸣着喇叭，在一处陡峭的坡道上超了鲍比的车，吓了他一跳。那些坐在后排的非洲人还转过身来，笑眯眯地看着他们。琳达转过头去躲避他们的目光。标致车继续鸣着喇叭，直到前方突然间出现转弯，它亮起了刹车灯。

"我就搞不懂为什么有人喜欢不停地踩刹车。"鲍比说。

[①]彼得·潘，苏格兰剧作家詹姆斯·巴里的同名作品中的主人公，是个有魔力、长不大的男孩，来自孩子们梦境中的国度"梦幻岛"。

琳达回答:"出于同样的理由,他们把备用轮胎都给卖了。"

弯道接着弯道,那标致车的刹车灯断断续续地闪着,最后终于开远了。

"我刚来这里就注意到,你碰见的每个人差不多都遇到过车祸,或者有认识的人出了车祸。大院里好多人都上着夹板,好像那儿是滑雪胜地一样。"

这是一个老笑话了,但鲍比还是配合了。"这里前不久就出过一次车祸。一个锡克乐队的歌手熄了火,想让车子滑下坡。可不知怎的,方向盘失灵了。"

"后来呢?"

"车子失控冲出了马路,他死了。"

"马丁说他们是那种最糟糕的驾驶员。"

"马路中间要是开着奔驰车,你可以肯定开车的是亚洲人。我受不了那些商店。他们卖香烟给非洲人,不整包整包卖,一定要拆散了一支两支卖。他们从非洲人身上赚足了钱。"

"要想从他们那里得到些什么倒有个好办法,只要对他们说:'嗨,这东西不是南非生产的吗?'他们准吓得魂飞魄散,几乎分文不要地把商店白送给你。"

说到这儿,她打住话头,意识到自己有点过分了。

∾

终于,他们来到山谷底部一个悬崖的脚下。太阳还在爬高;地面上灌木丛生,视野开阔。车厢内有些热了,琳达摇下车窗,开了一道缝。山谷那头的斜坡看上去有些模糊，色彩像是不够饱满，宛如光和距离造成的幻象。他们驱车向那斜坡驶去，奔向高原。路笔直向前。

每小时六十、七十、八十英里：鲍比不知不觉中越开越快，因为这路太好开了。经过山里那段盘旋公路之后，驾驶员在这一段都会忍不住享受一下真正的驾驶乐趣：速度、距离和刺激。鲍比把全部注意力都放在汽车和黑色的路面上，对时间变得很敏感，不用看表也能估摸出每个十五分钟的长短。

一幢破旧的木屋；减速标志，它先出现在路旁一个褪了色的红白标牌上，然后是刷在地面上拉长了的字。车子一个九十度转弯，越过一条被废弃的窄轨铁路。公路到了这里也变得破败不堪，成了一个散乱居民点的交通干道。道路两旁有马口铁和木料，东歪西倒的临时围墙，长长的铁丝栅栏，上面挂着红色危险警示牌，脏兮兮的岔路，以及灰蒙蒙的院落里冒出的几株树木。接着，出现了一群非洲人，让道路变得狭窄了。

他们戴着毛呢毡帽，帽顶呈圆锥形，帽檐拉得很低。很多人穿着拖沓的长夹克，或棕或深灰的颜色，看上去像是欧洲人的二手衣。还有不少男男女女，衣服上打着五颜六色的补丁，被两三个手拿铅笔和本子的男子领上了一辆辆装有高高的遮阳篷的卡车。身穿黑色制服的警察在旁监视。

"他们今天蠢蠢欲动啊。"琳达说。

鲍比把车开得很慢，没有接茬琳达的打趣。那些不论上了车还是没上车的非洲人，都在盯着他们两个看，一张张黧黑的脸却被呢帽遮住了，看不到。鲍比把手伸出车窗，低低地扬起，想要挥，但又作罢了。迎着看过来的目光，琳达整理了一下头巾，直视前方。穿过人群后，鲍比依旧把车开得很慢，不想让人觉得他们是在逃跑。后视镜里，满身补丁、头戴帽子、面无表情的非洲人愈来愈小。驶出居民点，拐过一个弯，鲍比再次看了看后视镜，镜子里只有一条空荡荡的路。

阳光刺眼。琳达戴上墨镜。放眼四周，灌木绵延，似乎直连到迷蒙的山陵下。天空高远，几缕刚才还变幻莫测的白云，转眼变成了或银或黑的乌云，倏忽聚散。鲍比和琳达都没有开口说话。过了好一会儿，鲍比才让车子提速。

琳达说："你知道他们想干什么，是不是？"

鲍比没有回答。

"他们是要去参加宣誓大会，立下誓言。你知道那意味着什么，是不是？你也知道他们会干龌龊事、吃龌龊东西，是不是？血啊，粪便啊，泥土啊。"

鲍比朝着方向盘欠了欠身子，"我不知道那些说法有多大的可信度。"

"我相信你是知道的。整个周末他们都在首都搞这样的活动。"

"首都谣言漫天。有些人就喜欢耸人听闻。"

"国王和他的拥戴者成了憎恨的对象。还有你和我。这些耸人听闻的传言对我而言可有可无。"

"我知道，我知道。听到誓言，你就想到恐怖分子，还有非洲大砍刀。但是谢天谢地，现在还不存在这方面的问题。我相信他们不过是在宣誓大会上吃生肉表忠心而已。我甚至觉得他们可能并不是真的吃，只是在上面咬一口而已。"

"好吧，相比起来，我猜去总督府签到，吃屎一样的食物、在黑暗中拉着手裸体跳舞，处境好不到哪里，也差不到哪里。"

说完她哈哈大笑。笑声打破了刚才的气氛。

"我必须声明，我并不喜欢刚才那里的场景，"鲍比说，"有那么一刻，我觉得我们好像回到了从前。如果是那样一个状况，我会痛恨自己身处的这个国家，你呢？"

"哦，我不知道。我想我会调整的。我是个很会自我调整的人。"

"我觉得我们是不是有一点妒忌国王和他的拥护者们。在这样的时刻，我们会觉得自己被孤立了，自然就会去痛恨现状。我肯定，如果他们更容易相处，我们会更喜欢他们。就好比马赛人。就我个人而言，对他们并没有任何……'偏见'。"

她墨镜上方窄窄的额头抽动了一下。"哦，这对你来说倒很容易，鲍比。"

"你是什么意思？"

"我觉得今天下午会下雨。我们开出这条柏油公路后就会下雨。我正在观察那边堆积起来的云。经常跟马丁一起旅游，我学会了观云看天色。那段没有铺柏油的路简直就是我的噩梦。只要下半小时的雨，那里就泥泞不堪，汽车会打滑，就像地震了一般，让人受不了。我真的会被搞疯的，打滑，还有地震。"

"我倒没觉得天上的云正在'堆积'。"

"不过，如果我们不得不去上校那里住一晚，看着雨从湖那边横扫过来，不也挺浪漫的吗？"

"可上校就是那种我宁愿避而不见的人。从听到的种种关于他的传闻来判断，他令人生厌。"

"我得说，他是个地地道道的殖民者。他不在乎任何人。"

"我想你说的是他不在乎任何非洲人。"

"鲍比，注意听好了。马歇尔夫妇第一次去他家，夫人要一杯波特酒①加柠檬。"

"'我的天哪！'"

"我的天哪。上校举起干瘪的手，指着大门喊：'滚出去！'把服务生都给吓坏了。"

"南非的ittykit。他这么做我能理解。我都觉得这事挺给他加分的。但是，刚才你为什么说这对我而言很容易？"

"哦，鲍比，我和马丁常常谈起这个话题。除此之外，我们几乎什么都不谈。我十几岁的时候看萨默塞特·毛姆的作品，幻想大千世界，但怎么也没想到我婚姻生活的大部分时间，竟是在为诸如'服务条款'之类的事情而烦恼。"

"欧谷纳·旺葛－布代尔是我的上司，"鲍比回答，"他是我的……'老板'。我尊重他。我相信他也尊重我。"

"我很抱歉地说，听你那么顺畅地读出这些非洲人名，感觉很怪。"

"我觉得，欧洲人要是感觉自己在这里受到了歧视，那也是自找的。这位总统每天跑东跑西，告诉这个国家的民众，他们需要我们。但他不是个傻瓜。他清楚老牌殖民主义者在离开南部之前，必会狠狠捞一票，把这里榨干。想到这一点我就觉得好笑。我们训诫非洲人整治腐败，但他们一识破我们的小伎俩，我们就摆出受到歧

---

①许多英属非洲殖民地曾下令禁止或限制非洲当地人的饮酒行为，其中对进口酒的管控尤为严格。

视的愤怒姿态来。都还不是小伎俩。比如说,有人申请了好几千元补贴,声称要把行李运回国,但实际上那些行李子虚乌有。"

"有那么多行李才好呢。"琳达说。

她心不在焉,早先的好心情消失了,头巾下被压平了的纤细头发遮不住瘦骨毕露的额头,额头泛出油光,墨镜上方出现了几道忧虑的皱纹。

"布索葛-科索罗拿了几页文件给我看。他说:'鲍比,这是丹尼斯·马歇尔的申请,已经批准而且付了款。但我们知道他最近这次休假,什么行李都没有带。你说这让我们怎么办?'我能说什么?我很清楚大家会在背后指责我'不忠不义'。但是我是忠于谁的?我跟布-科说:'我觉得这事应该上报部长。'"

他夸大了自己的地位;他说得太多了。他心里明白,也看出琳达失去了对他的兴趣。他俯身靠向方向盘,对着路面露出微笑,身子在椅子上挪了挪,说道:"我们在哪里停下来喝个咖啡?"

"猎人旅店?"

他并不想去,但还是说:"好主意。我听说那里换了新东家。"

她还是那副心不在焉的模样,说:"那是因为大家害怕政权更迭,财产不安全。"

"亚洲人从中赚了不少钱。"

她没有搭理他。他也陷入了沉默。他本不想给她留下聒噪的印象,让她仍像旅程之初那样觉得他是个内敛、寡言之人。但现在,反倒是她变得阴郁而沉默。

路黑魆魆的,笔直地在单调的灌木丛间穿过。

"我确信你是对的,"过了一会儿他说,"云堆积起来了。这可真难判断该继续赶路,还是避一避。"

他在讨她好,但她丝毫不领情,硬邦邦地回答:"我想喝咖啡。"

两人都看着路。

"我听说了,"他说,"那个萨米·奇森伊并不是个好对付的人。但我不知道马丁这么不高兴。"

她叹了一口气,懒洋洋地整理了一下丝巾和头发。这举止让他有些紧张,不敢动。随后他把身体僵硬地靠到座椅后背上。

公路远处有样东西。那不是个幻觉。两人都盯着看。原来是一只被压死的狗。

"看到这场面我还挺高兴的,"琳达说,"我就等着这一刻呢。"她的语调透着神秘。"这一幕是迟早会看到的。"

"那你是想要离开这里?"

"哦,鲍比,你的情况完全不一样。你的部门总有事可干,有成果可出。但电台就是电台。你得制作节目。像马丁这样的老电台人,节目做得像垃圾了,当然心知肚明。离开BBC来这里,无非就是想做出好节目。我想马丁错就错在了一点上。他从来就不是阿谀奉承地往上爬的那一类。"

"这我明白。说到电台,我确实觉得他们在宣传政策和转播讲话上做得略有不足。编辑工作也有待加强。"

"我一直以为马丁的职务是区域主管。但他说:'不,这是非洲国家。那样的工作是留给萨米这种人的。'"

"他们说萨米在英国其实很不得志。"

"当然,事情还没坏到不可收拾。BBC的一些人到现在还记得马丁。去年临走前我们度了个假,在新闻俱乐部里,有人对马丁说:

'哦，你在那里身居高位，是不是？'"

"但想来也是。没人会因为出来这里就毁了前程。那么你还是考虑回英国？"

"人总得考虑未来。但英国，我不知道。马丁已经在四处打听。我确信会有什么事情发生。"

"我也确信。"但他的问题还是没有得到解答。于是他问："你觉得会是去哪里呢？"

他等着。

她说："南方。"

他说："我就生活在这里。"

3

灌木丛占据了整个山谷，从平坦处一直延伸到斜坡上。不过，有些地方地表开裂，植被更是葳蕤。视线的尽头依旧是斜坡，但不再那么陡峭。此时远眺，地平线上净是一片片低矮、绵延而又彼此独立的丘陵。远处隐隐约约有树林，附近似乎有水有溪流。左近零零落落的小土丘在诉说，这里也曾是森林。路两旁出现了与其交会的泥土小路；时不时可以看见路牌，上面写着二十、三十、六十英里开外的地名。开始出现一些小广告牌。车辆仍然不多。

琳达开口了，语调平缓而神秘："这一路过来，这座小山丘我最喜欢。看起来像是被一只巨大的爪子抓过。"

描述很贴切，正符合鲍比的感觉。

他说："是的。"

在他们前方，一辆满载货物、上盖遮布的货车从岔路开上了公路。几只小猎犬从货车后挡板的上方伸出头来。两个穿红色夹克、戴红色帽子、穿着马裤和马靴的非洲人，正紧紧抓着车挡板站在汽车尾部，他们被颠得上上下下。

"非洲的这一面可真是奇怪。"琳达说。

她坐直身子，从汽车地板上拿起包，取出化妆盒，开始补妆。她那股子神秘劲消失了。倒是鲍比情绪低落了下来。

"我们在西非的那几个月，"她边说边拍了点粉，斜眼瞟了一下手中的镜子，"你一定不会想到那里的非洲人还有一点点英国范儿吧。跨境进入法语区后，你马上可以看到黑人跟我们一样坐在路边，吃着法式面包，喝着红葡萄酒，戴着小巧的法国贝雷帽。这里也一样了，你看看这些英国范儿的、带狗的黑人保镖。"

开始出现弯道。前方的路不再一览无遗。他们跟在那辆货车后面，猎犬一直盯着他们汪汪乱叫。黑人保镖看着他们的小车，没有一丝友好的表情。路标显示离猎人旅店还有一英里的路程。

"我们得加速了，"鲍比说，"那些乌云越积越厚，情形不太妙。"

"我说过我是行家吧。"

离开主干道，车子拐进陡峭的下坡路。路面是深红色的，而且很窄。路上有两道深深的车辙，中间泥土隆起，路两旁则是微微隆起的田野。前一天或者是当天早上，这里下过雨。汽车在车辙里有些打滑；鲍比手里的方向盘震个不停。

"地还没有干，"鲍比说，"肯定下了很大的雨。"

"很快又要下了。"琳达说。但听起来她并不为此焦虑。

开过一段浅浅的洼地，红色的小路变得弯弯曲曲。放眼望去，四周都是绿意。路已经很难分辨，前方不远处出现了一排树，有些是白色的，光秃秃的，标示了小溪的走向。再往前，又变成了上坡路，出现了一片公共绿地。

"像英国。"琳达说。

"或非洲。"

转过一个弯,路的左边没有了土丘,而是像沼泽地般平坦。这里也确实像沼泽地,东一丛西一簇的茅草和芦苇冒出地面。尽头处有一个疏于打理的木亭,亭子的顶部已经坍塌。

"马球。"琳达说。

"马丁打马球吗?"

车子开过木亭时,他们将破败看得更清楚了。亭子后墙上方有几块木板不见了,地板也少了,阳光透过这些空隙照进亭子。在绿色背景的衬托下,亭子只若一个灰黑色的剪影。看得出,当初建这个亭子的时候,并没有指望它能长久地使用,就当是部队临时搭建并会废弃的那一类建筑物。

"你觉得那些猎犬,等到了一定年龄,会被安置吗?"琳达问,"还是会变成野狗?"

红色小路旁的那排行道树种在一条小溪边。有几株已经死了,是被淹死的。水漫过岩石拍岸的声音盖过了汽车的引擎声。树与树之间偶尔闪过小溪:汩汩的河水,泥泞的河岸。

"天哪,这里一定下过很大的雨。"鲍比说。

道路又转弯了,左拐右绕,然后开始爬坡。路本是用碎石铺成的,泥土被雨水冲刷走之后,碎石都露了出来。车身摇摇晃晃的,不过没有打滑。山丘变得平坦、开阔。他们进入猎人旅店的区域范围:一幢独立的、外墙涂了防腐油的办公棚屋,边上有指示牌;一个半"先锋派"、半都铎式的接待大堂;然后就是两排猎人小屋风格的客房。小屋屋顶盖了瓦,有烟囱,窗子有些粗糙,是落地式的。

窗口放了很多人工培育的花。但因为最近下雨,花看起来蔫蔫的。

院子里停着一辆白色的桑塔纳,倒车时在潮湿的沙土上留下的轮胎印迹还清晰可见。鲍比认出它正是在他们停下来欣赏风景时从身边开过的那辆大众车。那位冲着他们摁喇叭的司机身材矮小,四十来岁模样,戴墨镜,穿着卡其宽松裤和样式传统的运动衫。他在等什么人。

感觉到身边的琳达神采奕奕,鲍比心生后悔,不明白自己怎么变得这么健忘,更不明白自己怎么稀里糊涂就答应了来猎人旅店喝咖啡。他决定摆出一副阴郁的姿态。

他皱着眉头把车停好。

"已经过了喝咖啡的时间啦。"开大众车的男子坐在车里冲他们说道。他是个美国人,但美国口音不重。

"不过或许正好可以吃午饭。"琳达回答。

鲍比还在皱着眉头专心停车,满脸严肃,一声不吭,错过了表示反对的机会。

"鲍比,你认识卡特吗?"琳达问。

鲍比锁上车门,几乎都没有抬头,回答道:"我想我不认识。"

"哦,鲍比,这是卡特。"

"鲍比,你的这件衬衫不错啊。"卡特边说边取下墨镜,伸出手。

鲍比立马感觉到,琳达肯定向卡特说过自己什么。

"他们十二点开始供应午餐。"卡特说,"但是要吃的话,现在就得点菜。看到没有,现在人还不多。怎么样,午饭?我去跟老板娘说。"

"我去。"鲍比说。

他朝着大堂走去。

"要去办公室，鲍比，"卡特说，"她在办公室。"

鲍比转过身笑了笑，好像他本知道，只是一时忘了。然后，他又觉得刚才这一笑傻乎乎的，于是又绷紧了脸，僵着胳膊，抿紧嘴唇，面无表情地穿过院子，走上几级台阶，来到不大的办公棚屋。他身上的本地衬衫随着脚步而晃荡。

在那张梳着英国发式的总统的新肖像下，有一个小柜台，柜台后站着一个中年白人妇女，正用左手写着什么。她的右臂打着石膏，吊着绷带。鲍比走进来时她抬了抬头，然后低头继续写。若换作在另一个国家，这微不足道的一幕不会引起什么注意，在这里却不同了。就着门口透进来的光线，鲍比看到柜台后的一角有个非洲人。他在偷笑。

这个非洲人的穿着很像早晨那些被领到卡车上的劳工，只不过他的看上去更有个性，不太像二手衣。棕色条纹夹克上有好几处污渍，大翻领显得很拖沓，夹克倒是合身的，夹克里的套头毛衫做工粗糙，起了球，但也还合身。里面的衬衫，领口部位又油又黑，身上还有两三处没洗干净的汗渍，但贴合得像第二层皮肤。他们在车上看见的那些劳工，面无表情，眼神茫然，帽檐拉得极低，整张脸都躲在阴影里。但办公室里的这个非洲人把圆顶帽拿在手中，整张脸都露着。这副面孔和照片上总统的面孔一样不好看，沧桑但不够老成。总算眼睛里还透着股机灵劲和情感。

他把目光从那名中年妇女身上转向鲍比，露出笑意。鲍比回以微笑。但非洲人没有反应，他的笑像是僵在脸上。

那个妇女抬起头来。

"三人用午餐，可以吗？"

"我们十二点开始。"

然后，好像是因为那个面带微笑的非洲人在观望着，她不想表现得对鲍比很感兴趣的样子，又低下头去写字。

鲍比从办公室出来，没有看到琳达和卡特。他沿着那条小屋之间有打蔫了的花朵夹道的砾石小径往深处走。每扇门外都有一小堆开裂的桉树原木，因为淋了雨而湿漉漉的。一条老迈的灰黑色西班牙猎犬对一堆木头起了疑，正在那里大声地嗅着。小屋后不久前还是森林，现在已是一片斜坡空地，立着一个个土堆，斜坡的尽头是林地。小溪哗哗作响，溪水浸泡着两旁的树根，沿着那些光秃秃的树木一直流淌。

这本是一条林间小溪，而今两旁净是林子被毁之后倒下的树木。站在高堤上，鲍比看见汹涌的红色水流下有着一些平整的石块和大圆石，是踏脚石：倘若这是在一个有序的花园里，逢上宜人的天气，踩石过河必然是种小小的刺激。往上游一点，有一处残垣，很久以前河水就在这里冲开了一个缺口，另辟沟渠，使原来的花园成了泽国，马蹄莲在水中肆意生长。阳光穿透树林，落在一朵朵白色马蹄莲上，衬着底下一簇簇随溪流舒卷的水草，星星点点的。水在这里安静了下来，有些地方汇成了死水潭。

马蹄莲也一下子失去了光泽；树荫下一片黯淡。水泽花园寂静无声。溪流继续奔涌向前。对岸，树干在阴影中呈现黑色，树叶和树枝低垂着。这树林像是童话中的，远离人间烟火。这里不久前刚经过人工改造，树木遭砍伐，鸟兽四散，但这些举动似乎仅仅是为了在这方围起来的风景点中制造出一些人为的艺术效果，因为现在它又回归自然，没有了人类，没有了危险。鲍比想起了国王，那个遭直升机围捕的国王。他抬头望。裹着雨水的乌云越积越厚；前方未铺柏油的公路有百英里之长。

他出了林子，回到小山坡上。西班牙猎犬还在那堆开裂的原木旁转来转去，已经把其中的几根扒了下来。那个面带微笑的非洲人已经走到了办公室外，手里还攥着帽子。鲍比回应了非洲人投射来的目光，走进大堂，进了那间标示为休息室的房间。

这是一间又长又阔的房间，小格玻璃窗上挂着印花棉布窗帘，但窗外的林地、远处不规则的山丘和天空翻滚的雨云还是能看得一清二楚。家具看上去像是旧的，而且近来没有使用。来自丛林、留着英国发式的总统的新肖像挂在几幅彩色英国风景画中间。房间里放着些旧杂志，杂志里满是派对、舞会和乡村别墅以及家具的照片。它们所呈现的英国经过精心拍摄、把令人不快的成分都剔除了的，似乎专给外国人看。而鲍比所熟知的英国乡村是半工业化的、像搭建帐篷般缺乏长远规划的混乱住宅区，老房屋迷失在繁忙的交通要道、铁路和厂房之中。而大自然所存留的，或许只是一条溪流，岸上有些截过枝的杨柳，那充其量是半城市化的废墟。而这间休息室，显然是仿效杂志中的英国风格来布置的。但对鲍比，对那间小办公室里受伤的女人来说，这房间比例失衡，一切都太大了。或许它一向就这么大。

有人尖着嗓子在问："三份午餐，对吗？"

这嘶哑、刺耳的声音来自一个中年白人男子，他看起来伤得不轻。一条腿和一只胳膊上上下下都打了石膏、上了绷带。他靠一副金属拐杖支撑，每走一步似乎都有脸朝下跌倒在地的危险。

"车祸，"这个人嘶嘶地说道，语气里带着点自豪，"常言道，同一个地方不会挨两次闪电……"他摇了摇头，"见过我妻子了？"

"办公室那位？"

"她也受伤了，"他像个小丑般大幅地把身子往前倾了倾，"哦，是的。但现在没事了。就是有些痒。上石膏就会这样。知道吗，就算最后把石膏取下，最里面的那部分伤还是不会完全愈合。你去南边？在那里工作？短期合同工？"

鲍比点点头。

"那你还挺幸运的。每个月能在伦敦的银行存一半收入吧？攒起来。不过时下南部总署形势很糟，会有大麻烦的，我觉得。"

"我不知道你说的麻烦指的是什么。"鲍比回答。

受伤的男子变得谨慎起来。"这里没什么麻烦，"他冲着总统肖像点了点头，"这个巫医挺好的。没有，这里没麻烦。旅游业马上要兴起了，这个非洲人知道光靠他自己胜任不了。不管怎么说，这个非洲人可不傻。"

鲍比放下手中的杂志，朝房间外面走。他不慌不忙，因为没有必要。受伤的男子跟了上去，但赶不上他的步伐。

鲍比先前见过的那个非洲人仍在办公室外。那条西班牙猎犬坐在那儿的台阶上，老态毕露，一副茫然的样子。客厅门口的那堆原木已经散了。走近之后，鲍比看到一丛茂盛的薰衣草，种了大概有些年头了。他弯下腰，准备折几枝花时，看到散落的原木间有一条蜥蜴的尾巴以及死了的蜥蜴。就在这时，他瞧见了琳达和卡特。琳达冲着他招手，动作幅度很大。她那蓝裤子与米色衬衫，在鹅卵石小路和开阔的山坡间忽闪不定的阳光的映衬下，显得格外鲜艳。恍惚间，好像又回到了这一天的开始，好像他们三人正面对观众出演电影或一出戏。鲍比转过身。注视着这一幕的，其实只有那个非洲人，他正用舌头舔着上嘴唇。

琳达说："鲍比，你找到什么了？"

"薰衣草。"他举起一枝花，送到她鼻子下方，"我喜欢薰衣草。这是不是太女气了？"

她大笑起来。他这才注意到她的牙齿很糟。"我不会说你太女气，我会说你老派。"

他们三个走进高高的木结构餐厅。她是三个中最亮丽的那个。

∽

餐厅里并无他人。他们坐在房间的角落，紧挨着高高的壁炉。壁炉里没有生火，但木块已经架好了。服务生很紧张，又好像记挂着别的事情，不停摆弄着桌上的餐具。他的白衬衫不太干净，灰蒙蒙的黑领结戴歪了。

卡特说："你们这些殖民者干得不错啊。"

"这词用得真可爱，"琳达说，"我很少听人说。你这么一说，这词听起来很了不起，很专业。"

"坐在这里，我觉得他们一定是非常了不起的人物。可以称得上是巨人。我想这就是他们到现在还不给我们生火的原因。我们太渺小了。"

或者太丑陋了，鲍比暗自想着，掰开了面包圈。

那个胆怯的服务生大拇指紧紧摁着盘子边，一盘一盘地端上汤。

他走路的时候弯着腰,膝盖抬得很高,那双大脚像是很松弛地连在脚踝上,一上一下地拍动。

"他看起来差不多是我们中的一员。"卡特说。

"鲍比,卡特说南部总署现在四点钟开始宵禁。军队显然有点横行霸道了。"

"非洲军队就是派这用场的,"卡特接着说,"他们就是用来对付平民的。"

"这样看来,我们不得不到上校那里过夜了,"琳达说,"或者在这里留宿。"

"那个'伙计'或许可以为你点燃壁炉的火。"卡特对鲍比说。

卡特的白齿显然长得有点问题,因而他吃相像条狗,头伏在盘子上,每吃一口都要大嚼一通,而且发出轻微的嘶嘶声,似乎每口都很烫。

他咽下一口食物后,开始说话:"我可不习惯'伙计'这样的称呼。"

"多丽丝·马歇尔一度想称服务生为男仆。"琳达说。

"那可不就是意料之中的!"鲍比说。

"最后她将就着称他们为招待员。我一直觉得这个词相当荒唐。"

鲍比说:"这冒犯了卢克。他后来跟我说:'我不是个招待员,先生。我是一名房童。'"

"多丽丝·马歇尔是谁?"卡特问。

"一个南非人。"琳达回答。

卡特面露困惑。

"卢克是鲍比的房童。"琳达说。

"我可以想象,她一定觉得自己在俯首于黑人区。"

琳达大声抗议道:"哦,鲍比。"

"我们开始谈论我最喜欢的话题了,"卡特说,"仆人。"

鲍比说:"这总是我们的游客最着迷的话题。"

卡特继续吃。

"我受不了,"过了一会儿,鲍比环顾着餐厅说道,"我受不了这个餐厅的英国味儿。"

"我在西非的时候,"琳达说,"每个人都开口闭口地说我们是多么糟糕的殖民主义者,说法国人要比我们好得多。过境后,我发现这话说得不错。那里的黑人和我们一样,坐在路边,吃着法国面包,喝着法国红酒,戴着那些可笑的法国小贝雷帽。"

"所以最终,"鲍比说,"我们在这里也会没有用武之地。"

卡特看着鲍比,毫不掩饰咄咄逼人之势,说道:"但是你干得还不赖呀。"

外面开始下雨了,餐厅里暗下来,雨点打得屋顶作鼓声响。

"那段泥泞的路,"琳达说,"我最受不了汽车在泥路上打滑,我会发疯的。"

"我不知道宵禁一事是否属实。"鲍比说。

"你大可以不相信我说的话。"卡特说。

"我确实没有必要相信你说的话。"

琳达假装没有注意到他们的针锋相对。她装出一副少女腔,做作地说:"可怜的小国王,可怜的非洲小国王。"

此后,三个人没怎么说话,喝完了一瓶澳大利亚产的雷司令葡萄酒。午餐结束了,服务生显然是松了口气。鲍比抢过了服务生拿来的账单。卡特流露出不悦的神色。

"办公室,"服务生说,"到办公室付账。"

那个非洲人还站在那里,在窄窄的屋檐下躲雨。雨幕中,远处的山丘一片迷蒙。雨水顺着客房的瓦片屋顶流下来,打在花朵上,冲刷着砾石小路。天几乎有些凉飕飕的。鲍比回来的时候卡特独自一人在餐厅里。他们没有交谈。卡特转过身,看着窗外的雨。琳达走进来了,依旧是那副欢快的样子。

该上路了。鲍比开始忙碌起来。

"我还要在这里待会儿。"卡特说。

鲍比冒雨跑向汽车,把车开到大堂入口处。琳达坐进汽车,看上去有些心烦。就在这时,卡特身后的阴影里似乎有动静。是那位受伤的男子出现了,他的身子向前挪动着,像是对他们充满了兴趣。鲍比正要开动,胳膊上吊着绷带的女人也出现在办公室外的台阶上,她用没有受伤的手朝非洲人挥了挥,并冲鲍比的方向大声喊叫。

鲍比停下来,摇下车窗。

"你能不能捎他到大路上?"

"哦,天哪。"琳达一边说,一边斜着身子将座位一侧自己的东西收拾起来。

∽

非洲人自己打开车门,坐进车子,车子里即刻充满了他的体味。大雨中他们的车子开了出去,窗玻璃被雨水打得一片模糊。琳达僵直身子坐着,鲍比用手背擦拭着挡风玻璃。他看后视镜时,瞧见了非洲人微笑的眼睛。

"你在这里工作?"鲍比问。他的语气轻快、友好、单纯,是他和非洲农村人说话惯用的口吻。

"某种意义上是的。"

"你做什么的?是什么工作?"

"工会。"

"哦,你是说你是工会会员。你组织工人,和老板讨价还价。你为会员争取更好的报酬。对不对?"

"是的,是的,工会会员。你是做什么的?"

"我在这里工作。"

"我没有见过你。"

"我在南边。南部总署。"

"哦,是的,南边。"非洲人笑着回应。

"我是个公务员。政府部门的。什么入档文件柜,出档文件柜,当然,还有茶柜。"

"公务员。那不错啊。"

"我喜欢这份工作。"

车子沿着崎岖的山路慢慢行驶,雨水冲刷着挡风玻璃,雨刷都忙不过来了。在山坡脚下的转弯处,他们看见一个非洲人正朝坡上的猎人旅馆方向走。看见汽车,他站到一边让路。他头上的帽子压得很低,夹克的领子竖着。

"他全湿透了。"鲍比说,语气还是那么友好单纯。

"那是肯定的。"琳达说。

"你停一停。"车里的非洲人对鲍比说。

鲍比再一次在后视镜里看到了非洲人注视他的目光。

"你停下,"非洲人看着镜子说,"你带上他。"

"但他和我们不是一个方向。"鲍比说。

"你停下。他是我朋友。"

鲍比把车停在那个非洲人身边。雨水沿着他的帽檐流落,遮住了他的脸。他冒着雨脱下帽子,一脸畏惧。坐在车后座的非洲人打开车门。那人上了车,朝鲍比喊了声"先生",就坐到覆着塑料膜的座椅边沿,车上的非洲人把他往里拉了拉。

两个非洲人上车,空间就有点挤了。琳达摇下她那侧的窗玻璃,深深吸了口气。雨点打在了她的围巾上。

平坦的马球场已成泽国,水面上露出星星点点的芦苇和青草丛,犹如一片沼泽地。那破亭子被雨水浸透后,更显晦暗。

"你朋友也是工会会员吗?"鲍比问。

"是的,是的。"先上车的非洲人爽快地答道。

"希望这种天气里,你没有太远的路要走。"鲍比说。

"不远。"他回答。

路前方的车辙很深,泛红的水坑被雨点打得冒泡,车子时不时打滑扭动。路开始上行,通往高处的高速公路。

"你向右转。"非洲人说。

"我们要往左转,"鲍比说,"我们要回南部总署。"

"你向右转。"

红色的泥路已被砂石路取代,路面渐宽,马上就上高速公路了。那个非洲人仍然盯着后视镜里的鲍比看。

"远吗?你要去哪里?"鲍比问。

"不远。你往右转。"

"天哪！"琳达喊道，身子后仰，一手抓住车门把手，试图推开门。"出去！"

鲍比停下车。琳达身后那个淋湿了的非洲人，马上从车里跳了出去。几乎同时，那个一直说着话的非洲人也打开车门下了车，戴上帽子。瞬间就看不见他的脸了，他的微笑抑或威胁，都不再重要。鲍比开上通向高速公路的那段防护坡，将两个非洲人留在泥路边。他们把帽子紧扣在头上，被雨淋得透湿。

"真难闻！"琳达说，"绝对是歹徒。我可不想因为好心，因为对非洲人的友好，而送了性命。"

在转上高速公路之前，鲍比又看了一下后视镜：那两个非洲人仍旧站在原地。

"我和马丁常遇到这种情况，"琳达说，"就是因为参加过那样的宣誓，他们就以为大家都怕他们。"

"不过，我还是感到难堪。他那副趾高气扬的模样，然后突然就走了。我不能理解的是，他为什么要在那里逗留那么长时间。就算不是哪个基金会的人，你也会发现其中有奸险。"

"哪来的奸险。不过是愚蠢。开一下车窗吧，你都可以闻到他们吃的臭东西。"

雨水斜扫进窗，雨滴很大。鲍比朝后视镜看去，那两个非洲人站在高速公路上。黑色的，像符号一般；镜子中，他们在雨幕下、柏油路上的身影变得越来越小，越来越模糊。他们走下高速公路，回到通往猎人旅店的路上。鲍比觉得琳达肯定没有看见这画面。他也没有告诉她。

4

"真是太讨厌了。"琳达说。

"我很抱歉,我应该更坚定的。"

"你同情他们,一直同情他们,你说好话,鼓励他们。你都没弄清楚是怎么回事,就惹上了萨米·奇森伊的人。恐怕得关上窗了。马歇尔夫妇说这是非洲的味道,你听她这么说过吗?"

"我应该更坚定的。"

"真是种非常特别的气味。"

"我和那些谈论诸如所谓非洲味道的人都合不来,"鲍比说,"这和大家谈论,嗯,马赛人,差不多。"

"你可能是对的。我曾经以为自己不是很敏感,感受不到马歇尔一家和其他人所说的那种他们非常喜欢的非洲气味。但是这次度假回来,我闻到了。那种气味持续了半小时左右,也就那么长。那是一种腐烂的草木和非洲人的体味混杂在一起的味道。其实这两种味道本来就差不多。"

鲍比喜欢那种温暖而封闭的房间散发出的气味。他说:"也许你该去南部看看。"

"这真是太讨厌了。你还记得总统来南部总署的那会儿吗?那些又瘦又憔悴的白人和肥胖的黑人。"

"我不明白你为什么对他们的肥胖有想法。"

"我喜欢把原始人想象成瘦子。你可能不会相信,萨米从英国回来的时候瘦得像根耙子。马丁带着总统参观了他们的工作室。萨米呢,自然连哪个是门把手,哪个是麦克风都分不清楚。你知道马丁事后说的第一件事是什么吗?说出来都尴尬。马丁说:'我要对这个巫医说,他闻起来像只臭鼬。'马丁!你知道的,这种事情让你为每个人,包括你自己,感到羞愧。但接着……"

"哦,天哪。"

"这种闲话可能会传开来,他们就会把我驱逐出境。这我倒是挺乐意。"

"午餐不是个好主意。"

"或许吧。"

"从早上起,你的见解好像有了陡转。"

"我不清楚我有没有什么见解,"琳达的声音变得更轻快了,"也是因此,我希望被驱逐出境。我们必须告诉布索葛-科索罗。"

鲍比不喜欢这种狡黠,也不喜欢说话含沙射影。他开始加速,把车开得很快。这样的速度在湿滑的路上很危险。

他说:"据说动物在完事之后总是很悲伤。"

"这真浪漫,鲍比。"

他决定不再说什么。

雨渐渐小了。天空微微放晴。公路上银光闪闪。

∾

路前方停了几辆军用吉普车,有几个穿斗篷的警察,以及两排斑马条纹的木栅栏,把路堵住了。

琳达说:"这就是所谓的路障吧。"

鲍比放缓车速,调整表情,露出微笑,准备对付警察。

"请别那么友好,鲍比。这些警察早都英国化了。看看他们的黑制服,斗篷和帽子。你可以看出,那个胖的是他们的头头,他的衣服简单但别致。"

琳达说的那个人确实像是负责的,这让鲍比稍感恼怒。那人长相年轻,大肚腩,头上浅浅地扣着一顶深棕色毛呢帽;带有警察标志的斗篷里穿着一件印花运动衫。

他和两名身穿制服的警察从马路中央走到他们的汽车旁。

鲍比说:"我是政府官员。我在南部总署欧谷纳·旺葛-布代尔先生的部门工作。"

没有穿制服的警察说:"驾照。"

查看鲍比的驾照时,他紧闭双唇,皱着眉头,左右手肘紧紧夹住身体,使大肚腩上的赘肉时不时地被微微抬起。

"我的行驶证贴在挡风玻璃上。"鲍比说。

"请打开引擎盖,给我钥匙。"

鲍比拉了一把引擎盖的开启装置,递过钥匙。两个穿制服的警察开始检查引擎周围和后备箱,穿便服的警察则搜查车门内侧以及座椅间的缝隙。他打开琳达的行李箱,一只宽大的手伸直手指,在那件薄薄的行李上压了压。

"麻烦你们了。"他终于说道。

这意味着他们可以走了。就在车子行将离开时,那个警察像是记起了某项规定一样,面露微笑,把帽子举了举。那轻轻扣着的帽子底下的头发是太过规矩的英国样式:清清楚楚地偏分,一边是拢得高高的大部分的头发,很有弹性的样子,另一边则低而平。

"不管怎么说,让人略感安慰的是,他还算是'我们中的一员'。"琳达说。鲍比正把车开出斑马纹木栅栏。"我觉得他们正在搜寻从首都逃离的国王,你觉得呢?大家都在传,说他乘出租车跑了。"

"他们在搜查军火。我碰巧听说政府高层很是担忧向南部总署偷运军火的现象。说是利用往来的游客偷运。据传国王的宫殿里绝对藏着一个军火库。话说回来,那几个警察真是非常有礼貌,是不是?"路障,警察,黑色斗篷上的雨滴,一望无垠的道路,自身的安全:鲍比的话语里透着兴奋。"那是西蒙·鲁贝罗在做。他非常重视建立良好的公共关系。人人都说那是因为霍布斯高标准、严要求的结果,但我去年在一个会议上碰到过他,他给我留下了深刻印象。前几天报纸上登了一篇采访他的文章,我得说,这采访做得非常好。"

"我们都有过'默哀两分钟'的经验,算是做好了准备。西蒙很英国化。"

"那不是一件坏事,对他来说。"

"'麻烦你们了',"琳达模仿着说,"我觉得肯定下宵禁令了,你说呢？我知道我们是白人，而且保持中立，但我也开始考虑我们是不是不该往另一个方向'赛跑'。我们的盟友好像并不多。"

他的车倒是真在"赛跑"了，他猛踩油门，一半是出于某种莫名的兴奋：在这条空旷的非洲公路上过了路障，逃过了假想中来自黑人的威胁。现在路的一旁出现了高高秃秃的、像烛台般的剑麻叶。雨差不多停了，云高悬在天空，光影更迭，起伏的大地郁郁葱葱，远处群山上明亮的色彩时隐时现。

他看了看油量表说："我们得在伊瑟停一停，把油箱加满。"

"在抵制亚洲人贸易的那段时间里，大院里的人总是把油箱装满，无论白天黑夜，随时准备出境。"

"我的天哪，"鲍比说，"真够折腾的。那阵子，BBC每天都播特使签署空投协议的消息，空投罐头。"

"我储存了罐头。"

琳达因为胃里的午餐和雷司令酒，加上路途的颠簸，开始觉得不舒服。她脸色惨白，显得很疲惫，下眼圈发黑，晒黑的鼓突的太阳穴此刻看上去像是污点，棕色之中透着蜡黄。

她突然说："我喜欢这种变幻的光线，你呢？还有剑麻。一切看起来都那么空旷，只有棕色茅草屋偶尔出现。你会觉得这里什么也没有发生过。"她的语调变得神秘起来，就像她在听自己讲话一样。鲍比理解了她的意思。"没有人知道这里发生过什么。"

他说："我们中的有些人知道发生过什么。"

"在抵制亚洲人运动中，有二三十个人丢了性命。其中不单单是那些在太阳底下忙碌的荷兰奶业专家。不知道那些报纸没有刊载、广播没有播报的事件，会不会在非洲人的小报告抑或大报告里，被记载下来。"

鲍比想：她并不关心这些，她关心的是其他事情。她就是无缘无故地想要使坏，把她的情绪转嫁给我。想到这里，他发现自己刚才的兴奋劲已然消散。他等着自己被她激怒。

"地震的时候你不在这里，"琳达说，"我也刚刚来。一天早上，家里的男仆过来，眼里都是泪地说他家的那个村子肯定被地震毁了。我带着他去了警察局，想看看那里有没有伤亡名单。他们没有，而且每一个人都很没有礼貌。那个星期，我每天都去警察局询问这事。但就是没有名单，最后连那男仆也放弃了。没有'默哀两分钟'。广播上也没有说起。大家都把这事忘了。这里发生过地震吗？发生了又怎样？或许那些人没有一个死掉，就算都死了也没有关系。或许只是那个男仆想闹些事情出来，引起别人的注意。或许这里发生的任何事都及不上其他地方的事有意思。或许像这样一个地方，无论发生什么都称不上是新闻。萨米·奇森伊可以每天播祷告词，说这就是新闻。"

鲍比想，他察觉了马丁的某句抱怨，但只是回应说："要这样想的话，那这个世上没有任何新闻可言。"

"我不想争辩，我相信你懂我的意思。"

"我们在伊瑟停一下加油吧。"

她多少有点抱歉地说道："我的脑子现在不是很清楚。"

她从脚下拿起包，放在膝盖上，拿出化妆镜查看了一下脸。"哦，天哪。"她说。像是要驱走坏心情，她轻快地打扮起来，梳了头，重扎了围巾，将先前的倦意一扫而光。她的手臂看上去依然很年轻，从衬衫短袖口中可以望见她刮过的腋窝上有一颗痣。接着，她戴上墨镜坐好,看上去很沉着。

鲍比心中恨起她来。

∽

每隔两英里,就有标着"ESH"①字样的路标出现,最后那块颇有英国风格的路牌可能是从英国进口的,上面写着"伊瑟"。不过,四周还是一派荒野。

然后开始出现铁丝栅栏,栅栏后长着老松树;被拖拉机碾出车辙的泥路和高速公路相交,交汇处是一摊摊泥浆水。接着又是荒野。路的一边山峦起伏,公路曲折。一块褪了色的木板上写着不再醒目的警示:前方有铁路道口。车子摇晃着。高大的桉树汇成一片开阔、葱翠欲滴的林子,桉树的树干挺拔,表皮斑驳。远处的大山衬着近处起伏的山峦上围着栅栏的牧场、小丘棋布的开阔地、桉树防护林和开垦过的森林:一幅未完成的风景画,一幅以非洲大陆为背景的草图。

路的两边开阔起来,出现了一些带着大花园的别墅,别墅外观灰蒙蒙的。接着开过一个环岛,环岛中央的花园有修剪过的痕迹,公路随后进了镇子。每隔两三百码就有十字路口出现,路旁都竖着崭新的黑白两色的牌子,上面用大写字母写着某位部长的名字。这个镇子是要被开发的,但没有开发起来。镇上的建筑多半仍是铁皮和木材搭建,唯一看得出一点开发模样的是一幢不大

---

① 即下文伊瑟(ESHER)的缩写。

的银行新大楼，以及一个机动车和拖拉机的展厅。路两旁溅满泥点的警亭，低矮的白色混凝土工棚，有几分像首都非洲人聚居的棚户区。

鲍比拐进去的加油站属于一家国家独立后才进驻的石油公司。加油站里高高地立着一块黄黑色的标示牌，上面用国际通行的符号标明了该加油站所提供的服务。但其中的电话符号，被一张褐色的方纸遮住了部分；另一个标示，交叉摆放的刀和叉，被划掉了，显然是手指沾上机油后所为。这木牌下方以及办公楼的白墙上，都是油腻的手指印，或者干脆是整个手掌擦过的印子。铺着柏油的黑色路面泛着油光，而尚未铺上柏油的路面则在雨水的浸透下，油腻腻地反射出彩虹色。

四个穿着破旧蓝色工装裤的人看着他们的车开进加油站。他们身上的衣裤像是二手的。鲍比在有顶棚的工作区外停下车，摁响了喇叭，四个非洲人都动了起来，但是马上，他们像是想起了什么，互相看看，又都犹豫了。四人中有一个特别矮小，工装裤上半截垂到了胯部，在脚踝处又厚厚地卷着。

"我得冒险去下洗手间。"琳达说。

她小心翼翼踩着碎步往前走，头一直低着，裤子在膝盖以下松松垮垮，衬衫上肩胛骨处有一道长长的汗渍。

小个子非洲人和另一个非洲人走到车前。小个子每走一步都会踢到自己累赘的裤子，他拎着一个水桶，拿着一块海绵和一个带铁柄的清洁工具，默默地擦起玻璃窗来。

琳达回来了。"那地方锁上了。"

大个子非洲人把手伸进口袋，用油乎乎的大拇指和食指夹出一把滑腻腻的耶鲁牌钥匙。琳达二话不说拿起钥匙,又匆匆走开。

油,汽油,水,电池,轮胎:鲍比紧张地看着大个子非洲人忙乎,时不时用简洁、友好的话语鼓励一下,并哈哈大笑。非洲人全神贯注地干着活,并没有回应他。琳达回来后,鲍比不再作声。她看起来很沉静,表情在墨镜的遮挡下很难读懂。她站在柏油路的边缘,目光越过马路,眺望远处的崇山峻岭。

最后鲍比付了钱,和琳达回到车上。他们坐着等找钱的时候,发现那个负责清洗的小个子非洲人正把一扇扇车窗玻璃抹黑。琳达皱起额头,叹了口气。大个子非洲人带着找零走了过来。如果她再那样叹气的话,鲍比想,我得好好跟她说说了。非洲人数着硬币,一枚枚放在鲍比手中。太多了,比鲍比给的还多。

"讨厌。"琳达低声说。

小个子非洲人从琳达身边的窗玻璃移到她那一侧的挡风玻璃前。他用力拉开雨刷,开始清洗。他的脸和琳达的齐平,只隔着几英寸距离。他一边干活,一边皱眉,眼睛故意不去看琳达。

她低下头,看着自己的大腿,嘀咕道:"讨厌。"

鲍比想,如果她再这么说,我要揍她了。大个子非洲人耐心地把手握成杯状伸着,让鲍比数出找多的零钱,放回他的掌心。鲍比故意用友好、单纯的声音数着钱,给完最后一枚硬币,包括小费,他朝非洲人笑了笑。大个子非洲人离开了,而那小个子拎着水桶来到鲍比那一侧的挡风玻璃前。

琳达说:"你看看这个人都干了些什么。"

鲍比先看了看琳达那一侧的挡风玻璃,又去看那个小个子非洲人。他正在用一个两用清洁器擦玻璃。清洁器一头是橡胶,一头是海绵；但橡胶和海绵都烂了，擦着玻璃的是中间的金属条。他在所有车窗上都留下了一道道深浅不一的刮痕。他还在刮，一边刮，一边皱着眉头，丝毫不理会鲍比的注视，装得很专注。

鲍比仔细端详这个非洲人的长相，发现他的肤色特别黑，属于国王部落的人。鲍比顿时大为恼火。那个非洲人意识到鲍比在观察他，把眉头皱得更紧了。

"你到底在干什么？"

鲍比猛地推开车门，非洲人被车门撞到，差点栽倒。

非洲人站稳后，仓皇地从汽车旁闪开。"什么？"他张嘴想要再说什么，又说不出来，只满脸惊愕，眼里噙着泪，看着鲍比，左手捏着碎裂的大海绵，右手仍捏着金属柄的清洁器。

"看看你都干了什么，"鲍比吼道，"你毁了我的挡风玻璃，所有的玻璃都让你毁了。这汽车要是转手，我会损失好几百先令。谁来赔我？你？"

"保险公司。"非洲人回答。他似乎还想说什么，但没有说出来。

"哦，是吗，你倒是聪明。和你们那帮人一样，什么都知道。保险？我要你赔我。"

鲍比朝着非洲人迈进一步。那人退后一步，因为碍手碍脚的工装裤而显得很笨拙。

另外那三个同样穿着工装裤的非洲人站在远处，一动不动。一个挨着办公室的门靠在白墙上，一个站在黄色木牌前，还有一个站在加油泵旁边。

"我要他们解雇你，把你遣送回去。谁是这里的经理？"鲍比问。

那个靠白墙站着的非洲人举起了手，也就是那个和鲍比打过交道、找他零钱的人。他犹豫了一下,然后向鲍比走来。在离鲍比还有几步远的地方,他停了下来,手放在背后,说:"我是经理。"

这显然是公司策略。但鲍比很怀疑他是否有权招聘和解雇。

"我要给你们总部写信。"鲍比说。他从衬衫口袋里拿出一个信封和一支圆珠笔。"谁是你们的上司?谁是你们的老板?"

"区域主管,印度人。"

"老套的亚洲把戏,遥控指挥。他今天会过来吗,你们的区域主管?"

"今天不会。在家。他住在那里。"那个经理指着鲍比开车过来的方向挥了挥手。

"哦,他们今天全藏起来了吧。给我他的地址。你们老板,他住在哪里?"他在信封上胡乱写着,十分不耐烦,到后来几乎是在涂鸦,净是些符号。他说:"这些人不该雇用,他们,还有他们的国王,都积习难改。不过他们的小把戏到此为止。看看我的挡风玻璃。"

那个经理俯下身,表明他在察看。

小个子非洲人那粗布工装服里的身子渐渐放松下来,他像是悔罪似的低头看着油腻腻的院子,手里仍攥着海绵和清洁器,小嘴一动不动。

鲍比对这副漠然的面孔深恶痛绝。他说:"我要报警。"

那个非洲人抬起了头,眼里充满了恐惧。他又张嘴想说什么,但还是无法说出一言半语来。然后,他做了一个像是要把谋生工具海绵和金属柄清洁器都扔掉的动作,转过身就走,粗布工装裤在脚踝处晃动。他一直走到院子边。

"我是政府官员!"鲍比大吼道。

那个非洲人停下脚步，转过身："先生。"

"你居然敢在我跟你说话的时候，转过身去背对着我？"

鲍比挥舞着右臂，逼近那个小个子非洲人，身上那件非洲款的衬衫摆动着。

那个非洲人没有一点躲闪的意思，眼睛里闪烁的只有期盼的神情。

另外三个非洲人依旧站在原地，一个在黄色木牌前，一个靠着加油泵，那个经理则站在车旁。

琳达往半开的车门外喊道："鲍比。"口气是中立的，不带谴责；她叫他名字的方式，好像认识他已经很久了似的。

"你怎么敢转过身背对着我？"

"鲍比。"琳达已经打开车门，准备走出来。

四个非洲人都站在原地不动。鲍比冲回车子里，黄色衬衫随着身体晃动。他发动引擎，把车子开到院落一角，又停了下来。

"那个该死的地址，"鲍比说，"我把它放哪儿了？"他做出一副寻找那个什么也没写清楚的信封的样子。

"我觉得我们应该把这事忘了。"琳达说。

"哦，不行。"

"就像你说的，给总部写封投诉信吧。不管他给了我们什么地址，我都认为我们不应该找过去。"

他继续寻找。

又过了一小会儿，伴着引擎发动的声音，汽车冒出一股蓝烟，轮胎尖啸，鲍比迅疾地把车头转向左边，向镇外开去。他放弃了寻找区域主管的想法。

那四个非洲人依然站在原地不动。

3

"真是羞耻。"他不安地坐在位子上叹道。

琳达什么也没说。

车子很快出了镇,沿途经过了三四个混凝土大棚屋,一家铸造厂,一块标着"工业用地"字样的空旷地,一条长而坑坑洼洼的双向道,路旁褪了色的广告牌上印着长相酷似白人、大笑着的黑人图片。就这样,他们又回到了公路,上了依山而建的路,路边有一排排没有上漆的木屋,那是倒闭了的殖民种植园。

"真是羞耻。"

乌云下,右边的远山黑魆魆的,再远处的高山被云遮住了。但左边开阔的土地上方,天空依然高远,阳光穿透云层,照得潮湿的路面闪闪发光,被篱笆围起来的牧场一派油绿绿。

鲍比突然踩下刹车,但动作很小心,车没有打滑,而是稳稳地停到路边。路上并没有其他车辆,所以他的操作是安全的。左侧车轮压在草地和泥土上,右车轮还停在柏油路面上。他把身子伏在方向盘上,脑袋轻轻地叩着方向盘,接着微微抬起头,右手肘抵着方向盘,手掌拍打嘴巴,然后托起低垂的额头,手掌继续打自己的嘴巴。

"哦,我的天哪,真是糟糕。"他念叨着。

云朵在天空中竞相追逐,大地忽明忽暗。虽然是午后时分,但天色像是黄昏。

"太糟了,"他一边说一边用手掌根部拍打自己的嘴巴,"太糟了。"

他两手抱住方向盘,人趴在上面,宽松的衬衫袖子垂荡着。一天的折腾，那衬衫被阳光暴晒得微微泛红。

琳达什么也没说，也没有扭头去看他。墨镜下的她，不露声色。

鲍比抬起头。"我了解国王的人，"他说，"他可能是个基督徒，每周日都去教堂。一直穿得干干净净。他那两件衬衫，他都非常小心地洗干净、熨平整。他的妻子在南部总署他们村里的学校教一点书。他能阅读。在粗布工装裤的后口袋里一直揣着一小本可笑的平装书。"说这话的时候，鲍比脑中浮现的是他的仆人：同样是小个子，五官长得不错，也属于国王部落。他笃信基督教，是宗教或其他启蒙读物的忠实读者，工资只够他花半个月，前半个月总是喝得醉醺醺，常处于宿醉状态，下半个月就变得沉默，也格外脆弱。鲍比轻轻地叹了声"上帝啊"，然后身体又靠上方向盘，回忆自己在新什罗普酒吧的遭遇。"上帝啊，上帝啊，"他抬起头，"哦，上帝啊。"但这时候他的声调变了。"上帝啊，这真是太美了。"原来他看到了绿色大地在光影变幻下的壮阔景观。

琳达终于有了反应，也转过身去看窗外的景色。

鲍比说："我毁了他那点可怜的自尊。"

"我不这样认为。"琳达说。她看到了鲍比眼中的泪水，态度因此改变。"我觉得他都不知道发生了什么。不管怎么说，他们确实需要被教训教训。这对他们一点害处也没有。你应该去看看那个卫生间。你知道吗，卫生间的钥匙还在我手上呢。"

"或许我应该把车开回去。"

"为什么？那样只会真的吓坏他们，说不定他们会以为我们真的叫来了警察。"

"我都快要哭了。"他已经擦拭过眼睛，但眼眶中又盈满了泪水。

接着,他挤出一个笑容。

"我表示怀疑。我觉得如果开回去,看到他们正为此事而乐不可支,你还得再发一次火。"

"我要开回去。"

"我和家里的男仆们间也常有这样的情况。他们把你十多罐奶粉弄丢了,你骂了他们一通。事后,你觉得气氛尴尬,走路都蹑手蹑脚的。你以为他们多少会有点自责的吧,哪里想得到他们在自己房间里开心得很。呼朋唤友,个个笑翻了天。"

"我们曲解了他们的笑。"鲍比边说边把玩着挡柄。

"或许是吧。可能那代表着尴尬、不满等诸如此类的感觉。萨米·奇森伊是这样告诉我的。可能一些欧洲人这样告诉过他。但我感觉这其中有很大一部分就是笑,正常的笑。"

鲍比发动了引擎。

琳达突然大叫一声,撩起衬衫,在座椅上朝着车门的方向猛烈地扭动身子。

"我被蜇了!快看看是什么。我不敢看。"

琳达仍扭着左臀,撩着衬衫,目光透过墨镜瞪着车顶。鲍比赶紧凑上前,看到她肋骨的下方,有一个越来越大的红色肿块。

"是什么?"琳达喊道,"到底是什么?"

"我看到了肿块,但看不出是什么东西蜇的。"

"哦,我的天哪。"

她的身体仍然僵着,表现得如同一个孩子,鲍比仔细看了她身体露出来的部分:皮肤滋润,带着淡黄色的皱褶,细细的肋骨,为赶路而穿上的胸衣遮住了小得可怜的乳房,蓝色长裤里的内裤,看似和胸衣一样系着带子，像是上手术台的病人穿的。

他弯下腰，吻了那个红肿的地方。琳达的视线从车厢顶落到鲍比的头顶上。她小心地拎着自己的衬衫以免它盖住鲍比的头，并努力保持不动，以免令他不安。

他再次吻了那个肿块，然后问："好点了吗？"

"好多了。"

他移开了脑袋。她坐直了，放下衬衫。

"希望你没有误会我的意图。"鲍比说。

"哦，鲍比，这是我所遇到过的最美好的事情之一。"

"哦，亲爱的，你这么说让人以为你是在谈生命的诞生呢。"他说着，发动了汽车。

"女人什么都能信。"

她不客气地回答道，而这正是他所期待的。如此一来谈话的情绪就平衡了。就好像是一对了解对方的个性、接受对方的个性的朋友。就这样，他们又上路了。

天变得异常晦暗。密集的乌云压下来，绿野尽头的最后一缕光线也渐渐消隐。雨终于落下来了，势头很猛，敲打在柏油路上泛起一片白花花的水雾，雨声淹没了引擎的轰鸣。外面除了雨，别无他物。待在车内感觉很舒服。

∽

鲍比说："这些划痕，我想我会习惯的。我曾经被我妈妈养的狗咬过。你可以想象，发生了这样的事，大家都很不愉快：我，我妈妈，还有那条可怜的狗。咬得还挺厉害的。被咬的地方，很奇怪，留下两条完美的、平行的齿印。就在我小腿肚上。那条狗现在已经死了。伤痕还在。你知道吗，我还挺高兴有这个疤痕。"

过了一会儿他说："曾经有个医生给我配过一些镇静剂。那是几年前的事了。当时我的老毛病有发作的趋势，我觉得自己可能又要精神崩溃了。一旦有过那种经历，你会永远处在那样的恐惧中，我想。"

"镇静剂，哦，天哪，别告诉我你现在还在服用。"

"听着。他给了我镇静剂，小小的白色药片，很普通的样子。但它们有奇特的疗效。三天之后——你真的希望我告诉你吗？"他微笑着说。

"说吧。"

"三天之后，它们灼伤了我阴茎头上的皮肤。"

琳达脱口答道："太可怕了。"

"完全烧焦了。"他依旧微笑着，补充道。

雨还在下。

鲍比说："说来奇怪，来这里之前我从没学过驾驶。生病期间，我常常幻想自己驾着车在寒冷的雨夜行驶，漫漫长路后，来到一座山顶小木屋。屋里生着火，很暖和，我在里面非常安全。这样的幻想总能带给我安慰。"

"外面下着雨，屋里生着火。这样的场景总是浪漫的。"

"没错，非常浪漫。但这想象给予我的，更多的是安慰。"他的口气中流露出一丝责备。"我看到自己在那样一个房间里，所有东西都是白色的。白色的窗帘，在微风中飘荡。白色的墙，白色的床。高大的窗户，都开着。窗外，青山滴翠，山脚下，大海碧蓝。"

"听上去像是希腊某个岛上的医院。"

"我想就是那样一个地方吧。感觉万念俱灰，不想做任何事，不想当任何人。只想着要看自己慢慢死去。每个白天我都待在那个房间里。每个晚上也是。我没有床头柜，所以把手表放在地板上。一天早上，我踩在了上面，玻璃碎了。我想去修手表，但又作罢，决定等我好转了再说。"

"开始恐怖了。"

"散步的时候我就戴着那块破手表。这本是很病态的做法了。但更恐怖的是，对于生命的种种无奈，人很快就能适应。刚开始的时候，我说：'到了下星期我就会好点。'然后到了下个月。很快一年就过去了。"

"不是有种电击休克疗法吗？"

"和镇静剂差不多吧。我什么都不知道。我认为精神疾病治疗就是一个美国式笑话，精神科医生都和《爱德华大夫》里英格丽·褒曼演的角色差不多。"

"那是部老电影，不过很好看，是吧？"

"不好看。从某种意义上说，休克你是说对了。我就是那样好转起来的。我的那个精神科医生，就是那个告诉自己害风湿病只是因为怕死，于是治好了风湿的医生，在一次治疗结束后对我说：'你搭我妻子的车顺路回城里吧。'我从没见过他妻子。我坐在他家的客厅里等她。他就是那种不用动器械、在家开诊室的精神科医生。

或许我该在其他地方等他妻子。我听到他妻子在和人说话,声音很响亮:'我可以顺便带上你的,反正我得送亚瑟的一个病人,一个同性恋小伙儿。'她不知道我就坐在那里。我以为我向医生诉说的所有事情都是保密的。我这辈子还没有如此恨过一个人,只愿这两个人都去死。其实这也有点不公平,他给我治病,效果还算不错。我想我是不知不觉好起来的。但这个休克性的打击,就像你说的,刺激到了我,让我的病情有所好转。"

琳达透过刮伤的玻璃看着雨。

"亚瑟的一个病人,一个同性恋小伙儿。"鲍比微笑着。

琳达无言以对。

鲍比知道自己让她感到了尴尬,同时又有所触动。他带着点挑衅意味,接着说:"我想,我说的话没有让你感到惊讶吧?"

"人做丑事,"片刻之后他又说,脸上的那抹微笑不见了,语调也变了,"人做丑事,有时是为了要证明自己是个真正的人。我从未有过这样一种被人利用的感觉。"

"公众对此已经有了很大改观。"

"我不明白为什么。我痛恨英国的同性恋。他们又讨厌又肮脏。当时,当然,我被捕了。在一个周六的晚上,我常去的地方。那个警察人还不错。他想要'改造'我。局面就变得很滑稽。他试图勾起我的欲望,就像在挑逗人去强奸一般。我一度以为他会拿出钱夹里的色情照片给我看,不过最终他做的也不过是常规的做法。他拿走了我的手帕,非常小心翼翼。我的手帕!我都要羞愧死了。那是一条非常脏的手帕。我的案子是周一——大早庭审的,紧接在一个妓女案之后。有罪,有罪。罚款十英镑,罚款十英镑。我告诉法官我是'一时冲动',却惹得哄堂大笑,话一出口我就意识到没有比这说法更愚蠢、更该死的了。但他们很快就释放了我,我还赶上了去牛津的快速列车。哦,是的,在伦敦经历了一个疯狂的周末之后,我还是及时赶回了学校,赶上了学院餐厅的午饭。不过我想,这些丹尼斯·马歇尔应该都跟你说过了。前不久,我'崩溃'过,向他'坦白'过。这是我个性中柔弱的一面。多丽丝·马歇尔是怎么说来着,像我这样的人在南非是怎么被处理的?把我们的头发剃光,归为土著人,让我们穿上裙子,然后送到土著部落生活?"

琳达还是盯着窗外的雨。

"我很抱歉。我又像以前那样开始胡扯了,想必让你沮丧了。"

"我在想我们走的路,"琳达回答,"就算路面不是很泥泞,我还是觉得八九点之前我们到不了政府大院。我觉得我们该尽快决定是否拐往上校那里过夜。我开始觉得老移民一直说的'无论去哪里,都要在下午四点之前赶到',还真挺有道理的。现在都已经两点半了。"

"我可没有听说过有谁饿死在去南部总署的路上。"

"我们得马上做出决定,前面就该转弯了。"

"看来你的态度是很明确了。"

"我一直觉得老上校挺有趣的,"琳达回答,"而且我很想看看那个湖在暴风雨中的景色。"

"不管怎么说,我很高兴我没有让你不高兴。这里景色很美,是不是?"他看着窗外说,"就像你说的,即使是在雨中。"

"'连夜'开车赶到山顶小木屋。"

"哦,天哪。我明白了,那成了我的把柄。和丹尼斯·马歇尔的合同不能续签,对此我不能说我感到遗憾。但是我不相信我能够让大家相信，这事其实和我完全没有关系。"

"我觉得这事无关紧要，鲍比。"

"布索葛－科索罗给了我那些文件。我能说什么呢？非洲人的腐败，也是老生常谈。我还能忠于谁呢？"

"多丽丝·马歇尔其实是个很有趣的人。但是大家都不太在意她说什么。"

"我真是想发笑。有些人一直在这里诋毁这个国家，批评这里的国民。一旦他们得走了，那又另当别论了。"

"我认为我就是这样的。"

"我不是那个意思。我很遗憾你要离开这里了。"

"你有什么可遗憾的？"

他不能说他感到遗憾是因为他们坐了同一辆车，因为他向她坦白了自己的情况，因为她现在多少了解了真实的他。

他说："我很遗憾，因为你发现这里不适合你。"

"对你来说就不一样了，鲍比。"

"你总是那么说。"

"看，我觉得他们真的是封路了。"

∽

十字路口、公路上，以及路旁的田野里，穿制服的警察黑压压地站在雨中，斗篷下佩着来复枪。十字路口的稍远处，一辆辆深蓝色的警车堵住了高速公路通往南部总署的路。红色的警示灯挂在木质的白色路障上。一块白色的长木板上画着一个黑色的箭头，示意一旁开往山里的辅路还是畅通的。

虽然开往山里的路很明显,也没有警察招呼他们停车,鲍比还是停下了车。在路障和吉普车往后大约五十英尺处,两块厚木板横卧在公路中间。木板上有两排六英寸长的金属钉,雨水落在钉子上,飞溅开来。木板后大约一百码处,在公路转弯并消失在低矮的灌木丛中的地方,停着大约六辆尾板上印着军团标志的军队卡车。

鲍比摆出一个笑容,摇下车窗玻璃。窗框上滴着雨水,落雨随风飘进车内。没有一个警察挪脚,也没有警察从吉普车里出来。这时,坐在吉普车后座的一个看似挺年轻的胖男人向前倾了倾身,露出斗篷下黄褐色的花衬衫,他不耐烦地朝鲍比挥了挥手,示意他们快走。他像是正在吃东西。

"感谢上帝,我真害怕他们再查一次车。"琳达说。

"他们在这方面可聪明了。他们很精明,知道我们是谁。"鲍比说。

"至少他们替我们下了决心,"琳达说,"现在我们不得不去上校那里了。我想西蒙·鲁贝罗下的军令到这里就无效了,是不是?军队貌似掌控了一切。但愿我们别再遇上他们的卡车了。他们绝对是恶魔。"

"我对军队一直保持敬意。"

"马丁说无论何时看到军队的卡车,一定要在路边停下,等他们先过。他们撞倒了你也权当寻开心。"

"我倒是希望这只是一次警方行动。我肯定西蒙本人也是这样希望的。"鲍比说。

5

通往山里的这条路,有那么几英里都铺上了柏油,而且和他们刚刚离开的高速公路一样宽敞、安全。但是它没有修路基,而是紧贴地面,因为依着山,所以路旁是平滑、光秃秃没有长树的缓坡。因为别无他物,路旁的栅栏桩就显得格外醒目。被雨水冲刷的道路,顺着山势向前,空荡荡的。山峦在雨幕中模糊不清,但不再像先前那样单是挡住了视线,而是把视线往高处引。

田野,栅栏;一个泥泞的十字路口,旁边竖着褪了色的路标;一个零落的定居点,混凝土和木材搭建的房屋被淋得透湿;树木和灌木丛。路慢慢爬高,变得崎岖,且越来越窄。接着没有了柏油,路面上只剩下凹凸不平的岩石。

车子越开越高,他们瞥了几眼刚刚驶出的高原;尽管是透过雨帘,仍可以看到高原上水土流失的迹象。随着入山越深,眼前就只有路两旁的灌木丛。每个转弯都很急,湿漉漉的石块在细碎的树根和泥土间熠熠发亮。有时候在路边杂草丛生的浅沟里,有时候在路面上，散落着少量塌方山石。

"真不知道该开哪一条路，"鲍比说，"是几百英里、满是泥浆的高速公路，还是这条。"

很快，他们就已经在山的深处。他们不时看到山顶和更远处的山顶，都在雨雾的笼罩之中。就这样行驶了半个小时之后，他们仿佛已经在世界之巅，或者说这片大陆的中心。之前看到的景象，那阳光和灌木丛，黑而直的公路，轮胎的嘶嘶声，绿油油的田地上光影的变换，都像是发生在另一个国度的事情。汽车在岩石路面上颠簸着，偶有几段路的路面上撒满了煤渣，车子开在上面吱吱嘎嘎作响。车一直以低速挡在开，制造出的各种噪音已经盖过了雨声。鲍比和琳达都没有说话，而是聆听着有无其他车辆开过，想着在这条诡秘道路上任何一个黑暗处看见军队的车辆都不足为奇。

偶尔，他们也能看到路旁出现了简陋的小屋和生长着野百合、溅着雨点的小池塘。有时候路的一侧是灰绿色的峡谷：地面倾斜而下，黑色树干上顶着湿漉漉的大树枝，叶子滴着水；峡谷深处是一座座有梯田的小山，红色的小径盘旋而上，通往山顶围着篱笆的小屋，然后又蜿蜒伸展到别处，伸向那些看不见的山谷。

"这就是我想看的，"琳达说，"没想到这里会有农田，他们会把梯田一直开到山顶。没想到这里还有这些小路，看起来它们早早就筑好了。"

"这是我们留给他们的土地吧。"鲍比说。

她把背靠在座椅上，摘下墨镜。鲍比意识到自己刚才失言了，没有踏准拍子。

"现在想来很荒谬，"他很快换了种语气继续说道，"我刚来这里的时候完全不了解非洲,发现他们已经在和铁制品打交道,我很惊讶。从来没有人向我提起。我真的很惊讶。但是你知道,如果你把旧的金属制品随便放的话……"

"不一定要很旧。一夜之间你的车子就可能消失,只剩下座椅,表明那里曾经停过一辆汽车。他们只需要一个星期的时间就可以把一辆波音飞机拆得干干净净。"

鲍比听过这个笑话,但还是笑了。"我来这里之后,隐约感觉到他们不会对我友好,因为我是白人,是个英国人,还因为南非等诸如此类的原因。"

"他们不把南非放在眼里。"

"确实如此。他们极度世故,嘲笑一切。"

"萨米·奇森伊告诉过我,那是因为他们很气愤。"

"萨米喜欢夸大其词,政客都这样。萨米喜欢时不时做些带种族歧视意味的事情。实际上他不过是在考验你。真无聊。我最不能容忍那种社会主义倾向和第三世界的姿态,你觉得呢?那是他在英国的时候学会的,并不具有代表性。他们说他在英国日子不好过。"

"那确实让他对白人女性产生了某种特殊的情结。瞎的、瘸的、傻的,都不放过。"

"真是太可悲了。我不知道我们正在创造多少个萨米这样的人出来。"

"可悲……那是可怕。萨米还觉得自己魅力难当呢,因为他又黑又胖。他觉得他在英国学会了如何和英国人'打交道'。说实在的,他头脑有点错乱。"

"萨米是个特例。我觉得我之所以喜欢非洲的普通民众,是因为他们不给人压力。你是什么样的人，他们就接受你是什么样的人。多丽丝·马歇尔说得对。有很多地方我还得感谢丹尼斯。是他让我到这里来的。想想我们年轻时做的那些事情吧：参加LCC①的考试，因为大家都考；申请进入海德里公司，因为每个人都在申请。我觉得那是强迫症的一种表现。每个人都有那么多事情可以做，可以做好。还有那么多事情做不好，可还会去做。可能光看外表你是稳重的，其实却在随波逐流。我没有什么斗志，离开牛津后能够过上正常的生活我就很满足了。我还不曾想过要让自己充分发挥作为人类一员的作用。这很难解释清楚，我知道，在这里大家说的每一句话都可能遭到曲解。这里有太多的人擅长哗众取宠。"

"鲍比，你把问题弄得太复杂了。"

"怎么说？"

"人们出于各种各样的原因而工作。我不知道他们是否会像谈论非洲那样谈论他们生活的地方。"

"牛津。那里的人整天谈的都是牛津。"

"我想我们在哗众取宠这一点上确实太过努力了。我们本该从第一天起就清楚这个国家不是我们的。我们应该拿出勇气，该回家的就回家。"

"但你在这里已经有六年了呢。"

"正如马丁说的，真正让我们领受惩罚的谎言是我们对自己撒的谎。"

"你们当真要去南方？"

---

① 英国伦敦工商会考试局。

"那只是一个想法。再过四年,马丁就五十了。我想我们可以回英国了,马丁可以做个自由职业者。就像他自己说的,他不过是个写手。四十六岁的年纪了,不可能真的从头再来。但马丁又不是做自由职业的料。他也没有什么斗志。"

车子在路上不停地颠簸。树木滴着水。透过树叶黑色的缝隙,他们瞥见远处小山顶上的湖泊,一片灰色,就像天空一样。路旁有一株蓝花楹,紫色的花朵刚刚飘落,铺满了树下的岩石和泥地。他们的车碾了过去。

"我的生活在这里。"

"鲍比!"

公路上方长满树木的小山坡上有一条小路,十来个穿着颜色鲜亮、簇新棉质长袍的非洲人排成一队在雨中行走,他们用树叶遮着头。棉布的鲜亮色彩和头顶上的树叶起到了很好的伪装效果。他们没有朝汽车的方向看。

"就是这类事情让我觉得远离家乡,"琳达说,"我觉得这样的丛林生活会永远继续下去。"

"你是康拉德[①]的书看太多了。我讨厌那本书,你呢?"

"你的意思是,他们可能只是去参加一个婚礼,或者某个普通的定期集会。"

"你这么说话听起来像多丽丝·马歇尔。"

"好吧。"

"我爱过丹尼斯。他为我做过的事情,我永生难忘。我和他是

[①] 约瑟夫·康拉德(1857-1924),波兰裔英国作家。他的许多作品探讨了人性的阴暗面,代表作《黑暗的心》是引发殖民主义反思的经典文本。

在牛津大学校友聚会上认识的，我的人生因认识他而改变。我开始觉得我应该做点什么事情。他为我在这里找了份工作，而且我觉得是他教会了我如何看待这个国家。但是他希望我永远无所作为，好继续充当我的介绍人。他总是说我不懂非洲人，说会替我和他们打交道。我能够站稳脚跟让他很不舒服。真是一个幼稚的男人。他想要把我当成他的私有财产，在发现我和非洲人有身体接触后，他简直要疯了。"

"你们俩都太鲁莽了。"

"他老是说要为非洲服务，我都无法形容我听了有多烦。然后他就开始诋毁我。我觉得我可能要完了。但就在这个时候，我真正开始佩服欧谷纳·旺葛－布代尔和布索葛－科索罗。他们明白丹尼斯想干什么。"

"我不想再听这事了。"

"他们都是那个样子。"

鲍比的兴奋劲一下子烟消云散。他觉得那种坦诚和友好的情绪被自己破坏了，琳达不再信任他。他说得太多了。保不准到了第二天早上，他将满怀遗憾，而琳达则会成为又一个他要躲的人。他沉下脸，沉默不语。

∽

山坡上出现了更多的非洲人。琳达没有嚷着让鲍比看。他开始找话说，想要回到刚才的氛围中。半个小时前，他还觉得有那么多话要说，现在却想不出任何新鲜的话题。感觉琳达带着责备的情绪坐在他旁边,他只想着把他说过的、能引起她兴趣的话再说一遍。

"我想这就是我一直在梦想的那种开车旅行,"他说,"这山,这雨,这森林。我把它想象成褒曼的国家。"

路旁,有时候是路中央,开始出现一堆堆黄色的、新鲜的泥土。泥土上有重型汽车压过的痕迹,呈扁平状,并且溅得到处都是泥;到处是黄色的小水洼。路的下方有一个山谷,灰绿色的,在雨中若隐若现。山谷中有很多圆锥形的小山丘,每座山丘上都有梯田、茅草屋、草地和围栏,一条条从谷底通往茅草屋的棕色小路像童话中才有的。

"我曾经日复一日沿着这样的小路开车,在那间白色的房子里一待就是几小时……"

"鲍比!"

∽

车子开始打滑,先向左滑,后轮撞上一堆土,车身差点撞上路旁的山体,然后又向右滑,险些坠入山谷。好在知道路上全是土堆,车子翻下悬崖的可能性不大,鲍比才不至于惊慌失措。不过在这种路况下,行进变得不可理喻,车子忽然变成了特别脆弱的物品,好像任何一个晃动都能导致翻车。车子微微滑向山腰处的一条水沟,斜着停了下来。车头对着他们上来的路,车身很大一部分进了路旁的灌木丛,黑色的树枝和湿漉漉的叶子紧贴着左侧窗玻璃。引擎熄火了。他们可以感觉到雨水猛烈敲打着车身和树叶。

鲍比重新启动了车子，并推上了挡。车身一震，他们听到车轮在泥土里打转的声音。他又试了一次。这次车身没有震，他们只听到了引擎的哀鸣。

鲍比打开车门。雨水、树叶和风扑面而来。他弓着背走下车，来到路上，黄色的本地衬衫一开始还随着他的身体而跳动，但很快就被雨水打得透湿，贴在身上。

"我没有看到任何碰撞，"他对琳达说，"我觉得可能是需要推一下。你来开吧。"

"我不会开车。"

"但是得有人推车。"

"我们能等一等吗，等刚才那些非洲人？"

"那还有好几英里路呢。等他们来了，我们可就真的被困在这里了。"

琳达从鲍比那一侧的车门下了车，站在空转的轮子后的水沟里。她先推车，推不动。鲍比指挥她摇晃车身，还是不行，她气得用手掌猛拍车身。鲍比决定试试倒车挡。于是琳达又站到车头去推车。倒车挡起了作用，车从泥潭中倒了出来，鲍比把车开回路上。

接下来，鲍比要设法掉转车头，回到正确的方向上。琳达从车的一侧走到另一侧，指挥鲍比调头。泥浆一直溅到了她的膝盖处，衬衫湿透了，透出胸衣。头发也湿漉漉的，手上全是泥浆。在这个过程中，排气管压到了土堆，里面进了污泥，汽车又熄火了。两人只得丢下车，寻找长树枝来清理排气管。空车以一个奇怪的角度堵住了路，而原来车上的两个人则浑身湿透，抓狂地在灌木丛里分头寻找树枝。鲍比又焦虑又无望地期待能够再次碰到军用卡车，而琳达几乎要发狂了,看到树枝就折,连那些小枝丫小树条也扯下来给鲍比,好像她是在采草药。

两人终于回到校正好了的车上,谁也没有说话。窗外的景色依然壮观,但他们都视而不见。车子里感觉湿漉漉的,塑料椅套和橡胶垫子上沾满了泥,地板和仪表盘上也全是泥。

"不知道是哪个白痴把这些烂泥倒在路上。"鲍比说。

琳达没有回应。

连着开了好几英里,路上好像全是泥浆。每次驶过一大堆烂泥时,他们都心惊胆战,怕车子会再次打滑,失去控制。一路上,他们不知把多少蓝花楹压进了污泥里。又开了一会儿,路上终于干净了。随后雨也停了,天空放晴,西边几乎一派银色。先前在森林里穿行,又下着雨,让人感觉已是黄昏时分。而此刻,他们发觉时间还只是下午。

雨后的山谷异常宁静。道路上空无一人,天空乌云消散,变得浅淡而高远;草木静止,悄无声息。天空像是定了灰色调,太阳不会再出来了。他们又开了一会儿,开始看见人影,有的在路上,有的在木栅栏后。炊烟从一些小木屋里直直升起来。

道路沿山而行,路的一侧始终是山体和树林。树林里那一条条踩踏而成的棕黑色梯田路上,时时有穿着鲜亮新衣的非洲人走过。在丛林里,非洲人黢黑的皮肤和色彩斑斓的衣服起到了很好的伪饰作用,不容易被发现。而眼下,鲍比和琳达驱车经过的山坡上满是非洲人,而且越来越多。山坡上有一处宽阔的、凿出来的平台,上面有个不高的茅草棚。树叶遮盖的棚顶,修剪过的黑树枝充当的柱子,让茅草棚乍看之下就像是森林的一部分。但满棚子都挤坐着非洲人，个个穿着新衣服。无论是山上还是山下，通向茅草棚的曲曲折折的小路上，也都站满了非洲人。

"这不是一场婚礼，"琳达说，"这又是那种宣誓复仇的集会。"

"他们不是总统部落的人。"

"反正也差不了多少。山上某个地方，肯定有一群人已经脱光了新衣服，裸着身体跳舞，手拉手一起吃大粪。总统可能给他们送去了一份上好的大粪。在这里你可能消失得无影无踪。你知道山那边发生的事情，对不对？河水都染红了。但那事又是从来没有发生过的。"

"他们是奴隶，被压迫了好几个世纪了。"鲍比回答，火气慢慢上升。

"这也太荒谬了。"琳达说。

他努力把注意力都放在路上。

"不是说他们荒谬，是我荒谬。居然会在这里。"

他们向着一个山脊的顶部开去，天空更开阔了。他们开出了森林，来到了光秃秃的山脊上，一侧的山谷开阔而壮观，往下望去，一个微小的山村呈现在他们眼皮底下，梯田、茅草屋、炊烟、潮湿蜿蜒的道路。这图景随汽车的行驶越来越小，最后消失在迷雾中，让人叹为观止。

但琳达只是说："褒曼。"

鲍比沉下脸。

他们开始下山，风景从视野中消失。山脊的这一侧，植被不同，草更茂盛了。有几座山头长满了葱郁的竹子。他们瞥见了要去的那个湖，湖面在昏暗的光线下黑沉沉的一片。下山途中，他们再次驶

199

入了幽暗的森林。道路盘旋,更为颠簸。一路上看不到人,直到出现了一片茅草棚和一栋四周开垦过的别墅之后,他们知道离湖区不远了。两个人在车里的冷战和恼怒也差不多消耗殆尽。身上的衣服已经干了,座椅和仪表盘上的污泥也已经结块。

鲍比说:"上校那里能让我们洗个热水澡吗?"

"但愿吧。"琳达柔声答道。

在高低不平的岩石路上又一个转弯之后,他们开出了幽暗的森林,沐浴在傍晚的光线中,眼前豁然开朗。湖就在眼前,连接着地平线,水天一色。路又变成了柏油路。这是一段连接山和湖的公路,没开多久就有一个小镇,随后变成了中央立着路灯杆的双车道林荫大街。路旁种的是高大的棕榈树,进口的,非土生土长的物种。在较为寒冷的国家的度假区,往往会种植这类亚热带植物。

大街并不平整,有一根路灯杆也坏了。林荫道和湖中间隔着一个公园,湖岸有咖啡馆,咖啡馆里是暗的,还没有亮灯。还有一个空荡荡的小型码头。林荫道的另一边是一座座别墅,带着硕大的花园,草木滴翠,和刚刚经过的幽暗森林形成鲜明的对比。一株红色的三角梅缠绕着一棵死去的树。一个破旧的、只有一台油泵的加油站。一家旅游纪念品商店,小橱窗里摆满了象牙和皮革制品。一栋低矮、不起眼的楼房外的一个广告牌上,贴着几张白色手写海报,上面列着几部电影和演员的名字。

然后,这个小镇很快显露出了它的破败。通往别墅的车道旁,植被疯长,别墅门口又满是沙土。公园里的植物也疏于打理。墙上的球形灯泡要么损坏,要么被偷走。金属制品全生锈了。大街不单不平整,还到处是裂缝。混凝土砌成的排水沟被沙土和野草堵塞了,人行道上也长满了野草。有几座别墅的屋顶已经损毁了，更有一栋房子的阳台瓦楞铁皮顶像鸟展开的翅膀那样垂着。

林荫道紧连着公园，路面坑坑洼洼。在林荫道尽头处，有一堵长长的、霉斑遍布的水泥墙。墙的一端因为重力的关系，已经下陷在泥里。入口的上方有一块弓箭形状的指示牌，上面写着"宾馆"。他们转了进去，在水泥坡道上开了一阵，来到一个铺满碎石的小院子里。刚才那堵水泥墙后是一个长条形的旧花园，花园旁有一栋两层楼高、带阳台的木质楼房。房子看起来还算保养得当。

停下车，他们听到了水声，是从湖那边传过来的。靠近他们的停车处的一个小房间里，有人在用英语大声叫嚷。

"那就是上校，"琳达说，"他精神不错。"

6

鲍比和琳达从车里取出行李,屋里那个人还在嚷嚷。鲍比给车子设了防盗铃,开关一开,就响起了哔哔声,到他锁车门时已演变成似喇叭的鸣笛。楼里的人还在嚷,有个非洲人面带微笑,从办公室楼梯上走下来,手里捏着顶呢帽子。看到鲍比和琳达,他的笑意更浓了。不过戴上帽子后,他的脸遮了起来,微笑也似乎消失了。他穿着拖沓肮脏、潮乎乎的欧洲款式的衣服,脚上蹬着双破烂的军靴,踩着湿漉漉的砾石往院子外走去。

鲍比沉着脸,和琳达一起走进办公室。上校听到了汽车的声响,已经在办公室里等着了。办公室很暗,登记簿、纸张、书本和日历堆得乱七八糟。两张阴沉的脸对视了一下。上校比鲍比想象中矮。他穿着短袖衬衫,双手张开撑在桌边。虽然胳膊上的肌肉已经萎缩,但整体还算得上体格强健。他并不理会琳达,那双湿漉漉的黑眼睛紧盯着鲍比。刚发过怒,他眼里还满是激愤,几乎像是要落泪。

上校不打算先开口。遭受了冷遇的琳达也不作声。

"我们要两间房过夜。"鲍比说。

上校的目光从鲍比的脸上挪到他的衬衫上。

贴着办公室的一面墙有一个黑色的铁质保险箱，保险箱上面有个文件柜，再往上挂着一本比利时日历。这儿没有总统的肖像照，只有一幅镶了镜框的水彩画，画的是外面的湖和临湖的宾馆，落款为一九四九年，题着词"献给吉姆"。

上校没有开口，只是打开一本登记簿，递给鲍比。鲍比也没有说话，只板着脸填写。这个时候他才意识到上校确实上了年纪。他按在桌边的手上有老年斑，皮肤松弛，并颤抖着。鲍比还闻到了他身上的异味。他的衬衫肮脏泛黄，脖颈处满是褶子，褶痕里油腻不堪、脏兮兮的。

鲍比把登记簿递给琳达。上校在柜台后退后几步，转头去招呼服务生。他的手不抖了，等他再转过头来看着鲍比的时候，脸色好多了，眼里甚至流露出几分嘲弄的神情。

他说："我猜你们是要在这里吃晚饭的吧？"

"可能还会有一个人来，"琳达说，"他可能是被那些泥堆堵在路上了。"

这可是鲍比没有想到的。他继续沉着脸一声不吭，这态度刚才还只是冲着上校的，现在也同样针对琳达。

两人跟着服务生走进主楼，走上楼梯，一路无话。服务生很年轻，穿着黑色的裤子和红色的短上衣。这套衣服穿在他身上像黑人民族服装似的。他每走一步，赤裸的脚后跟便从黑色的鞋子里滑出来。楼梯油漆剥落，转角处堆着一堆没有上过漆的木板，可能是弃而不用的木架。楼上的走廊很暗，铺着黄麻地毯，有股子潮湿发霉的味道。走廊的尽头搁着一张床。鲍比和琳达走进各自的房间，依然一语不发。他们的房间分别位于走廊的两头。琳达比较幸运，她的房间俯瞰着林荫大街和湖面。

鲍比的房间关着，里面几乎漆黑一片。透过刚被雨水敲打的玻璃窗，可以看到宾馆的水塔、树木和灌木丛、临街建筑的屋顶，以及院子里刷过白石灰的低矮宿舍楼，服务生和他们的家属就住在那里。鲍比听到声调高而细的吵嚷，说的是丛林部落的语言，还有平底锅乒乒乓乓的声响和大呼小叫的惊叹声。小镇的其他地方则都十分静谧。小镇上空悬着一层蓝色薄雾，好像是飘散的炊烟。

床大概是很久以前铺的；印有小碎花的床单四周平整，放被子的地方则陷下去。吊灯光线暗淡，木质天花板上的纹路和节疤在白色油漆的映衬下像是被烧过的疤痕。浴室里的设施陈旧而笨重，洗脸池中有细小的裂缝和水龙头滴水留下的污痕，下水口上的黄铜配件已经发黑。鲍比打开水龙头，喷出来的是红棕色、夹杂着泥浆的水：雨后的湖水。放了一会儿，水始终没有变清，但倒是热的。鲍比洗了起来。

楼下有人打开了收音机。一个非洲人的声音在空阔的木建筑里响起，磕磕巴巴地报道着来自首都的六点新闻，以及新闻之后的评述。那声音把句子读成了一个个词，有时是一个个音节，没有起伏，还时常读错了，然后匆匆吞掉尾音。"封建……怖分子……分裂分子……亚伯罕·林肯……治部队……灭了……歹徒。"在鲍比听来，这出播报像是播音员气得讲话都结巴了。宾馆服务生们像是要和广播竞赛，越发肆意妄为，锅子敲得更用力，笑闹得更欢，叫嚷得更响了。

棕色的水汩汩流过发黑的黄铜，淌进黑乎乎的下水孔，穿过河底蕨草般的黏液。下水口泛出一股恶臭。白毛巾很旧，磨得很薄，还有一股发霉的味道。他举起毛巾准备擦脸，毛巾捂在眼睛上时，倦意突然涌来，他觉得浑身乏力，陷入长途驾车后的眩晕。此时，此地，在这个他一无所知的度假小镇，在湖边，在这间宾馆客房，在这一时刻，他的疲惫变成了哀伤。

他并没有因为这哀伤而难过。虽然孤寂袭上心头，但此刻他只想一个人待着；他享受这种希望独处的感觉。这是漫长的一天；他讲了太多的话，也做了很多错误的判断。他希望缺席，希望被惦记。这是他逃避现实的开始，这是他惩罚自己、同时重新振作的方式。

他没有换裤子，只是穿上了前一天在首都参加自助午宴时穿的灰衬衫，然后下楼了。楼下酒吧里，也就是开着收音机的地方，播音员还在用纠结的声音播报那些充满愤怒的语句。酒吧没有开灯。酒吧外那道长水泥墙只有护栏般高，越过墙头可以看见棕榈树宽阔的齿状树叶，黑影般衬着湖水和静止的云朵。公园里，湖水拍打着灌木掩映的墙壁。淡淡的烟雾浮在空中。天色几乎完全暗了。

鲍比站在宾馆的门口：他不愿意走出去，走到大路上。他在院子里逛了一圈。走到员工住宅区，他瞥见一群妇女和孩子围着篝火做饭，他们都抬起头来看他，他没有料到会有这么多人。他又走回宾馆门口，停下了脚步。他觉得有人在看他，转身便见到上校正倚靠在没有亮灯的酒吧门口，远远地打量他。于是鲍比迈出大门，走到街上。

他沿着宾馆的水泥墙走，走过一栋空置的房屋。房子在一棵大树的掩映中，墙体上生着阴湿的苔藓，门廊上满是土块、砖块和灰泥浆，车道上的沙土弥漫散落到杂草丛中。他拐入一条小街。街不长，整个小镇也就只有三个街区大小。在一栋房子的外廊上，几个非洲人弯腰围着一堆篝火。鲍比经过时，一个穿着破烂军服的人直起身子来。鲍比赶紧把眼睛看向别处。但那人只是要把口袋里的什么东西扔进锅里。

小镇居民不少。很多看似空置的房子其实都有人住，他们都是放弃了丛林生活的非洲人。他们利用能够找到的墙砖、门、窗和家具，试图建造出他们在丛林中的那种圆形茅屋。但他们所能找到的材料都是方形的，因而做起来非常棘手。他们在客厅里搭棚屋，在半开放式的外廊上搭建屋顶。他们在瓦楞板上生火，用砖头做灶石。大部分男人穿着破烂的军服，因为刚淋了雨而湿漉漉的，口袋鼓鼓囊囊下垂着。一辆自行车停靠在门板已经不翼而飞的门口，就像倚在茅屋的栅栏上一样。

人行道上，杂草丛里满是从屋子里扔出的垃圾，都是无法再利用的东西：镜框玻璃的碎片，软垫座椅的残骸，被扒去弹簧的床垫，纸张皱巴巴粘在一起的杂志和书本。鲍比还看到了一个压扁了的烟盒，褪色的红底上印着黑色的"贝尔加"[①]字样。这令人想起欧洲的假日：仿佛比利时和欧洲就在湖对面，而这湖就是英吉利海峡。这个度假小镇并不是为了来非洲旅游的人而建的，它是那些来到非洲、自认为会定居在这里的人为自己建的。他们想在这里植入家乡的情调：公园，堤岸，湖滨大道。但现在，湖那边发生了动乱，国家宣布独立，房产业出现恐慌，军队发动政变，白人逃往南方，亚洲人

[①]原产比利时的香烟品牌。

被驱逐出境，死伤无数，这个度假小镇也就被弃而不用了。

这时，远处隐约传来了一个有节奏的声音，好像是伴舞的音乐，但是声音很微弱，鲍比站定了仔细听，还是无法辨明。他继续往前走。在某条小路尽头的灌木丛处，他看到一排原本是商店的房子，还听到引擎发动的声音。不一会儿，一辆汽车沿着坑坑洼洼的路开过来。那是一辆雪佛兰，开车的是个印度女孩。她在一家店铺前停下，没打量鲍比，匆匆走了进去，高跟鞋敲打着水泥路面。商店里一片漆黑，但依然在营业。白铁皮货架锃亮，一个中年男人站在柜台后面。

那富有节奏的声音变得愈加清晰，还可以听到一个男人在这背景中呼喊。鲍比转过身，面对着开阔的湖面方向，透过黑漆漆的野草、树丛和灌木篱笆，看到闪着银光的沉寂的湖水。那些被当作篱笆的灌木无人修剪，几乎要长成大树了。鲍比循着声音走去，重又回到大路上，他看到一队士兵从一条树木夹道的小路里跑出来。昏暗中，他们的白色背心在黢黑发亮的肤色的映衬下像是一块块闪亮的盾牌，而脚上的帆布鞋则仿佛是鸽子振动的双翅。那个留着唇髭的男子，穿着以色列军服，在队伍旁边跑边喊着口令。

士兵三个一排，看不清脸，只能看到一身卡其裤、白色鞋子和白色背心。他们步伐一致地跑着。那个以色列人，喊着口令，跑到队伍的最前面，然后转过身，一边继续喊口令，一边原地高抬腿，看着士兵们从他身边列队跑过。但是这个以色列人和那些非洲人显然各行其是。以色列人身体力行地示范着标准动作，而那些非洲人，半闭着眼、神情恍惚，像是在跳丛林舞蹈。他们几乎不抬膝盖，面无表情，但又隐约透着极大的快感；他们从以色列人身边跑过，眨着眼睛,把从光头上流下来的汗水甩去,以免淌进眼里。等他们全部跑过去之后,以色列人再次转身,嘴里依然高喊着"啊!啊!",像牧羊犬般再次冲刺到队伍的头上,徒劳地朝着那些非洲人喊口令。那些非洲士兵因为吃上了军队的伙食,个个膀粗腰圆;而那个以色列教官则显得矮小单薄。

教官和士兵们沿着大街上的一条车道往前跑,鲍比在另一条车道上跟着他们,朝宾馆的方向往回走。昏暗中,跳动的白色背心连成一片,白色的鞋子上下翻飞。他们的身影不时地被道路中央的草木遮挡住。慢慢地,队伍的脚步声越来越远,但那个教官的喊声始终清晰。

过了一会儿,脚步声和口号声重又变得响亮起来。士兵们调转了头,沿着大街往回跑。黄昏的安宁被他们打破,白色的身影也划破了昏暗。鲍比停下脚步观看。但等他们离得近了,看到黑色的光头在白色背心上方上下晃动,鲍比觉得不安。他不应该这样盯着他们看,他会被注意到的。于是他目不斜视,以不受跑步节奏影响的步伐,从这群汗流浃背、不停眨着眼的士兵前走过。那个教官在他几步之遥的地方,一边冲刺一边喊:"啊!啊!"

黑夜降临了。有一两处门廊上,非洲人生起了小小的篝火。有些街灯亮了,发出亮灿灿的蓝光。有一栋房子里亮起昏暗的灯光。大街另一边,杂草葳蕤的公园融为湖水色,一片漆黑。鲍比再次经过那栋大树下的房屋,见背后宾馆的院子里有微弱的灯光,勾勒出屋子的轮廓。水泥墙下一片黑暗。但宾馆车道上有灯光,砾石铺成的庭院光影斑驳。酒吧里亮着灯。琳达站在走廊上,像一个剪影。

"鲍比?"

他确实被惦记了：她听上去很孤独，在等待。她换过衣服了，换上了一条白色或乳白色的裤子。

她低语道："我想喝杯加柠檬的波特酒。"

酒吧里寂静清冷。就连上校和多丽丝·马歇尔的笑话也没能活跃气氛。

他们默默坐着，呷着雪莉酒，研究着挂在护墙板上的照片和水彩画，以及桌上蒙灰的尊尼获加①人形品牌像。上校戴着银边眼镜，坐在一盏吊灯下，一边看书，一边喝着杜松子酒。穿着红色短上衣的服务生无精打采地坐在柜台后面，垂头盯着柜台发呆。

有脚步声传来，踩着砾石，上了水泥台阶，到了走廊，然后一个瘦高个子的非洲人出现在酒吧门口。他套着破破烂烂的军用雨衣，里面穿着黑色西装，脏兮兮的白衬衫上系着黑领结。脚上的军靴沾满了泥。他就站在门口，直到上校抬头看他，才鞠躬问候道："晚上好，上校先生。"

上校朝他点点头，继续看书。

那非洲人踮着脚，目不旁视地快速走到吧台边站着。服务生给他倒了一杯加苏打的威士忌。他用细长的手指握住酒杯，举起杯子的同时，斜眼看着鲍比和琳达。

上校还在看书。屋内屋外一样静谧。

远处传来了汽车马达的声音，那声音很快上了大路，越来越近，路也被车灯照亮了。车子就在外面，转进了院子。有两个人同时敲起了门。琳达、鲍比和服务生一齐扭头看向走廊。是两个瘦小的以

---

①英格兰威士忌品牌。

色列人，穿着便服。他们点头向上校致意，对鲍比和琳达未加理睬。服务生走到他们的桌边，他们头也不抬地点了酒，随即用他们的语言轻声谈起来，几乎像是在耳语，好像是受令不随便交朋友、攀谈或东张西望。

那个非洲人一手插在口袋里，喝完了酒。他小心地用拇指和食指拈出一枚硬币，远远地放在柜台一头。走到上校桌旁，他停下来，等上校抬头看他，他才再次鞠躬，说："晚安，上校。谢谢您，先生。"

上校低了低头。

非洲人走之后，上校举起酒杯，看着鲍比和琳达，带着可称为微笑的表情说："嗯，好歹还有人讲究穿着。"

琳达露出微笑。

鲍比沉着脸。不过看到上校不再勉强地摆笑脸，他还是挺满足的。

"你们不必向我抱怨你们的房间，我有三四个月没有上楼了。"上校说道，伸出一只手按住髋部。"彼得现在负责客房。他是领班。你们应该看看他的宿舍。我早先还坚持一个月检查一次他们的宿舍，但好多年前就放弃这么做了。实在是受不了。有什么办法呢？有什么办法呢？"说完他伸伸腰，双手捧起书，又看了起来。

一个穿着制服的高个子服务生从隔壁房间走进来，对上校说："先生，晚饭好了。"

两个以色列人立即站起来，端着酒杯往餐厅走。

琳达说："我上一趟楼。"

鲍比没有在酒吧等她，而是独自去了餐厅。餐厅很大，中间立着两根方柱子，朝着湖的那一面有几扇安了铁丝网的大玻璃窗。两侧墙上有护墙板，上面挂着好几幅水彩画。餐厅里放了大约十二张桌子，都铺好了桌布，摆好了餐具。其中一张桌子上放着半打调味瓶，搁在一个高高的银质调味瓶架子上，还有一摞书刊；这显然是上校专用的桌子。服务生将鲍比带到一个放着三套餐具的桌子前。

服务生块头很大，动作利索，略散发着恼人的体臭。那红色短上衣的袖口和领口都油亮发黑，双颊和脖子上也都泛着油光。他把菜单递给鲍比，菜单上用旧式斜体粗字列了五道菜。

琳达回来了。

"动作挺快的。"鲍比说。

她拿起菜单，使劲皱着眉头。"我看到你房间里有人。"

她一直皱着眉，鲍比明白了她不仅仅是把这事告诉他，还希望他回去看看。这种女性特有的随意发号施令的倾向让鲍比恼怒。但一走出餐厅，他也就不再气恼了。

楼梯间亮着昏暗的灯光，楼上的走廊里没有灯。他打开房间的灯，窗玻璃上投射出了昏暗的画面。床罩没有掀起，打开的行李箱依然是他离开时的模样，黄色的本地衬衫还搭在椅背上。一切都是原样，什么都没有动过。只是房间里的气味似乎是更浓了。

他穿过走廊走进琳达的房间。这间房小一些，但明亮一些，通风也好：上校确实比较照顾琳达。一把扶手椅上搁着白天她穿的胸衣、衬衫和沾着泥浆的蓝色裤子。裤子裤腰上的褶皱和臀部的平整，无一不是私密的，保持着穿着者的体形。床头柜上有个亮眼的银色物体，原来是一小片铝箔纸，从一个小袋子上胡乱撕下来的。不是洗发水，而是一种名字很恐怖的阴道祛味剂。

放荡的女人，鲍比想，真是个放荡的女人。

他低头微笑着走回餐厅。在餐桌旁坐下后，他收起笑容，将脸板起，看到第三副餐具已被收走。这次他又费了些时间才明白琳达的眼神，之前他一直忽视了。他本来决定保持沉默，但忍不住效仿她的语气鬼鬼祟祟地低语道："我一个人影也没有看到。"

琳达不太满意，眉头紧锁，不耐烦地叹了口气，转移了话题。

这一刻，鲍比痛恨一切。

∽

一会儿，上校步履僵硬地一瘸一拐走了进来，一根手指还插在书里。他脸色潮红，那是喝了杜松子酒的缘故。他满意地环顾餐厅，好像里面坐满了客人一般，然后和蔼地看着琳达。

"你读过这本书吗？"他举起手中的书，作者是娜奥米·雅各布[①]。琳达没有看清书名。"书里将匈奴人的心理描写得很好，"接着他转向服务生，"不用看菜单了，那是我写的。我要一份汤。那些法兰克福来的旅游团。不得不停止接待他们。"

鲍比心想大概是人家不再来光顾吧。

"从他们身上一点钱也赚不到，"上校说，"一点也赚不到。那时我们通常给他们准备自助餐。这点子糟透了。千万别给匈奴人吃自助餐。不把食物通通吃光他们是不会满意的。火腿端上来，他们恨不得一个人吃了。他们总是互相挤着推搡着。我还见过两个女人

[①] 娜奥米·雅各布（1884–1964），英国女作家。作品多探讨家庭暴力、对犹太人的偏见及对少数族群的迫害等问题。

为此打架。不，不，看到匈奴人来就得赶紧把自助餐收起来，站到门口，告诉他们：'先生们，今天只供应套餐。'"

"他们的食量惊人。"琳达说。

"和比利时人一样。现在这里有不少比利时人。过去比利时人都是从湖那边过来玩的。比利时人唯一值得夸赞的是他们还挺懂如何鉴别勃艮第葡萄酒。可是，现在这里已经没有什么好东西了。当然这些中有很多……"他朝着带铁丝网的窗户、朝着黑暗、朝着湖水挥了挥手说，"很多都是他们干的好事。他们以为离开弹丸之地的比利时来到这里，就立刻能过上美好的生活。行不通。哪有这样的事，美好的生活？暴乱发生之前，有个女人对我说：'但那是我们的产业。国王给我们的。'你们应该去瞧瞧他们在那儿都做到什么地步了。公馆，宫殿，游泳池。你们应该去看看。他们内部还分成两大族……"

"佛兰芒人和瓦龙人。[①]"琳达说。

"他们的长相和名字正相反。瓦龙人听起来应该很胖，但其实苗条而优雅。佛兰芒人听起来像是很瘦，却很胖。有没有见过佛兰芒人蹭吃蹭喝的派对？他们会订十点的晚餐，但七点就来了。七点！他们先喝酒，就是为了增加饥饿感。到了八点，他们开始饿了，就让服务生不停地跑前跑后拿开胃小食。有比利时人在，你可得看着点你的小食。他们就这样不停地喝，喝，让自己越来越饿。晚餐准备好了，服务生也等在一旁了。但他们说要等到十点。不到十点他们不入席，到了十点他们才有胃口。他们争吵、喊叫、玩牌、小

[①] 比利时的两大民族。

孩子们尖叫。每个人都冲着服务生叫喊,索要更多的小食。只要有一个佛兰芒家庭在,酒吧里就一片喧哗。到了十点,他们开席,可以猛吃猛喝一个半小时。吃得稀里哗啦。母亲,父亲,孩子。每个人都是肉团。他们就那样以身作则。你不能责怪非洲人。非洲人是长眼睛的。他们会看。非洲人在这一点上是很有趣的。你可能得连着几周拼命催赶着他走,但说不准哪天,他突然就可以跟上你一路小跑了。"

厨房里传来撞击的声音,以及几个人高着嗓门说话的声音。其中有一个声音突然变得细长,像是在笑,接着厨房里所有的声音都变成了尖叫。

上校一脸捉摸不透的表情;他不再盯着琳达看。那两个以色列人还在轻声交谈。高个子服务生走过来撤下鲍比和琳达的盘子,留下一抹难闻的体味。

"你们看到那个穿晚礼服的家伙了吗?"上校问。

鲍比皱皱眉。琳达想要回上校一个微笑,但看到上校并没有摆出微笑的表情。

"他来这里有一个多月了,一直穿着那身衣服。我不知道他是谁。"

琳达说:"他彬彬有礼。"

"哦,是的,彬彬有礼。但是他来这里是为了让我安守本分。你说是不是,蒂莫西?"

那个高个子服务生停下脚步,抬起头。"什么,先生?"

"他大概是打算谋害我,你觉得呢?"

蒂莫西站定,手里仍旧端着盘子,努力摆出严肃的神情。他没有回答，见上校低头继续吃饭，才松了口气。

"说不准哪天他们就能跟上你一路小跑了。"上校说。

蒂莫西迈着大步飞快走回厨房。厨房的尖叫声里多了一个嗓音。这嗓音突然又听不见了，随后就是那群人愤愤然尖叫。蒂莫西走出厨房，依然大步流星，依然满脸严肃。他走到以色列人的餐桌边。

"我还记得我们是如何训练那些派去塞萨洛尼基[①]、印度之类地方的士兵的，"上校说，"有时候我们不得不把他们捆在马背上。哎哟——哇——哇——他们的号叫隔老远都能听到。有的人出了疹子，有一英寸来厚。但我们到底把他们培养成了骑兵。再把他们派到塞萨洛尼基、印度，随便什么地方。"他的眼睛又直直地看着琳达。"你肯定没怎么听说过那些地方。我想我们这里很快也会变得无人知晓。"

厨房里刺耳的喧嚷慢慢地停歇了。

上校的思绪不知道飞去了哪里，只埋头吃起饭来。

一个瘦高个子的非洲人从厨房来到餐厅，他的皮肤不是黑色而是深棕色的。他步履轻快，像个运动员。他冲着以色列人、鲍比和琳达一一致意，点头微笑，然后走到上校的餐桌旁。他机灵率直的表情让他看起来不那么像非洲人，而更像西印度群岛人或是美国黑白混血儿。他穿着简单但很考究，剪裁得体的卡其裤很干净，熨烫妥帖，灰衬衫的领子干净而挺括，而乳白色的套头衫则有网球手或者板球手之类的运动员的样子。他的头发分明地左右分，棕色的皮鞋擦得锃亮。

[①] 希腊北部港口城市。

他站在上校前,等着上校看他。

然后他说:"我是来向您道晚安的,先生。"口音和上校的有点像。

"好的,彼得。你可以下班了。我们听到了砸东西的声音,也听到了你的尖叫。这次是什么事情?"

"我要去电影院了,先生。"他的皮钦英语听起来很古怪。

"你们看到我们这里破破烂烂的影院了吗?"上校问琳达,"我看部队一撤走,那里就得关门。如果部队撤走的话。"

以色列人没有听见这番话。

"你去看什么电影呢,彼得?"

彼得像是被这个问题问住了。他依旧看着上校,脸上似笑非笑,然后露出典型的非洲式茫然。

他说:"我记不得了,先生。"

"非洲人就是这样。"上校说。这话其实是对琳达说的,虽然没有冲着她讲。

彼得等着上校继续发话,但上校却忙于进餐。彼得镇定下来,脸上又露出似笑非笑的神情。

他终于开口道:"先生,我走了?"

上校点点头,没有抬眼。

彼得迈着运动员般轻快的步伐走了。酒吧里,然后是阳台上,传来他的皮鞋后跟踩地板的声音。等彼得走到水泥台阶处,上校将一个调味瓶猛地砸在地上,吼道:"彼得!"

鲍比猛地一跳。蒂莫西拉长了脸,像是刚被扇了耳光一般。连那两个以色列人也抬起头来看。餐厅、酒吧和厨房一下子声息皆无。

彼得的皮鞋后跟又轻快地踩着地板回到餐厅,站到上校的桌前。

上校说:"给我大众汽车的车钥匙,彼得。"

"钥匙在办公室,先生。"

"彼得,别说这种蠢话。如果钥匙在办公室里,现在我就不会向你要,是吗?"

"是,先生。"

"所以你说的是蠢话。"

"是蠢话,先生。"

"所以你很蠢。"

彼得没有回应。

"彼得?"

"是蠢话,先生。"

"彼得,说自己蠢用不着那么得意。如果你蠢,你就是蠢,还做蠢事。连巫医也没有办法治。"

彼得的眼睛不再四顾,目光落定在上校身上。上校耸着瘦骨嶙峋的双肩,背有点驼。

"哇,他看起来真有教养。"上校似乎又是在说给琳达听,但他并没有看她。"真体面。"他伸出一只手掌,抬起又放下。"但是如果去他住的宿舍看看,不染上什么病就是万幸了。"

彼得的瘦脸拉长了,怒目相向,嘴角也耷拉下来。

"给我钥匙,彼得。"

"钥匙在汽车里,先生。"

鲍比把盘子推到一边,琳达在桌子下踢他。他又坐好。上校看见了这一幕,他的视线从彼得身上转移到鲍比脚旁的地板上,又摆

217

出那种捉摸不透的神情。

他伸出中指做了一个手势。"彼得，咱们宾馆有多宽？"

"一百五十英尺，先生。"

"多长？"

"两百英尺。"

"这三千平方英尺的土地归我管。外面发生了什么我不在乎。这里归我管。如果你不喜欢我的做法，你可以走。马上滚。"

鲍比一根手指按在桌布上，沾起一粒面包屑。

"彼得，你对我有什么看法？"

"我喜欢你，先生。"

"他喜欢我。彼得喜欢我。"

"打我小你就收留了我。你给了我工作，给了我住处。还照顾我的孩子。"

"他有十四个孩子，其中三个小畜生现在和他住在一起。真体面，真有教养，英语说得真好。你不会相信他连握笔都不会，也不会相信他住的地方有多脏。但你喜欢脏，是不是，彼得？你喜欢钻到黑洞里，吃垃圾，跳裸体舞。为了做这些，你不惜去偷去骗，是不是？"

"我喜欢我们的住处，先生。"

"只要我还活着，你就可以待在那里。但是你不能搬来这里，彼得。我可不希望你有那样的指望。如果我死了，你就得挨饿，彼得。你会被赶回丛林。"

"确实如此，先生。"

"你喜欢我。我对你好。但我不是一向就对你好的。在这个房

218

间里，我们接待过那些讨论如何消灭你们的人，记得吗？"

"我不记得了。"

"你撒谎。"

"我喜欢你，先生。"

"还记得被关在冰箱里的男孩吗？"

"那发生在别的地方。"

"那么你记得那事。"

"我从来不谈论那些事情，先生。"

"鞭打？这常常发生吧。还有不允许你们种庄稼的事，你记得吗？你说你喜欢我？"

"我恨你，先生。"

"你当然恨我，我也知道你恨我。上星期你杀了那个南非人。他年老，无助，是不是？住在这里二十年了。娶了一个你们的女人。"

"是小偷杀了他，先生。"

"他们总是那么说的，彼得。但是我们都知道是谁杀了他。是恨他的人。"

"不是，先生。"

"你女人生病的事你还记得吗？"

"你知道的，先生。"

"再给我讲一次。"

彼得直视着的眼睛发红了，眼眶里满是愤怒的泪水。他半张开的嘴巴往下垮，上半边脸则紧绷着。

"这个故事你讲了很多次了，"上校说，"大家爱听。"

餐厅中间，蒂莫西倚着一根方柱子，头斜靠在墙上，看着这一切。

"我妻子病了。"彼得说。愤怒令他哽咽。

"你另外还有三个女人。继续说。"

"她每天晚上在住的地方哭。"

"又黑,又脏,又臭的地方。"

"有一天晚上她病得厉害。我叫了车送她去医院。他们说不行,医院只医欧洲人。土著只能待在茅草棚里。印度医生收留了她。但太迟了,先生。她死了。"

"第二天你就出去找了一些女人,还让她们去森林砍柴。她们把柴火背在背上,晚上回到你这里。这是个好故事,尤其是对游客来说。"

"我从来没有讲过这些事,先生。"

"你更恨谁,印度医生还是我。"

"我恨印度医生。"

"你忘恩负义。你更恨谁?印度医生还是我?"

"我会永远恨你的,先生。"

"别忘了这一点。你的仇恨会让我活下去。某天晚上,彼得,你会敲我的门……"

"不,先生。"

"你会穿着雨衣,或者夹克。你的胳膊肘紧紧夹着身体……"

"不,先生。不,先生。"彼得一个劲地眨着眼。

"我和那个南非人不一样,彼得。你对我说:'晚上好,先生。'我不会说:'哦,是彼得啊,我的孩子,进来,彼得,来喝点茶。你最近如何?家里人好吗?'我不会有茶来招待你的。我会等着。我会说:'哦,是彼得。他恨我。'你连门都进不来。我会杀了你的。我会开枪杀了你。"

彼得瞪大眼睛,看着上校的头顶。

"我就是这样发誓的,"上校说,"在这些灯光下,当着大家的面,我发誓。去告诉你的朋友吧。"

彼得盯着上校的头顶看了一会儿。他的嘴闭着,嘴角僵硬,红肿的眼睛里没有泪水。他把手插进卡其裤口袋,拿出一个钥匙圈,上面有两把钥匙。他想把钥匙放到桌上,但见上校伸出了手,就转而把钥匙放在上校的掌心中。他没有必要再留下了,于是他走出餐厅进了厨房,脚步还是像先前一样,如运动员那般敏捷轻快。

上校没有看屋里的其他人。他拿起一杯水,但手抖得厉害,于是又把杯子放下。他的脸色苍白。

蒂莫西离开柱子,开始忙碌起来。

上校慢慢缓过神来,脸上恢复了血色,他看着琳达说:"今晚是他们的大日子。为此他们已经准备了一个星期。彼得先生原本准备开着宾馆的大众轿车出现。他们中很多人认为他已经接管这里了。哦,在外面他可称得上是个政治家,彼得先生。那是他的问题。是不是,蒂莫西?"上校已经不再颤抖了,微笑地看着蒂莫西。

蒂莫西也冲着他微笑了一下,松了口气。

厨房里又传来了说话的声音。一声尖叫,然后是一阵笑声。

"你听到他的声音了吗?"上校对琳达说。

琳达点点头,一面将叉子送到嘴边。

"那就是彼得,尽管你未必会相信。你知道他们在说什么吗?听起来好像在激烈地争论,实际上他们什么也没有说。他们的谈话就像是小鸟叫一样。你真该听听蒂莫西情绪激动时是怎么说话的。"

蒂莫西正帮以色列人撤掉最后一道菜的盘子,听到称赞,他露出了微笑,不过仍一本正经。他的额头微皱,嘴角下拉,嘴唇紧闭。

厨房里又传出一连串笑声。

"那是彼得,没错,"上校说,"他们可以那样笑上好几个小时。毫无意义的傻笑。你觉得晚餐如何?"

"非常好。"琳达答道。

"不用谢我,那是厨师做得好。他告诉我菜名,我写成菜单。你要是看到他本人,一定会笑出来的。"上校微笑着说,"他从丛林里出来没多久,来这里之前从来没有坐过椅子。如果我走了,不知道他会怎么样。但光说有什么用?"

"你打算离开吗?"

"我满脑子都想离开。但现在太晚了。我就盼着美国人来把我们这些都收购了。会有那么一天的,但我可能等不到了。"

以色列人打了个手势,要结账。蒂莫西收了钱,找了零。上校故意不去看。他们经过上校的餐桌时,迟疑了一下,匆匆地对上校弯了弯腰以示敬意。上校什么也没有说,只抬起头算是回应,然后茫然地瞪着眼睛,好像他们干扰了他的思绪。他的眼神就这么茫然凝滞,直到那两个以色列人走到了院子里。他们的谈话声比刚才大多了。

"这些人不知道自己有多幸运。"上校说。

关车门的声音砰砰响起,一声,两声。引擎发动。

"如果欧洲人五十年前来这里,他们会像猎物那样被猎杀、消灭。再晚个二三十年，可能阿拉伯人会先过来，他们会被绳子绑起来，拉到海边卖掉。这就是非洲。他们一定会杀了国王，对他的部落进行大屠杀。你们认识他吗？有没有一直关注新闻？"

"我只是看见过他。"琳达说。

"他来这里吃过一次午餐。非常有教养。如果我再年轻一点，会跑出去设法救他。当然那样做其实并没有什么道理。他和其他人没有什么不同。哪怕只有一丝机会，他也会去捕杀那个巫医。大家总是说任何地方都存在好人与坏人，但在这里人没有好坏之分。他们只是非洲人。他们做该做的事情。你得记得这一点。你不能恨他们，连生他们的气也不行。不能真的生气。"

晚餐差不多结束了。蒂莫西开始收拾餐桌上那些摆好了但没有用的餐具。

"太晚了，"上校一面说，一面整理桌上的书报刊，"对那个南非人来说太晚了。他过去常来这里，直到那一棍子要了他的命。那是他最大的错误。一个老布尔人①被人发现的时候，茶壶是半满的，地板上有两个杯子，到处都是茶水和血迹。他带着妻子来过一两次。那是我见过的最丑的女人，像只满脸皱纹却很开心的老猿猴。"他停顿了一下。"最近几年我在这里遭遇的事情，说来真是让人想哭。"

听到这突如其来的虚伪之词，听到这口气中流露出来的遂了听者心愿的意味，鲍比抬起头来，看到上校也在看他。他喝了口咖啡，吹着杯中的热气。上校移开目光。

厨房里的尖叫和喧哗声停了下来。

---

①有荷兰血统的南非人。

上校好像收到了信号一样,站了起来。"不是那些你们在报纸上读到的事情,也不是高级委员会里大家乐意听到的那种事情。对他们来说现在一切都是光明而美好的。千万别得罪了那个巫医。"他站稳身子,又理了理杂志,整了整调味瓶架子,拿起他的书,捂在胸前。"现在这里没多少选票了。"

他说这话的样子,俨然是退场词。离开的时候,他夸张地挺直身子,但掩饰不了髋部受过伤。他的步履很慢,一脚轻一脚重地走过酒吧,沿着走廊回到自己房间。

蒂莫西旋即放松下来,轻快地,几乎是调皮似的迅速将桌上的台布收走。他的动作又大又快,脚下迈着大步子,一步一小滑,像是在展示身高和腿长。房间里飘满了他的体味。

还没到八点半。

"我开始觉得那些比利时人是对的,"琳达说,"千万别在十点前吃晚饭。"

"是佛兰芒人,"鲍比说,"那些胖家伙。"

蒂莫西关掉了三盏灯中的两盏。

"你是本地娱乐活动的专家。"鲍比说。

"在酒吧等我,"琳达说,"我们可以出去走一圈。"

鲍比并不喜欢她那种自信与矫情。就好像失望与黑夜,带出了她作为人妻的那一面,她把他当成了马丁来对待。但是他也不想一个人待着,于是进了酒吧。蒂莫西关上了餐厅里的最后一盏灯,可以听到他走进厨房和什么人尖声讲起话来。酒吧服务生还待在吧台后面,依然垂着头,像是在研究那张吧台。鲍比这才发现他其实是在看书。过了一会儿,琳达也下来了,肩膀上搭着一件羊毛衫。她夸张地抖了抖身体,仿佛这哆嗦不仅仅是因为寒冷。

∽

走在大街上,他们听不到厨房和员工住宅区发出的任何动静,只听见自己的鞋子踩着残破路面上的沙土和松散砾石的声响,间或传来湖水拍打环湖护壁的声音。员工住宅区背面的灯光使宾馆显得更加幽深。宾馆一侧的酒吧间亮着灯,灯光洒在院子里,隐隐照出楼房另一侧开着窗的餐厅,并勾勒出那一侧水泥墙的轮廓。墙外便是大树和空房屋的黑影。

琳达说:"在这里,我不想一个人待着。"

他们前方有一盏路灯亮着一圈残缺的光,在雨后的空气中迷迷蒙蒙。周围物什的轮廓开始明晰起来,影子也更浓重了。灯光照在一段破败的阶梯状围墙上。潮湿的棕榈叶闪着光,公园里亮光点点。

"有趣啊,"琳达小声说,"你简直会忘记这些房子的存在,感觉这湖还从没被人发现过。"

"我不知道你说的'发现'是什么意思。"鲍比回答。他没有像她那样刻意压低声音。"这里的人一直知道这湖的存在。"

"这我当然知道。我只是希望他们让我们其他人也知道。"

他们来到了那栋屋顶残破、瓦楞铁片像羽翼一样耷拉着的房子前面。有一群人在门廊上围着一小堆火蹲着。

琳达说:"上次我来的时候,他们还没有搬到这条街上来。"

她正说着,脚下被一块鹅卵石绊了一下。门廊上的一个非洲人站了起来,裸露的瘦腿和破烂的夹克衫在火堆的映衬下形成一个剪影。琳达和鲍比赶忙目不斜视地往前走。

走过那栋房子后,琳达说:"他说得对。他们会杀了他。"

他们经过加油站、旅游纪念品商店和依旧关着门没营业的电影院。他们走到大街尽头,走上一条林荫小道,也就是先前那群士兵跑步出来的路。小路上没有铺柏油,他们的脚踩在湿漉漉的沙子、鹅卵石和落叶上。黑暗很快变得越来越浓重。路旁建筑群苍白的墙壁躲在幽暗浓密的花园之后,几乎看不见;房屋的走廊更像是周围黑暗的一部分。这里没有人生火。路两旁树木低矮,视野不再开阔。

一条狗在吠,声音低沉,它很快跑了出来,跑到他们身旁,声音低沉地咆哮着。是条大狗。他们继续走,狗跟在身后恼怒地护送着他们,直到他们走出它的地盘。前方路的两旁都传来狗叫声,他们很快便置身于一群不再顾着各自地盘的狗中间。有一栋屋子的某个房间里隐隐亮着光,那不是火光。这屋里也有几只狗奔了出来保卫地盘,但它们没有叫,只是用爪子撕扯着篱笆下的灌木丛,然后趴在矮木篱笆上,两条后腿刨着砂石,弄得小石子飞溅。而前方黑漆漆的小路上传来了更多的狗叫声。没有人来喝住狗。

"真是胡闹。"琳达说。

他们转回头。先前他们被狗逼得只能在小道的中间走,现在狗在他们的前前后后到处窜。它们爪子拍打着沙土,发出几乎像是金属物碰撞般的声响;它们的咆哮声低沉但粗暴。前方传来更多的狗叫声。狗越来越多。

"天哪,"琳达说,"这些狗都没有主人,都是些野狗。"

"别出声,"鲍比说,"还有,看在上帝的分上别绊着了。"

他们的说话声确实让狗群更加骚动。小路已经完全被狗占据了,它们跑来跑去，躁动不安，似乎在等待行动的信号：或是它们中最勇敢的那条扑将上去，或是鲍比、琳达突然的一个手势，也或许是一块蹦起的鹅卵石。他们坚持着，稳步向前迈，终于靠近了大路和灯光。

"你说你母亲的狗在你的小腿上留下了两条平行的疤痕？"琳达问。

鲍比怒不可遏，"我要杀了它们。我穿的皮鞋是铁头的。哪条狗要是敢先攻击我们，我就杀了它。我要踢破它的脑袋。我要杀了它。"

这怒气，如同勇气一般，一直没有被拂去。而那些狗像是知道他发怒了，开始慢慢退回到小路边，慢慢落在后面。大路已经很近了，黑暗在白炽路灯的照射下渐渐褪去。显然那些狗的活动范围只在大街外。

鲍比的身体在颤抖。走到大街上，他才慢慢恢复过来。

琳达说："他们说预防破伤风要打十四针。"

"他们弄这些狗是为了对付非洲人的。"

"没错，鲍比。不过现在它们什么人都攻击。"

"他们训练这些狗专门攻击非洲人。"

"那他们可没有训练好。"

"这事不好笑。"

"那你觉得我该怎么想？"

他们走回宾馆，一路无话，经过火堆时目不斜视。宾馆的酒吧里灯还亮着，办公室旁上校房间的灯已经关了。到了外廊上，琳达一副等着鲍比开口的表情。但鲍比什么也没有说。他板着脸，转身一个人进了酒吧。琳达沿着走廊进了过道。他听到她上楼进自己房间的声音。时间刚过九点而已。刚才的历险前后不到半个小时。

∽

鲍比坐在吧凳上,喝着杜本内酒。刚才的恐惧感已经全然消退,黑暗小径上的惊惶遭遇变得很遥远。愤怒过后是精疲力竭的感觉。身在这间面向浩渺的非洲湖面的酒吧里,他感到孤独而忧郁。他茫然地注视着穿红制服的服务生灰蓬蓬的头,心想,可怜的家伙,可怜的非洲人,可怜的非洲人的头颅。泪水开始涌上鲍比的眼眶。

"我在读法文书。"服务生说。他让鲍比看那本破破烂烂、封面快要掉了的书。

鲍比听到了他说话,但一下子没有会过意。他看着服务生,脑子里还想着那些狗,思绪还停留在"可怜的家伙"上。

"我还看几何书。"服务生又说,从吧台下拿出另一本破破烂烂的书。

这下鲍比明白了,服务生是在和他搭讪,想和他聊天。一些年轻的非洲人会这么做。他们和他们认为比较友善的游客聊天,不仅为了练习英语,也为了学会西方的礼仪,增长见识。鲍比十分感动,因为他成了这样的对象;他十分感动,因为在经历了那些事情之后,这个服务生依然信任他。想到自己居然受上校的影响,到目前为止一眼也没有看过那个男孩,只是把他当成一个穿制服的非洲人、上校的雇员、这家令人厌恶的宾馆的一部分,他心感懊恼。

"你在看几何书,给我看你读到哪里了。"鲍比说。

男孩微笑着，踮起脚尖手舞足蹈。他把手臂撑在吧台上，同时用整个手掌捧着书，翻开了书的前几页。那些页面发黑起毛，纸张边缘都磨坏了。

"我读到这里。"男孩说。他踮着脚，一只手掌摁在左右页面之间，把书推到鲍比面前。

鲍比把书放在吧台中间。"你读到这里？三角形的三个角加起来是一百八十度？"

"我读到这里。"男孩侧身倚着吧台俯下来。"你教我。"

"我教你。你给我一张纸。"

男孩拿出一本账本。

"看着，我教你。我画一条直线。一条直线就是一百八十度。一百八十。现在看着，我用直线画三角。就像这样。这个角和边上这个角，再加上上面那个角，全部加起来是一百八十度。你懂了吗？"

"白八[①]。"

"你没有懂。听着，我再教你一遍。我在这里画一个圆圈。一个圆圈是三百六十度。"

"白八。"

"不是，不是'白八'。三百六十。三百六。我画给你看'白八'。我在这个圆上画一条直线。上面是'白八'，下面也是'白八'。"

"我看法文书。"

[①]即一百八，男孩的英语发音不准。

"你读得还真不少。你为什么读这么多书?"

"我明年要上学了。"男孩说,带着些许炫耀。他低头看着鼻尖,噘起下嘴唇,用双手手指把几何书挪到自己那边。"我要买更多的课本。我要找份好工作。"

这些话在鲍比耳边回响,他明白一定是有人成功地走过这条路。鲍比心中不想再多事,不希望这天再节外生枝,出什么状况。但是现在,他为这个以前或许有过老师的男孩感到难过,于是又跃跃欲试了,新的冒险机会总是在最料想不到的时候出现,像奖赏一般。教这个男孩,而之前他都没有注意过他。他仔细打量男孩的脑袋,油腻腻的头发沾着灰尘;他又看到他细长、坚实的脖子。男孩意识到鲍比在打量他,严肃地低下头去看法语书,厚厚的嘴唇一张一合。

"你叫什么名字?"鲍比看着男孩的耳朵问。

"卡罗勒斯。"男孩埋着头回答。

"好名字。"

"你教我法语。"

男孩的那本法语语法书是爱尔兰出版的,由一位爱尔兰神父编写。书的红封皮又脏又黏,褪了色,快要掉下来了。

"你学到哪里了?学到这里了?部分冠词?"

"部分。"

"英语没有部分冠词。所以你不说'给我一点墨水'。"鲍比顿住了:没想到教语言还真不是那么容易。"在法语里你要说:'给我一点墨水。'"

"一点墨水。"

"是的。"

鲍比向男孩看去，只见他低着头看书，厚厚的舌头慢慢地在上下唇之间移动。

"酒吧什么时候关门？"鲍比问。

"你教我的是英语，"男孩说，"你没有教我法语。你不说法语？"

"我说法语。听着，我来教你。在英语里你说墨水。"

"墨水。"

"法语里你说 l'encre。"

"Link[①]。"

"酒吧什么时候关门？"

"随便什么时候。Link。你再教我一些。"

"给我一点墨水。给我 de l'encre。De l'encre。你说随便什么时候是什么意思？"

男孩腼腆起来，垂下头看着那本快散架的爱尔兰法语书。鲍比清楚地看到了他的头顶：弹簧般的鬈发中藏着一些小绒毛。

"酒吧十点关门。"男孩说。

"你十点给我送茶来。"

男孩的头埋得更低了。"厨房关门了。"

"你给我送茶。四号房间。我再教你。"鲍比屈起手指，用指关节摩挲着男孩油腻而有弹性的鬈发。"我给你钱。"

"厨房关门了。"男孩说。

鲍比打开手掌放在男孩紧绷的脖子上，一半落在弹簧般的鬈发

---

① 法语 l'encre 的发音和英文 link 近似。

上,一半落在温热的皮肤上。"真是个会讨价还价的小家伙。"他说着,猛然把男孩的脑袋从吧台那侧拉到面前,凑在他耳朵上低声说:"我给你五先令。"

男孩没有使劲缩回去,鲍比摁着他的脑袋,感觉到他努力想保持不动。鲍比将大拇指放到男孩的左耳后摩挲起来,感受着非洲人那光滑肌肤下的骨骼。男孩变得十分安静。鲍比眼泪盈眶。看着自己的拇指,看着男孩精致的耳朵和打着细小卷儿的粗糙头发,他脑子里想的并不是男孩、狗群,或是可能即将发生的亲密关系。他只是被这一刻自己泛滥的柔情和忧郁所淹没了。

突然间,男孩跳了起来。

屋外鲍比的汽车防盗器铃声大作。金属物震颤所发出的忽高忽低的刺耳铃声中,还夹着持续不断的、更为响亮的哭泣声。宾馆院子里灯光渐次亮了起来,一盏接着一盏,直到处处都是亮光。员工住宅区传来尖声说话的声音,很快吵成了一团。

"彼得!"上校在高喊,"彼得!"

员工住宅区里有女人在哭泣。院子里、宾馆里,到处是脚步声。

男孩满眼恐惧,看着鲍比。

警铃还在响。只要车身还在震动,警铃便不会停。

"彼得!"上校还在嚷嚷。

鲍比来到外廊上。外廊尽头上校房间的灯已经打开,门也开着。透过房间的玻璃窗看得见灯火通明的院子。

车库是座开放式的屋棚,里面亮着一只灯泡,周围影子深暗。看不出车身在震动,但警铃还在响,那持续不断的哭泣声变得时断时续。

鲍比检查了车轮，车轮都在。他又检查了轮轴盖，轮轴盖也还在。

一声声哭泣的间隔越来越长，声音越来越弱。警铃发出一连串哗哗叭叭的声音，终于消停了。亮堂堂的院子显得十分悚然，一如刚才打破静谧的警报声。

鲍比回到酒吧。男孩还是满眼惧意地看着他。他已经把酒吧里所有的灯都打开了。

"彼得。"上校还在喊。

员工住宅区终于安静下来。

"狗或者猫跳到了车上，先生。"

"你睡了吗？"

"睡了，先生。"

"你真蠢。"

有几个女人在哭泣。

"我要把你捆起来。蒂莫西！卡罗勒斯！"

卡罗勒斯猛地伸了下脑袋，身子没有动弹。

女人的哭声还在继续，盖过了上校的诘问和彼得平和的回答声。

"卡罗勒斯！"

卡罗勒斯这才动了起来。他的嘴半张着，越发显得厚实，而且凝固了似的。他的动作很笨拙，四肢沉重。他打开酒吧的后门，背对着鲍比站了一会儿，手搁在身后的门把手上。宽而暗的过道那头，一扇镶板门半开着，鲍比瞥见了灯火通明的院子：水塔下圆柱形金属支架上的灯泡亮着，刷着白石灰的员工住宅区也亮着刺眼的光，后面的灌木丛在暗影中反射着熠熠的光芒，像人造景观一样。

233

"卡罗勒斯!"

卡罗勒斯拉上身后的门,留下鲍比一人在酒吧里。灯都亮着,酒吧似乎变大了。

屋外,女人们一个接一个哭泣,像有默契似的轮流换气。听不清男人们在说些什么。哭泣变成了单调的重复,像背景音乐一样。

酒吧后墙上挂着一幅镶了镜框、带签名的照片。照片放大过,有些模糊,画面上一个男子坐在船里举着一条大鱼,迎着强烈的阳光微笑着。照片中的天气、人的情绪,以及四周的一切,似乎暗示着它摄于一个特殊的日子。墙上还有一本日历,印着非洲的风光。这日历是比利时的一家啤酒厂的赠品,因而上面分别用比利时文和当地的文字印着风景地名称,是红色的字体。半空着的搁架板油漆面陈旧、布满划痕,原本的奶白色大都成了棕色。一个角落里放着六七个空酒瓶,酒瓶上的商标又旧又干又脏。

屋外的哭泣声减弱了,不再像背景音乐。鲍比听到上校的声音。随即哭声再次响起,继而再次消退。然后,一切归于沉寂。

鲍比离开酒吧,快步走过外廊,走进室内过道。通向院子的门半开着,但他没有往外看。他知道那边灯火通明,人影攒动。他也知道有人在观察他的动静。

上楼打开房门的时候,他听到琳达也开了门。她穿着一件棉布短睡袍,闪亮的皮肤像胳膊肘一般锋锐逼人。

她低语道:"是彼得?我就知道,我知道。"

他再次感到,她正让他陷入一种暧昧的、如夫妻般的亲密之中。尽管他也有点希望有人陪伴,但是他赌气沉下脸,好像楼下发生的一切很是冒犯了他。他转过身没有理睬琳达,一语不发推开自己的房门。

院子里的灯光照得房间都亮堂了。他推上门，在最后一刻决定用点力，门砰的一声响。他踢到了地板上的什么东西，不用开灯就看清楚了那是他的车钥匙。

∽

脱掉衣服之后，他才开始不安。他想到了闯入者。有可能会发生危险，难保不会丢了车困在这里。他于是决定收拾行李，以便随时迅速撤离。他在一把椅子旁放上了所有可能需要的东西：整理好的行李箱，裤子，黄色的本地衬衫，鞋子和袜子。他穿着背心和短裤躺上床，突然又觉得自己这样做毫无意义，甚至有点精神不正常：所发生的一切导致了他的这种状态。但院子里的灯光熄灭后，他独自躺在黑暗里，又开始为自己的举措庆幸起来。

仿佛有人在敲门，声音十分轻。他等了等，敲门声又响起。他坐了起来，但没有去开灯。门开了，吊灯被打开了。不是琳达，是卡罗勒斯，端着一个茶盘。世界再次恢复正常；宾馆还是那个宾馆。

"你关上门。"鲍比说。

卡罗勒斯关上门。

"你端茶来了，卡罗勒斯？你真是个好孩子。你把茶端到这里来。"

卡罗勒斯把茶盘搁在床头柜上。他手脚不轻盈，动作笨拙，脸上的神情也变了，眼睛发红，厚嘴唇干得起皱，蒙了层白色的细皮。他的整张脸因不安与犹疑而泛红。

"你坐在这里。和我说话。我教你。"

卡罗勒斯从红色制服上衣紧绷的口袋里拿出一张纸。

"我教你法语?还是教你'白八'?"

那张纸原来是茶的结账单,用软芯铅笔填的,是上校刚硬的笔迹。

鲍比心中腾地蹿起一股怒火。看到卡罗勒斯一脸凝重,他更恼火了。

他命令道:"铅笔拿来。"

卡罗勒斯早就准备好了笔。

"现在滚出去!"鲍比一边说,一边递回铅笔和账单。

卡罗勒斯没有动,表情也没有变。

"滚。"

"你给我。"

"给你?什么都不给,要给就给你鞭子。"

这话不像是真实的,像是别人嘴里说出来的。他在违背自己的常态。他从床上坐起来,看着那张涨红了的非洲人的脸离他越来越近,看到那张脸上空洞、无意识的愤怒,他自己的怒火消散在了恐慌中。他恐慌,因为他意识到了自己无从理论,无法控制这局面。

他说:"我给你。我保证。我给你。"

他从放在床头柜上的零钱中取出一先令。

"你给我五先令。"

"我给你,给你。"

拿到钱,卡罗勒斯略带疑心地看了看,然后把目光转移到鲍比脸上,随后朝房门走去。鲍比终于理解了卡罗勒斯是"刚从丛林里出来",知道自己误读了他的表情,凭空想见了什么。

他说:"孩子。"

卡罗勒斯站住,转过脸看着鲍比。

"孩子,你关上灯。"

卡罗勒斯关了灯,轻轻关上门离开了。

鲍比打开床头灯,倒了一杯茶。茶水颜色很淡,又净是碎叶子。泡茶的水还是温的。糟透了。

7

他坐在车里,同车的还有一个身份不明的女人。他们在争吵。她所说的句句都没错,但句句都很伤人。尽管他都给予了回应,但无从为自己辩解。他不得不吼得比她更响亮,几乎要算尖叫。车子在空荡荡的路上越开越快,方向盘在他手里一跳一跳的,情况危险。她还在一句话一句话地伤害他,越伤越深。他怒火中烧,头痛欲裂,好像要炸开了。转而他不在车里了,而是站在一个人满为患、吵吵嚷嚷的房间里,站在一张桌旁,快要爆炸的脑袋疼得让他崩溃了,他当着众人,四肢摊开躺倒在地。

醒来时只记得头痛。关于那个女人和她言论的记忆已经基本消失殆尽。但伤痛还在。天很黑,但透着快要破晓的迹象。他分析着,梦应该是前半夜做的,都是晚上的那一连串事情害的。不管怎么样,他已经收拾好了行李,可以想走就走。只要穿上裤子,套上那件非洲衬衫,就可以上路了。但是汽油……汽油不够了,油箱没有加满油。于是他一次又一次地像梦里那样感到惶恐忐忑。然后,天亮了。

员工住宅区隐隐传来说话声,他还瞥见了后院的树木,那是他昨晚不曾注意到的。楼下的收音机打开了,那个非洲播音员又结结巴巴传送出那些来自首都的言辞激烈的新闻。

他走到楼下餐厅,日光、开阔的视野和湖面都让他吃了一惊。天空高远、湛蓝;点缀街道的棕榈树之上便是湖泊,水天相连。昨晚窗户上那似乎把整个房间封住的铁丝网,在这白日里倒对光线一无阻拦,而且几乎可以忽略不计。昨晚是热带潮湿、凝滞、阴郁的天气,而此刻空气那么清新。宾馆,大道,公园,湖水;度假地的风情尚存。而且在这个早晨,大街上还是有车辆来往的。越过宾馆的水泥墙,可以看到军队的卡车正慢慢地从左往右开过。

上校还是穿着昨晚的衣服,坐在他的桌子旁。他快吃完早餐了,正在喝茶看书。鲍比忘记了前一刻湖水和阳光带来的好心情。他穿着黄衬衫,左臂垂于一侧,右臂晃动着,阴沉着脸快速走到餐厅里唯一一张铺好桌布、放好餐具的桌子边。他板着脸坐下,瞥了一眼上校。上校还在看书。桌布上有面包屑,果酱罐里残留着黄油的痕迹:琳达已经下楼用过早餐了。鲍比阴沉着脸往一片冷面包上涂黄油。

"今早的新闻可不太好。"上校说,嗓音轻松随意,"不过,我想这事儿越早了结对我们所有人都越有利。"

鲍比咬着面包,挤出一抹茫然的微笑。上校没有看见他的笑容,依旧翻着书。

蒂莫西的体味在早晨清新的空气中愈发刺鼻。他拿来早餐菜单。单子和蒂莫西擦拭桌子的红格子抹布一样肮脏。今早他的动作好像更为灵活自在,几乎有些轻佻,有些随意,而且仿佛急着要和人讲话一样。他殷勤地擦拭着桌子，每动一下，就释放出更多的体味。

又一辆大卡车从宾馆前驶过，发出吱吱嘎嘎的声音。

"今天早上军队有行动，"上校说，"军队行动的时候，不是上路的好时候。我通常都会离他们远远的。"

"我想路可能还没有干吧。"鲍比说。

"哦，这些大卡车里总有一两辆会倒霉，掉下悬崖去。"

上校直视鲍比，露出微笑。今天早上他看起来更苍老了。不过他没有板着脸，眼角和嘴边的肌肉都松弛着。

鲍比揣摩不出上校的这句玩笑话究竟是什么意思。

上校注意到了。"凡是他们开过的路，路况就变得一塌糊涂。"

"但我想路很快就会干的，"鲍比说，"太阳这么好。"

"哦，这样的太阳，路确实很快会干。用不了多少时间。我想到午餐时间就差不多了。"

这话听起来像是在挽留他们，让鲍比有些意外。不过琳达已经下过楼，她和上校肯定交谈过。

院子里有辆车开进来。车门砰地被关上。上校拿起一枚书签夹在书里。那书签是竹片做的，呈裁纸刀的形状。显然是件旧物。上校等着，显然知道是谁来了。

是彼得，迈着运动员的步子，从酒吧走进餐厅。这个早晨他穿着一身卡其布衣服：下面是昨晚穿的那条卡其布裤子，上面是件熨过的卡其布衬衫，衬衫饰有肩章，并有带纽扣的口袋。衬衫的袖子卷起，左手腕上戴着一块硕大的手表，不锈钢表带闪闪发亮。他的胳膊干瘦，肌肉松弛。肘部松垮的皮肤满是皱褶，说明他实际比看起来要老。他带了两三张手写的单子；想必是出去采购了。

看到鲍比，他停顿了一下，鞠躬、微笑，然后用带口音的英语说："早安，先生。"

笑容里没有讽刺，像是来自一个老相识那样。它并不是伴随着鞠躬而发生，不过这也只是彼得诸多不协调之处的一面。就像他的衣服、领带、口音，他的微笑只是受训的结果，和个人情感无关。他和蒂莫西、卡罗勒斯一样，属于这家宾馆，属于宾馆的员工住宅区。这令人不安：在殖民者曾出没的地方，鲍比总感觉自己像个非法入侵者。

彼得在上校的桌子旁站定，上校开始检查购物清单。之后他向鲍比再次鞠躬微笑，离开了房间。上校站起来，将书捧在胸口。他稳了稳身子，挺起胸膛，然后踌躇着，仿佛在听军车开过大街的哀号。

他微笑地看着鲍比，说："每当这个时候，我总觉得离军营越近越安全。他们能更好地控制局势。我不知道你来这儿是否就是要等政变发生。连那个巫医都逃走了。都一个星期了，没有人知道他在哪里。但这里倒是太平无事。"

鲍比再次感到匪夷所思。

"当然，再过一两天局势就明朗了，"上校说，"大家都会冷静下来。一两天。"

鲍比隐隐觉得上校是希望他们能留下来陪他。他说道："我们已经晚了一天了。"

"我们会早点给你们准备午餐的。你们应该可以在宵禁之前赶到南部总署。"

"那儿真的实行宵禁了？"

"四点钟。我们会让你们及时上路的。"

∽

鲍比下楼后,发现琳达在外廊上。她戴着墨镜,看着明晃晃的湖水。她换了一件衬衫,但裤子还是昨天的,上面的泥点刷去了,但留有淡淡的污迹。

她说:"上校告诉你了吗?"

没等他回答,她便走开了。他们还没有和解。

鲍比也没有说话的心情。他特别不想和上校那伙人相处,那令他不舒服。于是他决定装出一副郁郁寡欢的样子,这倒让他如释重负了。他沉着脸,在宾馆办公室的各种战争小说、历史传奇中挑了一本,然后在外廊上的一把红色藤椅上坐下,一脸闷闷不乐地读了起来。

琳达则和上校形影不离。他们坐在敞着门的办公室里,鲍比听得见上校的说话声。他们又到院子、车库、花园和宿舍区去散步,不管他们走到哪里,鲍比总能听见上校的声音。他们坐在上校敞开门的房间里,然后站在宾馆门口。上校似乎把这门口当成一个边界,绝不迈出砾石院子跨到与柏油大道相接的水泥坡道上去。

隔一段时间就有军队的卡车慢慢地开过。绿色军帽下士兵们肥胖的脸没有表情。他们应该早上刚洗过脸,黝黑的脸上没有一丝油光。

空气不再像早上那样清新,光线变得很强烈。书完全吸引不住鲍比,他又开始感觉到孤独,在这样一个几乎就要遭遗弃的度假宾馆里。卡罗勒斯走进酒吧，头发灰蓬蓬，皮肤油光光，照旧穿着黑色裤子和紧绷的红色制服，好像他打头天晚上起就没有脱下过衣服、洗过脸。他拿着扫把和抹布，在酒吧里一步一滑地大踏步走，弄出很大的声响，像是在学蒂莫西。然后他看到了外廊上的鲍比。他没上外廊，拿着扫把和抹布退回酒吧，走出了鲍比的视线。鲍比没有动弹。他将书正面朝下搁在膝盖上，凝视着院子中的某处，皱起眉头。他听见卡罗勒斯在酒吧间里轻手轻脚的，不想引人注意。

上校和琳达还在一起，但两人间的对话已经时有冷场。他们走到鲍比的桌边坐下喝咖啡时，鲍比发现这两个人都已经被谈话的情绪搞得疲惫不堪。

鲍比依旧摆出郁郁寡欢的姿态，没有开口的意思。琳达也不说话，只是戴着墨镜露出一丝微笑。而上校似乎也找不出话说了。

鲍比心想，他要开始谈非洲人了。

卡罗勒斯托着咖啡盘站在门口。

上校说："看来像是不会再有卡车开来了。"

鲍比盯着卡罗勒斯，然后凝视前方，表明他甚至可以当着上校的面强硬。卡罗勒斯吓得手脚都不利索起来。

"知道是什么事情让我困惑吗？"上校一边说，一边用他那四四方方、结实的手拿起咖啡杯，"无论向这些非洲人下什么指令，他们都能摆出一副饱受压迫的样子。你们看到那些司机了吗？开得非常非常慢，看起来非常非常受压迫，好像他们早上刚挨过棍子。其实那只不过是因为教官在边上看着。"

鲍比没有开口，斜举着空杯子，研究杯子釉面上的一处瑕疵。

"你能训练他们，但也只能到这种程度了。"上校说着从鲍比手中取过空杯子,"卡罗勒斯。很快他们就会像疯子一样开卡车,逆来顺受的表情也会变得非常狰狞。卡罗勒斯。"

卡罗勒斯站在门口,惊恐地把目光从鲍比身上转移到上校身上。

鲍比盯着卡罗勒斯。

"卡罗勒斯,这只杯子太脏了。"上校说。这是他这天早上第一次发火。

卡罗勒斯拿来另一只杯子。他们开始喝咖啡。但是上校那本像是装出来的怒意却不见消散。晨间平静的心绪被打破,他的脸绷紧了。琳达继续保持沉默,在墨镜的遮挡下面露微笑,好像内心很平静。鲍比继续摆出郁郁寡欢的姿态。

喝完咖啡上校就走开了。他们听见他嘱咐厨房为他们准备午餐,但他之后的举止却表现得像是他们已经离开了。在他们用午餐的时候,他既没有出现在酒吧里也没有出现在餐厅里。蒂莫西拿来账单结了账。他已经没有先前那么害羞了。

鲍比和琳达拎着行李箱下楼的时候,上校正在院子里,但一副没有瞧见他们的样子。鲍比打开车门,车子的防盗铃又响了起来。上校也是一副没听见的样子,把手插在口袋里,站在大门口。他看看大街,看看湖水,有时又似乎是在看宾馆的建筑,神情是超脱的,像在看一幅画的样子。他对汽车发动的声音置若罔闻,也没有注意到汽车离他越来越近。但就在鲍比放慢车速之时,他突然一鞠躬,冲琳达微笑。

他说:"如果碰到军队,就装死。"

他们离开的时候,正有一队人,八个,从大街上朝宾馆走来,他们上了斜坡,进了院子。两个是印度人,包着头巾,其余的都是

244

穿白衬衫、黑裤子的年轻非洲人。可能是见习土地测量员、军营的建筑师，或是工程部职员。其中一个印度人对上校说了什么。

"午餐！"上校吼道，"这里可不是路边饭馆。前脚踏进来，后脚就想吃上午饭。"

沿着水泥斜坡，鲍比和琳达的车拐到了大街上。亮晃晃的阳光下，大街破损的状况再次让他们吃了一惊。路面上薄薄的柏油涂层胀裂如蛋糕皮。

"不行！"上校还在吼，"不行！不行！"

"我们能吃到午餐多亏了你，"鲍比对琳达说，"你在这里很受欢迎。"

"哦，亲爱的。那也是看在钱的分上。八十五块，那可是一百二十先令。还不算饮品。"

"我不该担心的。他们会吃到午餐的。等加完油，我们要不要回去确认一下？"

她抬起下巴，不耐烦地轻轻嗤了一声，扭头去看宾馆外那栋空房子的爬满苔藓的阴湿绿墙，那是她昨晚没能看到的景象。

8

加油站还在营业。他们加了油，鲍比内心隐秘的焦虑得以平息。为了避免再次从宾馆门口经过，他拐进一条岔路，沿着一条和湖滨大街平行的小路驶出了这个度假小镇。很快，小镇边缘散布的别墅也被抛在了后面。他们开上了山路。

山路松软的路肩被军队卡车压得一塌糊涂，不过路中央倒还坚实、干燥。雨水的冲刷与卡车的重压后，路面上到处是残破的石块和小泥潭，偶见塌陷，其中有大块岩石突起。不过总体来说，路还算好走。修路工人没有在这段连接度假小镇的路上施工，所以没有出现一个个土堆。

他们的车越开越高，进入森林地带，路面还没有干，太阳柔和的光点洒在路面和幽暗的山腰上。那片湖的光亮和开阔被挡住了。有时候他们看得见湖水就在下方，不再波光粼粼，与天融为一色。出了森林后，进入长满蕨类植物和竹子的潮湿山谷，天空变得低矮、压抑；没有了水面的折射，光线也不同了，变得凝滞、沉闷。

他们一直没有说话。

行到此处,琳达开口了:"真不知道他们是怎么找到那个地方的。"

她在挑逗他,但他们还没有和好。鲍比没有回答,她也没再说什么。过了一会儿,她很小心地换了一个坐姿。

竹子和蕨类植物渐渐稀少,山顶几乎是光秃秃的。车子开始下坡,经过一个和前一天相似的山谷。田野,梯田,山丘,茅草棚。前一天因为下雨,山谷色调柔和,一派绿与灰;蜿蜒的山路消失在雾霭中;田野里空荡荡的。而现在,在强烈的日光下,色彩变得晃眼。泥土黑漆漆的,植被绿油油的。那些茅草屋,昨天雨幕中看起来像是舒适的容身之地,现在看来不过是污泥满地的篱笆院里的简易茅棚。穿着鲜艳衣衫的妇女和孩子用简陋的工具在划成块的潮湿黑土地里劳作。妇女们一直弯着腰,两腿直而有力地踩在土地上,沿着行株锄地、除草。因为弓着身子,全身只有腰部以上的部位可以动,臀部便僵硬而夸张地一直撅在那里。整座山谷中,除了妇女和孩子,还可以看见不少青烟袅袅的湿草火堆。自古以来丛林里的人就是这样生活的。林子里还有些简陋的小径,不知通往何处。

路的前方有个转角,光秃秃的路肩在那里变宽了,升高了,然后渐渐消失。六七只小家畜挤成一堆,在天空的衬托下像剪影般立在那里。其中有两个原来是赤裸着身体的小男孩。他们眼神呆滞、满身污泥,呆站在那里看着汽车开过。

琳达说:"我一直想给马丁买些白衣神父会[①]的雪茄。你知道这种雪茄吗?花几个先令就可以买一大捆。装在一种干蕉叶做的盒子里。"

[①] 一个天主教传教士社团,因其成员身着白袍而得名。

马丁,鲍比心想,马丁,我们是离家不远了。他说:"我以为马丁抽烟斗。"

"他喜欢这种雪茄。它们绝对够劲道。不过他并不吸下去,只是把烟吐出来,弄得房间里都是烟味。窗帘里,书架上,靠垫下,到处都是这个味道。过去上校那里有这种雪茄,但这次没看到,我也忘了问。我猜以前这些雪茄都是从湖那边弄来的。不过我想那些可怜的白衣神父们现在要烦心其他事情,顾不上做雪茄了。"

"我不知道。我不明白为什么形势对我们不利时,我们总觉得一切都要毁了。"

"在这一点上,上校看得很清楚。哦,亲爱的,局面真的很糟。"

"对此我无从评判,"鲍比说,"我从来不是那种抱有殖民宏图的人。"

"那地方衰败得厉害。我想大概是从他出了那次事故,伤了髋骨后开始的。客房真是糟糕,服务生也脏,他也不再照料自己了。"

"你一旦不关注他们,就变成这样了。"

琳达没有听出嘲讽之意。她没有回应,意味着认同此话。

鲍比接着说道:"我觉得只有非洲人才有体味。多丽丝·马歇尔怎么说来着?那个殖民智者是怎么总结文明和清洁的关系的?"

"哦,天哪,那个蒂莫西。"琳达说。

鲍比不愿谈这个话题。

琳达说:"我想一定有成百上千的人在世界各地那样生活着,在各种奇怪的地方。"

"他们原本过得不错。"

"那不是关键。"

"怎么说？"

"我认为你无意去理解。那真的很可怕。"她的声音哽咽，让鲍比吃了一惊。"那傻老头还想按自己的意志过下去。哦，天哪，他穿的衬衫脏极了。他需要人陪伴。他是对的。他们正伺机杀他。"

"如果我再待下去，我也会想杀他的。"

"我完全信不过那个叫彼得的家伙。太谄媚，太油滑了，还戴着那么时髦的手表。"

鲍比说："彼得是太整洁了，这我得承认。"

"上校在第一次世界大战中得过炮弹休克症[①]。他告诉我的。他说只要被人责骂几句他就会休克。责骂，这是他的原话。好在后来他康复了。"

这些话让鲍比不满，但是他忍住了没有表现出来。"他可以去南方。"他停顿了一下，又补充道："那里还有很多黑人等待他拯救。"

"你可以那样说。但现在的问题，不是他该去哪里。他收留彼得的时候，彼得还是个小男孩，刚离开丛林——"

"他培养了他，我知道。"

"哪怕真如你所说的，他们原本过得不错。但是他们迁去了多么陌生的地方啊：塞萨洛尼基，印度。"

"我们学得可真快。我倒不知道我们还往塞萨洛尼基派送移民。"

"我连塞萨洛尼基在哪里都不知道。他已经厌烦了湖景，厌烦了宾馆与住宅区，厌烦了自己的食物和一天要去三次的桌子。但他不会离开。他告诉我他已经好几个月没有迈出过院门了。"

[①] 一战期间大型高能炮弹出现，对很多士兵造成了生理与心理的伤害，导致其神经崩溃。

"这听起来可不妙。我曾有个姑姑,也那样。她生活在最黑暗时的英格兰。"

"但他还是相当有气度,还能供应五道菜的晚餐。"

她把语速放得很慢;他觉得她只是想让自己显得"神秘"。但他看见她的墨镜下流出了一行细细的泪水。他想说"我知道你为什么会哭",不过最后决定由她去,不助长她的情绪。

他集中起精神开车。崎岖的道路上,到处是军队卡车留下的痕迹:被捣烂的松软的路肩,宽大的车辙,转弯处的泥滩,偶尔还有被掀起的大石块,原先被埋之处是白的,其余地方则呈泥土色。路况依然还过得去,空荡荡的。

"我想你是对的,"琳达说,"过去的事情,就让它过去吧。"

∽

山谷连着山谷,路忽上忽下,但总体说来他们是在往下走。山谷越来越开阔,土壤的颜色渐渐浅了,岩石也渐少,阳光愈来愈炙热。民宅不全是草棚了,烂泥篱笆院也逐渐稀少,开始出现成片由木材和瓦楞板搭建的简易屋棚,偶尔还会看到被遗弃的房舍:一堆风吹雨淋的木板和生锈的瓦楞铁皮。

路旁出现了一个纪念碑模样的东西,像是战争纪念碑或饮用水喷泉,离近了才发现是水鹤[①]。黑色的管嘴从一大堵弧形混凝土斜切面里伸出,墙的顶端有一长条蓝白相间的马赛克,上面镶嵌着一些

[①] 一种输水装置,用于消防或铁路上给蒸汽机车加水。因其前端像鹤的头部而得名。

歪歪扭扭的词：公共建设和福利联合管理局 27-5-54。沿途还有七个这样的水鹤。然后是一条单调的道路。

从车上看出去，不时可以望见一条岩石河床的河，河道因地势趋于平坦而越来越开阔。接着山路出了丛林，上了河床旁高高筑起的水泥堤岸。河床里散落着沙岛、半露出水面的灌木丛，以及成堆的在阳光照耀下白花花的岩石，夹带着泥浆的河水在其间被分割成一道道狭窄的水流淌过。堤岸上没有护栏，这种开阔感让人觉得危险。

道路离开了河流，又钻入丛林。不过河水还是离得很近。当路再次弯弯绕绕转出丛林，再次沿河道而行的时候，鲍比和琳达看见宽阔的水泥堤岸上有个士兵，他戴着深红色的贝雷帽，站在明晃晃的日头下。在身后大河的衬托下，他的卡其布制服和黑亮的脸的质感形成强烈的对比，彰显了他的存在。

他朝他们的车挥了挥手，身子微微前倾，穿着锃亮靴子的双脚并拢着。山谷里劳作的非洲人往往很瘦，衣衫褴褛。而这个士兵则膀粗腰圆，被熨烫过的制服包得紧紧的。他很清楚自己的不同，清楚制服和部队伙食带给他的变化。他挥手的动作显得笨拙而慌乱，但还是带着权威，微笑的圆脸上流露着自信。

鲍比在满是石块的路面上将车开得很慢。

琳达说："他像是个和善的胖家伙。"

那个非洲士兵仍微笑着挥手，手腕带动手掌摇晃。鲍比没有停车。非洲人垂下手，脸上一片茫然。

鲍比瞥了一眼晃动的后视镜，一时间为那种开阔和危险感而眩晕：没有护栏的高高堤岸在车后倾斜着，在身边疾驰而过。他转移视线,看着地面。

"我不喜欢他看我们的眼神,"琳达说,"我猜他现在正打电话给他那些也发胖了的朋友们,他们会在某个路障处等着我们。我猜他现在肯定迫不及待地要把这个消息传出去。"

"我通常会让非洲人搭顺风车。"

"我没有阻止你。"

"这是什么意思,你没有阻止我?"

"就是我说的那意思。随便在什么地方他们都可以认出你,你穿着这黄色的本地衬衫。"

"看在上帝的分上。"

他本已将汽车减速,此刻,带着点疯狂,他猛踩油门。

"我想可能是因为他们不识字,"琳达说,"所以感觉特别敏锐。你知道这一点在我们大院附近一带很常见。有一天马丁和我正开着车,我们看到多丽丝·马歇尔家的男仆,或者该称之为管家,像往常一样喝得烂醉在草地上瞎滚。一看见我们,他立刻冲到路上挥手让我们停车。马丁想停,我不想。那个喝醉了的男仆在五十至一百英尺的距离外,听见了我们的对话,回去后一字不落地复述给多丽丝·马歇尔听。多丽丝很不高兴,用她那口南非腔抱怨说我怎么伤害了她管家的感情。"

鲍比踩下刹车。车停下,他紧紧握住方向盘,身体伏在上面。

"哦,鲍比。你别当真。"

他闭上眼睛,然后又睁开。

"真的,你别当真。你不会真的想要开回去让他搭车吧?"

但他心中,隐隐约约是这么想的。

"那样做太荒谬了。"

"我想起今天上午我有件事情要做,"鲍比说,"我应该给欧谷纳·旺葛-布代尔或是布索葛-科索罗打个电话。我刚刚想起来。"

她接受了这个解释。"我想他们今天未必上班。"

鲍比把手放在引擎开关上。

远处平原上传来微弱的直升机的声响,随着风时断时续,渐渐清晰。鲍比打开引擎,那声音也就听不见了。

∞

他们朝着平原驶去,直升机的声响时远时近,汽车的引擎声和颠簸声已经盖不住它。那条河看不见了,不过周围的土地都像河床一样被漂洗过了似的。路旁有零星的高脚棚屋出现。仙人掌开着花,投下黑色的阴影。路变得越来越沙化,满是凹陷的车辙,转弯的地方净是被车轮溅起的散沙。这是一片古老而枯竭的土地,却依然有人在此安身。

有两个人跑到了路中间,但有可能只是两个男孩。他们赤裸着,从头到脚沾着白色的粉末,白得像岩石,白得像高大的仙人掌虬屈斑驳的根茎,白得像根部从散碎的土壤里露出来的树木的枯枝。不过是四五秒钟的时间,这两个白色的人影已经从石块遍地的公路边跑回到了满是灌木和石块的荒野中,步伐轻而慢。

或许这本是正常的步履;或许他们只是被汽车吓到了;或许是因为涂上了白色,遮盖住了脸,甚至说是遮盖住了赤裸,他们才显得特别轻盈、虚幻;也或许是因为汽车的噪声盖过了他们的喊声和脚步声。

如鬼魅般转瞬即逝,没有留下任何纷扰:鲍比还在努力地排除引擎干扰,分辨直升机的动静,所以没去留意那两个涂着白粉的男人抑或男孩究竟跑到阳光遍野、碎石满地的荒野中的何处去了。琳达也没有留意。其间她和鲍比也没有说话。片刻之后,鲍比才发现他在倾听的直升机,已经飞远,听不见了。

现在,他们已经完全离开了山区,只在后视镜里可以看到洒满阳光的平原边那连绵起伏的青色群山。路边开始出现农场,围着篱笆的田地、十字路口的贫民窟、灰扑扑的院子里的茅屋,以及两三家木板搭就的店铺,木板涂料剥落,门上张贴的广告也已褪色,门框变形,室内黑暗。有一辆印度人驾驶的油车开过,他们减慢了速度让行。这是他们离开宾馆后碰到的第一辆汽车,不过接着又陆陆续续出现了很多:非洲人驾驶的旧卡车,旧汽车。路面又是柏油的了。他们开进了一个市集小镇。

弯弯曲曲的道路旁零星散布着赭红色的小办公楼,这些建筑物之间的地都还空着。这个镇子的大部分土地其实都是荒地,像被侵蚀的河床一样裸露着。这些建筑是意大利风格的,带着一丝南美格调。建筑物的外墙像是长在泥地里,溅满了泥点,墙面上抹着粗糙的石膏混凝土,样子非常原始。歪斜的电线杆,垂荡的电线,破损的柏油路面,杂草丛生的人行道,飞扬的尘土,遍地的垃圾,非洲产自行车,破破烂烂的卡车和小汽车,充当公共汽车站的小棚子:这一切都说明小镇一度的规划并没有实现,不过时下它依然运转着。

一座灰扑扑的公园里长着高大的尤加利树,不少非洲人在里面或坐或蹲。一个市场里有座小钟楼。有个摊位上挂满了卖给非洲人的衣服，衣服挂在衣架上，一件件纵横交错，使这个摊子看起来像是一整张在风中飘摇的旧地毯。钟楼的钟下有几个用水泥砌在赭色底上的红词：集市1951。

过了小镇，路又变得空荡荡的。前方如此空旷，空气如此清新，土地如此平坦荒芜。虽然还有几英里，他们已经可以看见通往南部总署高速干道的路，那儿也空荡荡的。车下的路又黑又宽又直，车子不再嘎嘎作响，倒是轮胎快速擦着地面发出嘶嘶声。气流从半开的车窗里强劲地穿过。

"你感觉到了吗？"鲍比有些兴奋，"在这里你会遇到侧风，非常危险。一不小心，人都能从路上吹走。"

阳光从挡风玻璃的最上端照进来。前一天在加油站弄的每道划痕都一清二楚。而在反着光的引擎盖上，细小的擦痕形成环状图案。

琳达说："我知道。"

视线越过闪亮的引擎盖，穿过热浪眺望远方，黑色的柏油路面消融成了一道光：路的一侧好像横七竖八地停着几辆车，出事故了。

琳达说："我就觉得顺畅得让人难以置信。路面越空畅，越容易发生事故。"

他们慢慢接近事故发生地，看到一辆灰色和品红色相间的大众小型公共汽车横向停在路上，一辆蓝色标致轿车停在路沿，还有一辆被撞坏了的深绿色标致客货两用车，车身倾侧，一半陷进了排水沟里。从车牌看，这车被非洲人用作长途出租车。除此之外，还有车辆停在左近。这就是事故现场了：刚刚发生，被毁的车辆令人触目惊心，感慨生命是如此脆弱。

鲍比放慢车速，一个穿着深色裤子、白衬衫的非洲人从小型公共汽车后走出来。鲍比停下车。

"有什么需要我们帮忙的吗？"

那个非洲人眯缝起眼睛瞅着鲍比车上亮闪闪的挡风玻璃，犹豫地看着鲍比和琳达，没有回答。

鲍比沿着可怕的残骸慢慢将车开到前面，看到了一辆白色大众车，又停了车。这辆车的外观和所有白色大众车一样，和他们昨天遇见的那辆大众车一样，但车里出来的人既不白也不矮，而是一个高大结实的黑人，但不是非洲人的那种黑，身材也不同。他棱角分明的脸型和红润的面色说明他有着另一种血统，来自其他大陆，说其他语言。

琳达看着车子的残骸，寻找着血迹、尸体、鞋子和毯子之类。她马上看出这个黑人是了解情况的，于是将身体探出车窗，伸到阳光下，问道："发生了什么？"

他向琳达微笑并走近他们的车。

"一起致命的交通事故，"他说，"小心驾驶。"

他不是这个国家的人，说话明显带有美国黑人的口音。

他的微笑、口音和建议，使他的话充满了说服力。这种人性的温情让鲍比有些振奋。以前遇到非洲官员或警察在执行困难的任务时，作为无辜的白人，他总能体会到一种感伤，而这次他的感触非感伤所能形容。他急于表现出自己的听从和回应，小心翼翼地开着车从黑色路面上乍然出现又乍然消失的歪扭的黑色轮胎打滑印迹上开过。阳光从刮花了的挡风玻璃的最上端直射下来；他意识到这强光造成的眼花是事故的罪魁祸首，赶紧将遮阳板放下。

后视镜里可以看见客货两用车和小型公共汽车周围的情况。人似乎要比鲍比刚才经过时注意到的多。不过道路开始拐弯,很快就什么都看不见了。

前方停了四五辆军用卡车,车轴离平坦的路面很有一段距离。卡车旁和路沿外的草地上,浅沟外和远处荒地矮小的树木下,都站着挎来复枪的士兵。鲍比降低车速,以表明他没有什么好躲藏的。

所有的士兵都转头看他们的车子。深绿色的军帽下他们那黝黑的脸庞油腻腻的。那些站在路边的士兵像是皱着眉,鼓起的腮帮子把眼睛挤成了一条缝。他们昨天沿着湖滨大街神思恍惚地跑步时,额头是光洁的,现在则紧皱着,挤在两道几乎是光秃秃的眉毛之间。现在他们手中有枪,而除了他们,任何人都没有枪。浅沟那一边树荫下的士兵们也微笑地看着他们的车。

鲍比握着方向盘的一只手抬起,草草一挥,没有得到任何回应。所有的士兵,微笑的、皱眉的,都只依旧盯着他们的车。

琳达说:"刚才那儿不是意外。"

鲍比开始加速。

"鲍比,他们杀了国王。那是国王。"

前方的路面又黑又直,轮胎擦着湿滑的地发出嘶嘶声。

"那是国王。他们杀了国王。"

"我不知道。"鲍比说。

"那些士兵都知道,所以他们在狞笑。你看到他们的笑了吗?野蛮人。这些又胖又黑的野蛮人。我真受不了他们的那种笑。"

"国王也是黑人。"

"鲍比,别再让我谈论这件事了。"

"我都不清楚我们在谈什么。情况可能像那个人讲的,是一起意外事故。"

"要是那样倒好。你知道吗,我觉得那只是个玩笑。他们说过他乔装打扮,搭出租车逃跑。"

"他一定在附近什么地方上了车。在没有设路障的地方。"

"首都的人都说他会这么做。我还觉得那是一个玩笑。他真的那么做了,往这边逃了。"

"当然,什么分裂啦,独立啦之类,全是扯淡。顺便说一句,这些一直都是西蒙·鲁贝罗的一己之见。国王其实不过个常年生活在伦敦的花花公子。他在那里倒唬住了很多人。但是我不得不遗憾地说,他就是个十足的蠢货。"

"每个人都这么说。这大概也是我不信的原因。我觉得他不至于没用到那个地步。剑桥口音也好,伦敦腔也好,我觉得那都不过是掩饰。"

"西蒙总是能冷静地统揽全局。我无意间得知西蒙非常希望这次行动由警方独挑。"

"不过我们总觉得这些人能够秘密地脱身,能够藏到灌木丛里去。毕竟他是个非洲人,还是个国王。我觉得派直升机,以及让白人开飞机,都是很荒谬的决定。"

"是的,"鲍比说,"那些外国佬害了他。"语气中的愤懑让他自己都吃了一惊,但这愤怒其实不针对任何一个人。他冷静了一下。"那些外国佬害了他,"他重复了一遍,"我希望这消息传回伦敦,希望他那些聪明的朋友也会觉得事有蹊跷。"

他依然把车开得很快,但不再像赛车一般。

他说:"我应该给欧谷纳·旺葛-布代尔打个电话。他应该能帮我们过了宵禁这一关。不过我觉得我们应该不会有什么麻烦,能控制好时间在宵禁前赶到。"

"你知道他们怎么说非洲的吗?"琳达说,"你大老远地往一个地方赶,到了之后却发现无事可做。不过我得说,我开始觉得这次能回到政府大院就是万幸了。"

前方开阔起来,地平线下沉了。远方是淡青色的低矮群山,几乎融进了天空中。稍近处是一座座奇形怪状的孤立的岩山,颜色深一点也绿一点,不过在雾霭中依然模糊。那正是南部总署,国王领地的标志。

"豹冈。"琳达说。

"那是我最喜欢的景点之一。"

"像约翰·福特①拍摄的西部片。"

"电影真是无处不在啊。对我来说它就是非洲。接下来的这几个星期,政府大院里肯定愚蠢的流言满天飞,外国报道里肯定也会出现各种见解。如果这些人当真在意这里的情况,出现那样的现象我倒也不会介意。"

"我不知道我会不会介意。糟就糟在这里。我不知道我在想什么。我只知道我想回到政府大院。"

尽管车速不慢,但一段时间后,景色依然没有什么变化,那些山冈看起来还是那么遥远。琳达说:"你说他们为什么叫它豹冈?"

鲍比注意到她的声音变了,带着刻意的神秘感。他没有回答。

她说:"我有一次看到一头死去的豹子。"

---

①约翰·福特(1894−1973),美国著名导演,四度获奥斯卡最佳导演奖。

鲍比专心开着车。

"那是在西非。它的上下牙之间垂着长长的红舌头。有人把它抬进来的时候,我想去摸摸它,看它是否还有体温。不过你绝对不能那么做,因为上面全是虱子。后来有人开始剥它的皮。没了皮之后,它像个穿着紧身衣的芭蕾舞演员,那身肌肉简直让人难以置信。那些都要被切开、丢弃,放在火上烧。第二天早晨起床的时候我还想:'我要去看看那头豹子。'我把剥皮的事情忘了。"

鲍比说:"我想他们不会剥了国王的皮。"

"我无法忍受那些士兵狞笑的样子。你见过他们的狞笑吗?政变的时候你还没来,八十个海军从天而降。只有八十个,那些狞笑的士兵就扔下枪支,扯去军装,赤身裸体逃进了丛林。那时候他们还没有胖成现在的样子,还能跑。机场里的场面很滑稽。政府大院里的每一个人都在机场。但是那些海军并不向我们招手,他们跳下飞机,握着枪跑步穿过鼓掌的人群。"

"我听说过,"鲍比说,"我想非洲人也没有忘记,不过他们不会觉得这事滑稽。你要知道,除了比利时人和刚果人,他们最害怕的就是这白人从天而降了。"

"萨米·奇森伊也是这么告诉我的。"

"他们很多人都认为国王就是想要这样。"

"我和上校的想法一样。我觉得我应该站出来做些什么事情帮助国王。但我后来知道那样做没有道理。"

"正是如此。那不是你的事,也不是我的事。他们得自己解决。你知道吗,他差点成功了。如果没有被发现,再过九十分钟左右他就能赶到岸边渡过河去对岸。"

"哦,我的上帝。你的意思是,他们一直守在湖边等他?他们肯定等了一整个晚上。等消息传开了,南部总署肯定乱成一团。"

"我想他们会等上一两天再宣布。"

"我再也不想离开政府大院了。"

"这对你来说可是个大改变。"

"当然,"琳达回应他的挑衅,"士兵们说不定此刻正在那里横冲直撞地闹事呢。"

开阔的视野消失了,前方不再一望无垠,而是时有阻挡。出现了更多的树,更多的转弯。他们经过了被分割的小块田地与商店、茅屋,那是一个村庄,可一个人影也没有。

"从到这里的第一天起,我就恨这里,"琳达说,"我觉得我没有权利待在这些人中间。一切都太容易了。他们让事情变得太容易了。这完全不是我想要的。"

鲍比说:"你知道你为什么来这里。"

"他们派吉米·鲁汉基瑞到机场来接我们。四十英里的路程,我得和吉米没话找话说。和有教养的人谈话真累,像和自己玩象棋:每步棋都是你在下。一路上我看见的就是那些可怕的小茅屋。我的内心在尖叫。我知道待在这里我是不会开心的。第一天他们把我们安排在一个很脏的房间里住,他们管那里叫招待所。因为马丁没有足够的积分。那时我们不知道积分这回事。如果让马丁生活在积分制度下,那不管是什么,肯定永远不够用。"

"你们还算好啦。"鲍比说。

"我们隔壁房间有个女孩在哭,那还只是下午。我真的吓坏了。我还从来没有那样渴望做一件事。那天下午我满脑子都想着要回去,到机场坐下一班飞机返回。"

"那你怎么没走？"

"我和萨米·奇森伊开车出去，一路彬彬有礼地谈着话。看到一个赤裸的野蛮人拖着足有一英尺长的阴茎，你得假装没看到。看到两个人涂满白粉，光着身子在高速路上奔跑，你也什么都不能说。萨米·奇森伊在一个会议上读一篇有关广播的论文，里面有一整段文字都是抄袭 T. S. 艾略特①的，有那么多人可以抄，他偏偏抄艾略特的。你也什么都不说，什么都不能说。在外面，你不断地壮胆再壮胆。在大院里你东扯西谈。每个人都在说谎，说谎，说谎。"

"你知道你为什么来这里，就没有什么好抱怨的。"

"这是他们的国家。但这也是你的生活。到最后你都不知道自己的感受，只知道要平平安安地待在大院里。"

"可你来这里是为了自由。你很轻松地就适应了，记得吗？"

"毫无疑问，我们对这些事情的看法有分歧，鲍比。"

"不过，现在你怎么想已经不重要了。"

"在大院里，每天晚上你都可以听见他们扯着嗓门鬼哭狼嚎。你知道那是他们在大院外面揍人，把人揍得半死不活。每个星期都有一长串的死亡名单，有的死者连个名字都没有。你要么躲开，要么拿着鞭子加入他们。任何中立立场都是可笑的。"

"你在说马丁还是上校？我跟不上你了，琳达。在首都的那几个美好周末，美好的露天篝火。不知为什么我期待有更多的享受。琳达，你的品位实在让我震惊。'我很轻松地就适应了'。说得多漂

---

① T. S. 艾略特（1888-1965），英国著名诗人、评论家、剧作家。

亮，不过如果我们遇到的人都和我们一样，那谁都没有错。你们都在读同样的书。当然，我们读了很多书，是吧？置身于野蛮人之中，我们必须严防我们的脑子生锈。"

"鲍比，这可不像你会说的话。"

"我没有资格，是不是？你该早点告诉我的。但是我本以为你需要一个男仆来散布消息，以为你需要有个人因为你的叫床而兴奋。"

"那是多丽丝·马歇尔的荒唐谣言之一。"

"'让鲍比来见证。他是丹尼斯·马歇尔的人，'"鲍比的头上下晃动，"'让我们找鲍比来。你可以对他为所欲为。''鲍比，你这件衬衫不错啊。'很风趣。但是你看错了人。"

"你在胡说八道。"

"是吗？"他右手离开方向盘抬起，拍了拍脑袋。"我注意到了所有细节。都摆在那里。"

"我一直觉得你是个浪漫的人，鲍比。"

"你看错了人。"

"我希望事情如你所说的那样。你不可能对大院里的人观察得那么仔细。"

"问题就在这里。你不能指望大家都和你一样，这不是谁的错。"

"我们到此为止吧，鲍比。我收回所有的话。"

"你提到了野蛮人和鞭子。"

"我收回。"

"很多人和你一样，琳达。我们要严防我们的脑子生锈。我们置身于野蛮人中间，需要文化活动。处在这些腌臜的野蛮人之中，我们必须提醒自己,我们还是有这点魅力的。我们每天都用阴道祛味剂了吗?"

"这太荒唐了。"

"用了吗?用了吗?我们用什么牌子的呢?性感女郎?冷艳女郎?清新女孩?女孩清新?你什么都不是。你不过是个烂货。像你这样的人有成千上万,还会出来成千上万。'我很轻松地就适应了','希望他们还没把他那些可怜的妻子怎么样'。真不懂,你把自己当作什么人物了,又凭什么觉得你的想法很重要。"

她靠上椅背,看着窗外。又经过一个村庄:灰蒙蒙的小窝棚,后院的热带植物,一条泥土小岔路,它的远方是太阳、灰尘与树。过了村庄,公路旁又是满目的灌木丛。

"你这样的人成千上万。马丁也一样。你们什么也不是。"

"请停下车。我要下车。我什么也不想说。请停下车。"

他刹住车,车轮在滚烫的路面上发出刺耳的声音。穿过车窗的风止息了,引擎富有节奏的声响也默然了。树木投下的浓荫越过沟渠。天空炽热而高远。

琳达说:"你说得对。这不是个好主意。"

"你是个傻瓜。你会有麻烦的。"

"我确实很傻。"

"这是你的主意,记住。"

"我会另作安排。我会叫一辆出租车或用别的什么办法。"

她转过身去开车门。他看到她背后的衬衫都湿了,这才察觉自己的衬衫也湿了,感到了凉意。琳达下了车站在路上,一时间似乎失去了方向感,表情被墨镜遮住了。她稳了稳身子。鲍比见她朝着刚刚路过的村庄方向走去。

"你的行李箱。"鲍比喊道。

她没有转身。"你拿去好了。"

他打开车门，站到路上，觉得路依然在移动。在凝滞而闷热的空气中，他开始犯晕，感觉脑袋沉重，像要爆炸似的。

"琳达！"

她仍旧往前走，步伐不大但很利落。她低着头，走在路基颇高的空荡荡的高速公路上，显得如此格格不入。那裤子和衬衫的颜色突然显得十分鲜艳、扎眼，在公路、田野和天空之间，这抹亮色与整个背景变得如同彩色照片，有种不真实的感觉。

他坐回汽车，砰地关上车门，把车开走了。干燥的手掌在方向盘上摩擦着，眼睛审视着前方黑色的路面，感受正被阳光照射的引擎盖投掷过来的热浪，那儿反射出一个带着刮痕的灿烂圆环。

∞

几分钟后，他看着西斜的太阳、黑色的树影、空旷的原野、空荡荡的汽车，听着引擎的咆哮声和风声，竟觉得如置身梦魇之中。上校和宾馆，河床边的士兵，抹着白粉、像满身斑纹的动物那样猛地跳到路中间的男孩，以及像慢镜头一样无声地在公路上行走的琳达，每一个画面都清清楚楚地依次出现，却都像是他想象出来的一般。

他需要冷静。意识到这一点，他就冷静多了。梦魇的感觉转而变成了对自己狂暴态度的反省和一种危险逼近的预感。他孤身一人，希望受到报复。但他还是拼命开车。危险潜在路的尽头,危险潜在他的孤独中。但他任凭时间流逝。

车子跳起来,然后重重落到地面,有那么一瞬方向盘脱离了他的手。是路面在这里塌陷了。薄薄的柏油层被午后的烈日晒得发软,融化了似的忽而鼓起忽而瘪下去。鲍比认得这段路,他把脚从油门上挪开。车子又蹦了一下,有点打滑,但是他还能控制住。他停下车,再次意识到四周的静寂、光线和热浪。

他往回开。公路依然阒无人迹。在黏湿的柏油上,他看见他刚才留下的车辙。那会儿在惊慌之中,公路和田野像是他想象出来似的。现在往回开,他吃惊地发现那景象一一再现,原来他记得那么清楚,记得那么多。他的车留下的印迹很正常,很完美。

高速公路上没有琳达的身影。公路一侧的那个小村庄,家家户户好像都关紧门窗撤走了似的。鲍比鸣喇叭也没有人出来。有两三家商店,都是歪歪扭扭的木结构,并且和光秃秃、灰蒙蒙的院子一个颜色。紧闭的门上钉着一块块白铁皮的广告板,铁皮上的色彩被晒得只剩黑色和淡黄色。板上画着一个包头巾的非洲女子满脸笑容地举着一罐湿疹软膏,还有一个满脸笑容的非洲男子抽着香烟。

鲍比驱车拐进村子的土路,一阵尘土随之扬起。后视镜里霎时只见滚滚飞尘,像是猛火升腾起的黄色烟雾。鲍比关上车窗,继续往前开,但尘土抹去了早先见过的灌木丛、高大树木和一栋无人居住的木棚屋,车厢里也越来越灰。他看见一个废弃物堆放场上有一座瓦楞板搭建的大棚屋,陈年而厚实的黑色油垢上蒙着灰。旁边干硬的土地上,长着两三株灌木,后面有一幢白色的水泥平房,悬在几根低矮的柱子上,暴晒在午后的阳光下。

鲍比停车，摇下车窗玻璃。尘土在车身周围翻腾。鲍比又摁响喇叭，一个瘦高个儿的印度小伙子打开了平房的前门。他看到汽车，点头招呼。鲍比有些犹豫。那小伙儿仍站在那外廊和房间之间，似在鲍比和屋内的某个人之间举棋不定。

鲍比走进平房。外廊上，空气吸收了白墙反射的阳光和地板蒸腾出的热量而变得火炉般滚烫，廊上空无一人。在窒闷的小客厅里，在纸花、平装书、镀铬金属架椅子和黄铜色的塑料印度教神像之间，琳达像是在喝茶。她正龇牙嚼着一颗腌辣椒。

鲍比没有理会收留了琳达的中年印度人，直接对琳达说："我们的时间不多了。"

琳达说："我在喝茶。"

"好吧，我看我们没那么赶。我看我也喝点茶吧。"

"好的，好的。"中年印度人说着，走出房间去备茶。

鲍比、琳达和那个高个小伙子都没有说话。房间里很热。琳达脸红彤彤的。鲍比开始出汗。一个穿绿色纱丽的年轻女子端着一碟腌辣椒和一个空杯走进来，然后又出去了。

"你的房子不错。"那个中年人回到房间后，鲍比说。

"麦卡特兰德太太，"印度人坐下来，晃着腿说，"她去南方之前把这里匆匆转卖了。房子，家具，书，生意，所有的东西。"

鲍比回答："这些书不错。"

"你买几本去？"那个印度人脚不晃了，朝着书柜俯下身去，用左手抽出几本书来。"给。"

鲍比摇摇头。"你也要去南方？"

男人咔咔笑了起来，把书推回原处。"我在考虑去美国做服装生意。或者开罗。我正筹划在开罗开一个果汁店。"

"那是什么?"

"那些埃及人非常爱喝鲜榨果汁。我一旦能把资金抽出来,就去那里。我兄弟已经去了。你打算去哪里?"

"我住在这里,"鲍比说,"我是名政府官员。"

印度人渐渐停止晃腿,又咻咻地笑着。

琳达站起来。"我想我们该出发了。"

鲍比笑着,抿了一口茶。

"你认识麦卡特兰德先生吗?"过了一会儿,那个印度人问。

"不认识。"鲍比边说边站了起来。

"他很年轻的时候就死了。"印度人说着,跟鲍比和琳达走到院子里尘土飞扬的土路上。"他是个很出色的赛车手。他以前常常一大早,以一百英里的时速从这里开车去首都。"

鲍比慢慢地走着,抬头看着天空,没有理会向他们挥手道别的印度人。他说:"我们现在必须要做的是在宵禁前赶回南部总署。"

他们上了车。那个印度人站在外廊上看着他们在院子里倒车。尘土再次翻腾。车子开动后,尘土蒙住了路面。

琳达说:"你相信那个人开到首都时速是一百英里吗?"

"你相信?"

"我在想他为什么要把这事告诉我们。"

路口的商店还像先前一样关着门,空无一人。白铁皮广告板上的黑人还是露着笑。屋檐下的影子更长了。

上了高速公路,他们摇下车窗。阳光透过刮花的、满是灰尘的挡风玻璃斜斜地射进车厢。车厢里所有地方都盖上了一层灰,仪表盘上每一粒尘土都被阳光照得投下一个细小的影子。路右边晒软了的柏油路面上，鲍比看见一道他折回村子时留下的车辙。其他车印都被一种更粗的车印盖上了。不止一辆重型车经过这里，基本都是靠左行驶，去往南部总署。

鲍勃小心地驾驶着车。再次来到那段塌陷的路面时，他发现起伏的路面上柏油都晒化了，热气蒸腾。这里就是他先前停下来的地方：掉头时留下的车辙还在。

"我们是不是太晚了？"琳达问。

"我们只不过浪费了半个小时。不过我想如果你朝他们抛个甜甜的微笑，他们也许会请我们喝杯茶的。"

他们都笑了笑，仿佛两人都赢了似的。

那微笑挂在两人的脸上，然后就僵在了那里。他们就带着这表情，在炽热的午后阳光中赶路。路的右侧开始有树影斜斜地投射，落在车子上。陡然间，他们再次看到了豹冈，但这次谁都没有作声。这次豹冈更近了也显得更大了，一半在阳光里，一半在阴影中。垂直而下的岩壁看似不再险峻，而草木丛生的斜坡那锯齿状的轮廓则更为突显。

琳达说："你真的相信他会去开罗？"

"他在说谎，"鲍比说，"每个人都在说谎。"

琳达莞尔一笑。

然后，她就看到了鲍比注视着路的尽头。那儿有一队军用卡车，一路上的那些车辙正是这些车留下的。

9

他减速。加速。又减速。他和琳达都没有说话。灌木丛掩映下的豹冈始终在路的右侧,树木林立的斜坡笼罩在阴影中。高速公路旁的植被发生了细微的改变。虽然仍以灌木为主,没有农作物,但是渐渐呈现出热带雨林的葱郁。离卡车越来越近。一共有五辆,它们的影子正好投到路的边缘,在柏油路面之外不规整的地面上参差不齐。偶尔没有植被的遮挡,鲍比和琳达可以看到豹冈外是一派热带风貌。那里就是国王和他的臣民们的领地,一片阳光灿然的广袤森林,看似渺无人烟,只有零星的模糊的深棕色,表明了村庄的存在。

坐在最后一辆卡车最后一排的士兵们,戴绿色军帽,握来复枪,凶巴巴地瞪眼看着他们的车。后面的一张张面孔都在阴影中。鲍比看到了司机:戴着帽子的侧影在卡车后视镜里晃动不已,在炫目的背景中只是一个普通的黑色轮廓。当卡车剧烈颠簸或是他扭头去看后视镜和鲍比时,黄色的阳光才会照到他的脸上。

有那么一会儿鲍比和琳达始终就这样和最后那辆卡车保持着一定的距离。卡车车厢后挡板内，佩戴着条纹状军徽的士兵依然怒目相向。鲍比时不时感觉到那司机在看他；那张脸不断地在后视镜里闪现。

琳达说："按这个速度开的话，我们肯定来不及了。"

"在这条路上要超车可不容易，"鲍比说，"转弯太多了。"

他们继续前行。士兵继续瞪着他们。

琳达说："或许我们惹恼他们了。"

鲍比没有笑。

他们来到一个笔直的路段，路面相当干净。

鲍比鸣了喇叭，将车子开出去准备超车。士兵们变得警觉起来。鲍比边加速，边抬头看了一眼那些士兵，但马上移开视线，因为阳光太刺眼了。他开始超车，再次摁响喇叭。卡车往右移动。鲍比的眼前一片明晃晃的光斑。他加速。车子几乎要离开路面了。卡车还在往路的右边移。鲍比的车和卡车在并行。他感觉到车子的右轮开在了路肩上。边上就是沟渠了。他踩了刹车，车子震了一下，弹了起来。卡车加速开到了他们前面。那些士兵露出了友好的微笑。卡车后视镜里露出了司机带着嘲笑的脸；突然之间，看得清那个司机的脸了，旋即又不见了。他们的车斜停在路沿上。卡车越开越远，重又排成了一条线。士兵们的脸看不清楚了。一条裹着卡其布衣服的胳膊从驾驶室伸出来，手腕一动，手笨拙地挥了挥：这是超车的手势。

琳达说："碰到军队你就装死。"

鲍比的衬衫后背湿透了，脸像火在烧一般。他感觉到了引擎、

271

引擎盖以及挡风玻璃放射出来的热气。空气是热的，车厢地板也是热的。他浑身上下都在冒汗，眼睛刺痛，裤子粘着腿。

他发动汽车驶离了路沿，再次沿着卡车印在柔软柏油上厚实的拉链般的轮胎印往前开。车开得很慢，一直没超过三十五英里每小时。他们时不时地看到那些卡车。豹冈变得越来越大，它那蒙着阴影的树木遍布的斜坡在雾霭笼罩下显得柔和起来。阳光正变得朦胧。

高速公路变得开阔了，前面一连数英里都是笔直得如同通往罗马的大道，在一座座山峦间摆荡。远处的军用卡车变得很小，爬上山消失，然后又出现，开始爬另外一座。他们进入了国王的领地；这段高速公路是由一条古老的丛林道路改建而成的。几个世纪以来，国王的臣民以林木、泥土和芦苇为原材料，筑成了这样一条翻越山岭、穿过沼泽的笔直的道路。远远地，鲍比就看到国王领地的边界立着一栋粉刷过的小石屋和一个警察局。不过此刻，那旗杆上挂的已经不再是国王的旗帜，而是总统的旗帜。

在石屋附近，那几辆卡车驶离了公路，前方又变得空荡荡。但鲍比并没有因此而加速，因为这样做已经失去了意义。时间过了四点，宵禁开始了。他们应该很快就可以看到毗连成片的低矮的现代混凝土建筑物，它们安了玻璃、刷了彩色油漆，像珠串般艳丽。那是美国人建在丛林里、送给这个新国家的礼物，本是要用作学校的，极富象征意义地横跨国王和总统的领地。落成之后，有人过来参观，但从没投入使用。这里既没有过学生，也没有过老师，一直空无一人。今天，这里倒派上了用场。在建筑物前荒草重生的空地上，停满了卡车。卡车的阴影里站着一队肥胖的士兵。

这段路没有置放路障，也没有人挥手让他们停下。但鲍比还是停下了车；他的左边是学校、卡车和士兵，右边是公路以及路旁的石屋，上方飘荡着总统的旗帜。士兵们并没有看他们的车，石屋里也没有人出来。豹冈远处是大片葱郁的森林，在愈发浓重的雾霭中一直延伸至天际。

"我们在这里等他们吗？"琳达问。

鲍比没有回答。

"或许并没有宵禁。"琳达说。

有一个士兵在看他们。他和另外几个士兵站在卡车打开的后挡板旁，个头比身旁的人要矮些。他正拿着白铁皮杯喝水。

"也许上校弄错了。"琳达说。

"是吗？"鲍比说道。

那个士兵甩干杯子里的水，离开后挡板附近的同伴，慢慢朝他们的车走来。他剃着光头，笔挺的卡其布长裤在大肚子下方和两条圆滚滚的大腿摩擦处起了很多褶皱。他噘起肥厚的双颊，噘起双唇，身子侧向一方，小心翼翼地吐了口痰，以免唾液没清干净，面带笑容地看着汽车。

然后，他们就看见了俘虏。他们坐在地上。有几个趴着，大多数人都赤裸着身体。因为没有穿衣服，在灌木丛、小树和卡车斑驳的影子的投射下，他们倒像是穿了迷彩服般有了遮掩。这些俘虏黑皮肤上的黑眼睛依然灵活，但身体被禁锢住了，几乎不怎么动。他们是国王部落的人，身形苗条、骨架小巧、肤色极黑。他们本有穿衣服的习惯，也是这道路的修建者。但他们作为自由人的尊严，现在已经被剥夺了，他们被当成了丛林土著，落在了敌人手里。有些人被捆了起来，依丛林里的一贯做法，脖子并着脖子，三四个人一组,好像要被卖给奴隶贩子一样。所有俘虏的身上都有猪肝色的遭殴打的伤痕。有一两个人看上去奄奄一息。

那个士兵微笑着,湿答答的手拿着湿答答的白铁皮杯,走近了车子。

鲍比先摆出一个笑容,然后身子倾向琳达那一侧,同时左手将湿透的本地衬衫粘着左腋的部位扯了扯,问道:"你们的长官是谁?谁是你们头儿?"

琳达将目光从士兵们的身上移开,看着远处白色的石屋、旗帜、豹冈和迷迷蒙蒙的林地。

那个士兵肚子贴在了车门上,他温热的卡其布长裤的味道和鲍比左腋以及湿透了的黄衬衫后背上的汗味混在了一起。他打量了一下鲍比和琳达,又看看车里,然后语气柔和地说了些复杂的丛林话语。

"你们的头头是谁?"鲍比又问道。

"鲍比,我们继续开吧,"琳达说,"他们对我们没有兴趣。我们继续开吧。"

鲍比指着马路对面的石屋问:"头头,那里?"

士兵再次开口,这回是对着琳达说的,用的还是那种土著语。

琳达暴躁地回以"我听不懂",眼睛直视前方。

士兵的反应却是像被人扇了耳光似的。他窘迫地笑了笑,往后退了一步,摇摇白铁皮杯,板起脸放低了声音说:"卜懂[①],卜懂。"他低头看着车身、车门、车轮,仿佛在寻找什么,然后转身归队。

[①] 即"不懂",士兵的英语发音不准。

鲍比打开车门走出来。天凉了，汗湿的衬衫贴在背上飕飕发冷，脚下踩着的柏油路面却还是软的。这下他把那些俘房看得更清楚了，豹冈后那片森林里升腾起的烟雾也更清楚了。那不是雾霭，也不是傍晚的炊烟，而是丛林里的村庄在燃烧。刚才试图和他们对话的士兵在和同伙们说话。鲍比假装没看到。他的直觉是掉头驾车而去，直奔政府大院，但他克制住了冲动。他挥着右手，横穿明亮的公路，走到石屋前那个灰蒙蒙的院子里，走向石屋的影子中，然后从敞开着的门进去了。

一进门，他就知道自己犯错了，但已经来不及退出去。在凉飕飕的幽暗房间里，桌椅都推到了墙边，墙上绿色的公告牌上有一张总统的新肖像照，四周贴着关于车速、税费、通缉犯的通告，以及各种印刷或复印的名单。房间里没有政府官员，也没有警察。三个光头士兵坐在窗下水泥地板上，军帽搁在膝盖上。看到鲍比进来，他们都站了起来。

"我是政府的官员。"鲍比说。

"先生！"其中的一个士兵说。三个人都起立站好了。

"谁是你们的长官？头儿是谁？"

他们没有回答。这开头还不错，但鲍比不知道如何继续下去。

他们看出了鲍比的犹豫，不再紧张。放松下来后，他们脸上满是疑问。

站在中间的士兵说："没有头儿。"

鲍比觉得他用错了词。他看了看中间那个士兵，然后又看看右边那个最胖的，也就是刚才喊他先生的，说："这里是不是发放通行证？"

胖士兵鼓起腮帮子，挤着小眼睛，举起右手，手掌对着鲍比，放在面前慢慢摇了摇。

"没有通行证。"他说。

鲍比看着他说："旺葛－布代尔，我头儿。"然后脸上带着笑，双手在腹部比画着大肚子，并装出拖着肥胖身体的蹒跚模样。"布索葛－科索罗，我大老板。"

他们没有笑。

"布索葛－科索罗，"胖士兵一边说，一边审视着鲍比的面孔，并嚅动嘴唇和双颊，像是在酝酿唾沫，"布索葛－科索罗"。

"你们没有宵禁？"鲍比问。

"小——禁？"胖士兵说。

站在中间的士兵重复道："小——禁。"

"你们什么时候小——禁？四点？五点？六点？"

"五点，"胖士兵重复道，"六点。"

鲍比伸出手，指着腕表："四点，五点，还是六点？"

"你给我？"胖士兵抓住鲍比的手腕说。

黑色的皮肤压着肉粉色的皮肤：在场所有的眼睛都在看。

胖士兵用大拇指摩挲着手表表盘。他的眼神友善如女人的一般，腮帮子和嘴唇又开始嚅动。

中间的士兵解开上衣纽扣，拿出一包压瘪的、半满的烟。这就是广告板上那个咧嘴笑的非洲人抽的牌子。

外面，卡车开始发动。伴着说话声、呼喊声和靴子摩擦柏油路面的声音，驾驶室的车门砰地关上。卡车轰隆隆地慢慢开走了。

"我不能给你，"鲍比说，"我只有这一块。"

他开了个玩笑,他们都笑了。

"只有这一块。"胖士兵重复了一遍,放下鲍比的手腕。

"我走了。"鲍比说。

他朝门口走去,柏油路面上还有阳光,灰蒙蒙的院子里映着斜斜的影子,他的车子前已粘满小虫。

"伙计!"

他停下,这是他的过错。他转过身,面对着幽暗的房间。

说话的是中间的那个士兵。他递过一支香烟。烟很白,夹在中指和食指之间。

"我给你烟,伙计。"

"我不抽烟。"鲍比说。

"我给你,来,我给你。"

鲍比从门口的光亮处走向那几个士兵,情愿接下来的遭遇是发生在黑屋子里,而不是外面的众目睽睽之下。

那个士兵的手还伸着,手掌朝下,香烟垂直地夹在中指和食指之间。然后,他松开手指,香烟掉了下去,与此同时,那手掌仿佛直冲着鲍比的脸抓去,不料转而重重地落在他的下巴上。另一只手则扯住那件黄色的本地衬衫。

"我要告你。"鲍比一边后退一边说,"我要告你。"

另外两个士兵站在他身后,在他快倒地的时候架住了他,熟练地反绞住他的胳膊。前面的士兵似乎不是听了他的话而恼羞成怒,而是受衬衫撕裂的场面和声音的刺激,一而再再而三地撕扯鲍比的衬衫和贴身的背心,同时用先前夹烟的右手怒冲冲地抓向鲍比的脸,似乎想一把抓住他的鼻子、下巴和脸颊。

"我要告你。"鲍比说。

他的胳膊被反绞得更紧,整个身子被向前扔。倒在水泥地上后,他感到一双靴子重重地踩在他的背上、脖颈处与下颌上。他吃惊地看到另外那两个士兵的腿没有动。踩住他的是那个胖士兵。他咕哝着蹲下来,卡其布长裤紧紧地绷在腿上。他揪住他的头发,将他的脑袋砰砰地往地上撞,先是这边,然后是那边。鲍比知道自己的皮肤破了,但还是用眼角注意到另外两个士兵一动不动。

他本以为那个拿着香烟的士兵只是想羞辱他,扯光衣服修理他。对此他还抱有理解与同情交织的心态。但他们做得太过分了,现在鲍比觉得那个开口要手表的胖士兵是想要杀了他。他想:我必须保护自己,我必须装死。

鲍比沉沉地躺在地上,头侧扭,左臂护在上面。那双靴子踩着他的肋骨、腹部,又戳又踢。他努力保持不动。他觉得他没有动。平滑的水泥地面上细小的沙砾粘在他潮湿的皮肤上。他没有睁开眼睛,害怕发现自己看不见。然后他感到靴子重重地踩在了他的右手腕上,他本该号哭的,剧烈的疼痛感让他清楚地知道自己骨折了,意识到过去的生命中一直都很完整的东西被打碎了。但他抛开杂念,把注意力集中在手腕上。他觉得手腕麻木了,开始红肿。然后他又上路了,在一片明亮的景色中,提心吊胆地注意着车速、车辙和起伏的潮湿的路。

他醒过来了,觉得应该睁开眼睛。整张脸火辣辣地疼。他还能看见,昏暗的房间里穿卡其布长裤的腿不见了。他又等了一会儿,确定房间里没有其他人。他觉得自己必须马上行动,趁着还清醒、还有一点力气。他坐起来,用手腕撑住地,忘记了刚受的伤。他站起身，还站得稳。他没有看自己。他开始走了，没有忘记去看地面，但没看到那个士兵扔下的那根香烟。

室外的光线变得昏黄了一些，地上的影子长了也浅了。灰尘更大，烟雾更浓。太阳照在一辆卡车的挡风玻璃上，照在学校的一扇窗户上。士兵们或蹲或坐地围着一堆堆树枝篝火，吃着白铁皮盘中的食物，喝着白铁皮杯中的酒，不急不慢、从容不迫；他们的眼神和声音都因享用食物而明快起来：这些丛林人，丛林中的王者，快要度过又一个幸运日了。他们身后不远处，阳光照射之下，那些被捆着的黑人俘虏躺在地上一动不动。

一个士兵看见了鲍比，便一直盯着他，两眼炯炯有神。目视前方的同时他对身旁的人说了些什么，整队士兵一齐看了过来。鲍比两手垂于身侧，站在门口，任由他们审视。后来他迈开步子向他的汽车走去。它还停在原地，在空旷的道路上挺扎眼的，轮子微微陷在柏油里。士兵们继续吃饭。

琳达依旧坐在座椅上，她俯身替鲍比打开车门。没有人追上来。引擎发动了，鲍比将受伤的右手搁在方向盘上。没有人出面阻止他们离开。在下午阳光的照耀下，挡风玻璃上的每一处刮痕都呈现出金色。豹冈那近于垂直的一侧崖壁也泛着金色，而在阴影中的另一侧则迷迷蒙蒙，半山腰以下的那片林木仿佛和山周围的丛林连成了片。

开了四五百码远后，在山顶上，他们遇到了关卡。一个手持来复枪、帽子把脸遮得一抹漆黑的士兵拦下了他们。他挥手的动作带着非洲人特有的笨拙。但他们还没来得及停下，路另一边一个穿着花衬衫、深色长裤，留着英式发型的人，就在示意他们继续往前开。

鲍比开进拦有白色路障的区域,又开出去,慢慢向前。路的那一侧停着几辆从南部总署开出来的车:标致出租车、破破烂烂的货车和非洲人的轿车。乘客们站在路沿,有的拿着复印的通行证,还有些人已经在草地上或坐或躺,衣服被撕烂了,半赤裸着。全副武装的士兵们在他们中间走来走去。人群中有几个妇女穿着爱德华七世时期[①]风格的衣服。自从传教士出现在国王的臣民中并将其教化之后,这里的女人但凡逢正式的场合或出远门,都会盛装打扮,不过穿的是非洲式布长裙。

公路依旧笔直,宽阔的柏油路面穿越丛林,从一座山头延伸到另一座山头。

琳达说:"我们休息一会儿吧,鲍比。"

他二话不说,把车停在路边。

她试着帮他拂去头发里的灰尘,整理破烂不堪的黄衬衫。她能做的也就是这些。他不让她碰他的脸。

她说:"你的手表摔坏了。"

鲍比合上沉重的眼皮,黑暗中,他突然为她感到难过,为这个像他一样在生活中遭遇诸多不顺的人感到难过。他想,她的手像护士的手。

他睁开眼睛,看到前方的路。他们继续前行。天空变成了深蓝色,光线越来越弱。丛林里,国王部落的村庄还在燃烧。

这些部落人曾经生活在丛林里古老而笔直的道路旁。他们通过这些道路,在丛林中扩张势力,直到第一批探险者出现。那些村落

[①] 即1901年至1909年间,当时流行奢华式样的服装。

互相离得很近，路上通常满是行人和骑自行车的人。但现在，路上渺无人迹，一座座村落也空空荡荡、死气沉沉，到处是焚烧过的痕迹。那些离大路比较近的村落几乎完全被烧毁了。

琳达说："不知道他们有没有烧了政府大院？"

那里是他们唯一能去的地方。

公路开始往下倾斜，燃烧的村落看不见了。这低陷的路段上，灌木丛高大而幽暗。他们驶入了森林，沿着开凿得笔直的黑色路面从两堵高墙般的树木间穿过，上上下下，不知不觉来到了高海拔处。鲍比的手腕很疼，眼皮越来越沉。然后突然间，眼前冒出一片白色，如同风暴来袭。成千上万只蝴蝶，雪片般从森林中飞出来，落在柏油路面上、草地上、树干上，飞在空中。无数只白蝴蝶，一拨接一拨，舞动着翅膀从林中飞出。这风暴持续着。它们被碾在车轮下，或扑在引擎盖滚热的铁皮上扇着翅膀死去，或粘在挡风玻璃上无法飞离。

琳达打开雨刷上的喷水装置，又启动了雨刷。

路开始上行。蝴蝶如同出现时那样，突然消失了。森林也到了尽头。头顶的天空已经呈现出最深的蓝色。他们看见远处小镇附近的村落还在燃烧，在转瞬即逝的暮色里看起来像是一串断断续续的灯火。

鲍比说："我想我的手腕一定是出问题了。"

"我真希望我会开车。"

他听出了琳达声音里的恐慌，不过他不在意。公路上依然空荡荡的，经过的村庄无一不惨遭损毁，坍塌的泥屋草棚仿佛成了丛林的一部分，瓦楞铁皮则成了废墟。不时可以看到一些女人孩子已经回到了这片废墟中。女人们有着国王部落的人特有的丰腴，依旧穿着爱德华七世时期式样的衣服，与环境格格不入。车子好像是在自动行驶。鲍比对车头灯照亮之处所见的一切都不觉得惊讶：那些被灯光照亮的、脸上充满了疲惫之色的妇女，就该在那儿；镇子郊外的小工业区就该亮着布告牌的灯；双重的高墙之后，昔日光线幽微的国王宫殿就该一片黑暗。

高墙已倾圮，里面也一片狼藉，到处是卡车、士兵和篝火。这个古老的地方，这片不到一百年前才有第一批冒险者到访并带来外面世界消息的丛林，现在遭到了第一次真正意义上的毁灭。宫殿的主体部分建于二十年代，是这里最早使用比芦苇和茅草坚固的材料建成的屋宇。

在宫殿和殖民小镇之间是一片开阔的混杂地带：路边旅馆，垃圾场，牧场，集市和贫民窟。这里几乎不见灯光。路标变得复杂起来：出现了各种批发仓库和交通灯。一些十字路口停着军用卡车和吉普车。车前灯有时还会照到士兵，照亮绿军帽和发亮的茫然的脸。但是没有人用笨拙的手势让鲍比停车。主干道上，英国籍的印度殖民者们所建的旧木屋群中，矗立着六栋三四层的水泥建筑物。有几家印度人开的家具店被洗劫一空。不过大部分商店都上着门板，安然无恙。

经过主干道后，小镇再次开阔起来：有一座公园，对面是闪着零星灯光的主居民区；有一个环岛，被士兵们把持；然后车子离开了小镇，驶进一片黑暗，朝着泛红光的天际，笔直向前，那儿是一处难以形容的非洲式聚居区：房屋、茅草棚、水鹤、停着破旧卡车的汽车修理场、商店、货摊，以及种植蔬菜的后院，一直延伸到政府大院的墙角下。这条道路通常很繁忙，只是夜晚这个时候很危险，因为常常有醉汉和刚出深山老林、尚未学会判断车速的非洲人出现。但眼下，路上空无一人。不过路面更加颠簸了，一方面是被雨水冲出了很多坑洼，另一方面是日间晒化的柏油一团团堆在一起又变硬，致使路面崎岖不平。每颠动一下，鲍比都觉得自己快倒下了。

大院的周围有道路和树木屏障般地环绕着。在一段短短的车道尽头是铁门，门的两根柱子上各亮着一盏球形灯，灯光昏暗。门关着；红白两色的木杆横在门口。鲍比停下车。一束手电筒的光几乎是擦着他的脸庞照过来，一阵目眩中他看到了不少卡车和士兵。

手电筒照着粘满黄白两色蝴蝶破碎躯体的挡风玻璃，最后落在贴于玻璃内侧的大院通行证上。

"晚上好，欢迎。先生，女士。"[1]

说话的是大院的一个守卫，他用他引以为傲的、独特的方言笑着和他们打招呼。他既不是国王部落的人，也不是总统部落的人。他来自另外一个国家。在南部总署，他是中立的，是旁观者，因此和他看守的大院一样平安无事。

大院安然无恙。士兵们是在保护它。木头横杆翘了起来，穿着红蓝两色旧式制服的守卫匆匆从门岗跑出来开门，像是急于让那些正在监视的士兵看到他的工作热情，告诉他们车里坐的是有地位的人。他将半扇门推开，扶住；车子进门时，他举手致敬，然后跑着将门关起。

大院的平面地图上打着灯光。人造庭院里每一条有名字的小径

---

[1] 原文为发音不准的法语。

也都亮着路灯。灿然灯光还照着树篱和花园。一些平房和公寓的窗户里亮着灯光,挂在墙上的树皮或草编织的工艺品隐约可辨。还有非洲绘画和书架。小小的俱乐部里挤满了人。

琳达说:"你的手腕怎么样?"

鲍比没有回答。琳达的声音愉快而轻松;他能听出她已经不惊慌了。大院是她的栖息地。她给大院带来了新闻。

∽

夜里,鲍比不时惊醒,在梦中,开车时的心态、路上遭遇的种种危险以及上绷带所带来的安全感轮番上演。晨光熹微的时候,他开始等待童仆卢克。先是用人房响起了收音机的声音,然后隔壁房间传来清脆的赤脚走路的声音,他彻底清醒了。那轻快的脚步声里似乎带着罪恶感。卢克蹑手蹑脚走进卧室,皱巴巴的卡其布长裤挂在胯部,裤管卷着,露出瘦小的脚踝。从卢克的步伐和起皱的白衬衫中,鲍比看出他昨晚一定喝醉了,并且是穿着这身衣服睡觉的。

卢克拉开窗帘,用因宿醉而粗重的嗓音说道:"今天早上蓝裙子去过花园了。"这是他们私下给大院里的一个美国太太起的绰号。她刚来不久,连着几星期都穿同一条蓝裙子。

然后卢克转过身,看到了鲍比。他愣在了那里,紧紧地咬住嘴唇。卢克来自附近的村落,是国王的子民。他了解总统军队的行径。他红红的眼睛瞪着,鼻孔张大了,瘦长的脸颤抖着,鼻子抽了抽,然后松开嘴唇。扑哧一声,伴着右脚轻快的颠动,他笑了出来。

然后,他迈着那矫捷的步子,去收拾鲍比带回来的衣服。但他不再小心翼翼，仿佛屋里就他一个人，毫无拘束。

鲍比心想，我得要离开这里。但大院是安全的，由士兵们守着大门。鲍比又想，我得要开了卢克。

尾声，摘自日记

卢克索的杂技团

这次我是坐飞机去埃及的,但途中在米兰停留。这本是出于生意上的原因。不过恰逢圣诞假期,不是谈生意的时间,我不得不在米兰等待假日结束。天气很糟,酒店里空荡荡的,很是凄凉。

一个夜晚,我在一家餐厅吃过晚饭后回到酒店,看到两个穿藏青色西装的中国人从酒店的餐厅里出来。我心想,我们三个亚洲人,都在这工业化的欧洲大陆上游荡着呢。但他们俩压根儿没有看我。他们有同伴:餐厅里走出另外三个中国人,其中两个是穿西装的小伙子,一个是穿着印花短上衣与休闲裤、神采奕奕的姑娘。然后又有五个中国人走了出来,都是生气勃勃的青年男女;接着又是六七个中国人。再往后我就数不过来了。一群中国人涌出餐厅,绕着铺了地毯的宽敞门厅,一边缓步走下台阶,一边轻声交谈着。

这群中国人总有一百来个吧,过了几分钟,酒店大堂才恢复平静。侍者们拿着餐巾站在餐厅门口,注视着涌出的人群,像是终于等到时机发出惊叹。又有两个中国人走出餐厅;他们之后没有别人了。这两个人都上了年纪，脸上有皱纹，个子不高，身材干瘦，戴着眼镜。其中瘦小的那个手里攥着一只鼓鼓囊囊的钱包，神情很不自然，好像重任在肩，紧张不安。侍者们个个挺直了腰板。手拿钱包的中国老人并没有试图做出潇洒的样子，而是迷惑地数着意大利纸币，分发了小费，口中道着谢，一一与侍者们握手。然后这两个中国人又向侍者们鞠了躬，走进了电梯。酒店大堂又变得了无生气。

"他们是杂技团的。"服务台的人说，他与那帮侍者一样流露出敬畏的神情，"从红色中国来的。他们来自红色中国。"

∽

我冒雪离开了米兰。在开罗，我住的酒店后面的死巷子里，孩子们穿着脏兮兮的长衫踢着足球，因为斋月的关系，他们一整天都没进食。那些咖啡馆里——它们比我印象中的更破败——西装革履的希腊人和黎巴嫩商人在看当地的法文和英文报纸，他们闷闷不乐地谈着本要在罗德西亚[①]进行的烟草买卖，现在成了非法行当。博物馆里依旧出没着那些对外界一无所知的埃及导游。而尼罗河的对岸，有了一家新建的希尔顿酒店。

但埃及终究发生了革命[②]。路上的标识现在都只剩下阿拉伯语的；如果你向烟草摊上的小贩买埃及香烟，他们会很生气，甚至会认为你

[①] 位于非洲南部的英国殖民地，其中的南罗德西亚于 1965 年宣布独立，1980 年后更名为津巴布韦。
[②] 指埃及七月革命。1952 年 7 月，由埃及自由军官组织执行委员会领导的民族民主革命推翻了法鲁克王朝，结束了英国的占领，成立埃及共和国。

在侮辱他们。当我在火车站打算乘车去南方时，看到一群晒得乌黑的士兵，他们让人想起那场与革命同时爆发的战争。他们从西奈执勤回来，在候车室的地板上或蹲着，或躺着。这群形容枯槁的人便是这片土地和这场革命的护卫者，但对于埃及人来说，他们只是普通的士兵和农民，对他们的漠视要比革命本身更古老、更根深蒂固。

一整天，农民们的土地在车窗外掠过：浑浊的河水、绿色的田野、沙漠、黑泥滩、汲水的桔槔，以及灰蒙蒙的小镇，破败的平顶房舍星罗棋布。这些景色和地理教科书中所描绘的埃及一模一样。太阳悬在灰色的天空中；这片土地给人年迈、沧桑的感觉。我在卢克索①下车时天色已经黑了。当晚，我去了卡纳克神庙。第一次参观在夜色中进行，不失为一个好选择。夜色把它和埃及的哀愁阻断：那些气势恢宏的柱子，即便在古代也已经是古迹了，这可都是尼罗河人的杰作啊。

⚮

那一年埃及没有硬币，只有纸币。所有的外币都很抢手。卢克索在革命前的王朝时代是王室贵族的冬季度假地，现在正在适应接待普通游客。在老冬宫酒店，身着白色长袍的肥硕黑人侍者无所事事地站在走廊上，他们告诉我，给我准备的房间过去是给阿迦汗住的。房间极为宽敞，摆放了很多古色古香的家具，还带一个阳台，能眺望到尼罗河与对岸低矮的沙丘。

---

①埃及古城，位于开罗以南700多公里的尼罗河畔，是埃及文化古迹集中的旅游胜地。

沙丘上墓穴林立。墓穴并不都是历代国王的，也不尽庄严肃穆。古代艺术家在记录某个地位稍逊的人的一生时，偶尔也会用更奔放的笔触：大河流淌，鱼跃鸟飞，珍馐美酒。艺术家们仔细研究过这片土地上的一切，将它们分类，升华成某种图案。他们的视角十分特殊，他们并不知晓其他土地的存在，只知道自己所拥有的一切是那么富庶、完美。浑浊的尼罗河只是水而已：画中的它是一个碧蓝的波浪图案，虽能看清，但很遥远，宛若神话中的河流。

墓穴里很热。导游，有时候也是守墓人，为了挣点皮阿斯特[①]，弓着身子用阿拉伯语讲解，指出每一个代表女神哈索尔[②]的符号，用肮脏的手指揉搓着他声称要保护的画。在昏暗的墓穴里欣赏完辉煌的往昔后出去，只见碎石遍地的白色沙漠与炫目的阳光，有时还有些穿着长布衫乞讨的男孩。

这些孩子见有人出来，便急忙从岩石后、沙漠中跑过来。在我看来，他们像是某种沙漠动物。但我的司机能叫出其中几个的名字。他挥手赶他们走，样子像是懒懒地告别。司机很年轻，也是沙漠里长大的，小时候肯定也穿长布衫。不过现在长大了，变了，穿上了衬衫和裤子，并对自己的好相貌颇为得意。这小伙子为人正派、可靠，一点也没有沙漠导游那种狂躁的脾气。他像是厌烦了沙漠，厌烦了其中的古迹、旅游者、导游的套路。他的心思在开罗，向往着在那里找一份真正的工作。

我在沙漠里待了一整天，现在是午餐时间。我随身带了冬宫酒店的午餐盒。我注意到沙漠里有新上台的政府修建的休息室，游客

[①] 一种货币，流通于中东等地区。
[②] 古埃及女神，司爱、欢乐等，是古埃及最重要、最受欢迎的神之一。

们可以坐在里面吃三明治，还能买到咖啡。我以为司机会把我带到那里，但他走的是一条我不熟悉的小路，来到沙漠中一个长着棕榈树的小绿洲上一间用干木材搭建的大棚屋外。那儿除了穿粗布衫的埃及侍者外，并无其他游客，也没有轿车、面包车。我不想进去。司机似乎想争辩，可又不耐烦，于是顺着我的意把我送到新建的休息室，帮我找到座位，然后说晚些时候来接我。

休息室里拥挤不堪。戴墨镜的游客们一边从硬纸餐盒里扒拉着饭菜，一边用各种欧洲语言交谈。我和两个年轻的德国人同坐在户外的一张桌子旁。一个步履轻快、身着阿拉伯服装的中年埃及人在餐桌间穿行，为游人倒咖啡。他的腰间别了一根骆驼鞭。我慢慢发现休息室四周的沙丘上，聚集了好多生活在沙漠中的孩子。沙漠很洁净，空气也很清新，但这些孩子非常非常脏。

这些孩子是不准靠近休息室的，可他们禁不住可能会得到三明治或者苹果的诱惑，渐渐靠近。而配着骆驼鞭的侍者便会如骆驼那般大喝一声，有时候会奔到孩子们中间，用皮鞭抽打他们，他们便四下逃窜，沙子般柔滑的小腿在飘舞的长衫下拼命地摆动。没有人指责那些试图把食物给孩子们的游客。这是埃及人的游戏，按埃及的规则处理。

这对游人丝毫没有造成困扰，那两个与我同桌的德国人根本没有去注意。玻璃窗后的休息室里，一群英国学生争先恐后议论着卡特和卡纳冯勋爵[①]的事情。而那群坐在露天里的意大利中年游客，看

[①] 指英国考古学家霍华德·卡特（1874-1939）和著名探险家卡纳冯勋爵（1866-1923），图坦卡蒙王陵墓的主要发掘者，在发现此法老的木乃伊几个月后，卡纳冯勋爵爵死去，数年间，相关陵墓挖掘者相继死去，坊间传为"法老的诅咒"。

懂了游戏规则后,开始戏弄孩子。他们把苹果扔得老远,让孩子们去捡,还别出心裁地将三明治掰成小块扔到沙地里去。孩子们慢慢地聚拢起来,很快,这帮意大利人周围便吵吵嚷嚷的。那个拿骆驼鞭的埃及人很清楚该怎么做,他在意大利人就座的露天餐饮区附近不停地走来走去并大声吆喝,用鞭子抽打沙地,以此多挣点皮阿斯特。

一个穿鲜红色运动衫的高个子意大利男人站起来,拿出相机。他干脆直接把食物放在餐厅露天区边上,引得孩子们奔过来。这次,那个埃及服务员似乎是觉得对着相机镜头必须表现更真实的一面,所以鞭子不是落在沙地上,而是直接落到了孩子们的背上,他那骆驼般的吼声也更响、更急促了。但休息室里的游客和站在外面小汽车与面包车旁的司机还是各忙各的,完全不受这一幕困扰,任凭手持鞭子的服务员和在沙地里抢夺食物的孩子们闹得不可开交。那群意大利人也无动于衷。穿红色运动衫的人又打开一盒三明治。一个穿白色西装、个子稍矮、年纪稍长的游客站起身,开始调整相机镜头。游客们扔出更多食物,那个服务员则继续追打孩子,他的吼声变成了洪亮的哼哼。

坐在我身边的德国人还是无动于衷;休息室里的学生们仍在高谈阔论。我发现自己的手在颤抖。我终于下定了决心,将吃了一半的三明治放到金属桌面上。我冲到了那个举着骆驼鞭的服务员身边,头脑清醒,情绪焦灼。我大喝一声,夺过鞭子扔到地上。那服务员惊呆了,又很无助的样子。我说:"我要把这一切上报给开罗。"他害怕了,用阿拉伯语央求我。孩子们不明白发生了什么,跑出去几步,然后站住回头观望。那两个意大利人摆弄着相机,墨镜下的神情镇定自若。这帮意大利游客中的女人则靠在椅背上,审视着我。

众目睽睽之下,我感觉这样做是徒劳,只想返回餐桌。回到桌边,我拿起三明治。这一切发生得很快,并未引起骚动。那两个德国人瞪着我,但我不去理会,也不理会那个穿鲜红色运动衫的意大利人。那些意大利女人站了起来,这帮意大利人要走了;穿鲜红色运动衫的意大利人故意将他们的午餐盒和吃剩的三明治连带包装纸扔到沙地上。

孩子们还站在原地。被我夺了鞭子的埃及人过来给我倒咖啡,再次用阿拉伯语和英语讨饶。咖啡是免费的,是他送给我的。在他说话的时候,那些孩子又开始向这边靠拢。他们很快就会过来,从沙地里扒出刚才意大利人在他们面前丢掉的食物。

我不想见到那一幕。司机在等我,他抱着光溜溜的双臂,倚靠在车门上。他目睹了刚才发生的一切。这个沙漠小伙子束着皮带、穿着长裤和运动衫,思想解放、心系开罗,我觉得他应该会对我的行为表示支持,比如打个鼓励的手势之类。但他只是嘴角向上扬了扬,眯缝起眼睛。他把烟头扔到沙地上,踩灭,从双唇间缓缓吐出烟来,然后叹了一口气。这就是他抽烟的方式和习惯。我无法猜出他在想什么。他一脸常态,只是那副厌烦的表情。

那天下午,我每到一处都碰见那辆意大利旅游团的豌豆绿的大众小巴士。每到一处都看见那件鲜红色运动衫,我甚至已经可以认出他莽撞、踉跄和短促的步态,他深色的太阳眼镜和秃顶,以及双臂僵硬摆动的样子。在渡口,我以为终于摆脱了他们,哪知那辆车也开到了渡口,那群意大利人下了车。在卢克索岸边,我以为能和他们分道扬镳,但发现他们也住冬宫酒店。在酒店门厅、酒吧和装点着鲜花、摆放着折叠精美的餐巾的大宴会厅里，那件鲜红色运动衫轻快而自信地在鞠躬迎候的埃及侍者中间穿行。在埃及，那一年只有纸币。

我在卢克索岸边待了一两天。月亮升起时，我又去了卡纳克神庙。返回沙地时，我一心想着要避开那个休息室，司机也心领神会，把我带往棕榈树丛中的棚屋，脸上并没有表现出丝毫得意的神情。那天，大棚屋的生意还不错，外面停着四五辆小巴士。屋里阴暗、凉爽、整洁。有几张桌子拼在一起作为主餐桌，四周坐了大约四五十个中国人，男男女女，轻声交谈着。他们是我在米兰见过的杂技团的部分成员。

那两位长者坐在长桌的一端，旁边有一位体形小巧、五官精致的女士，她看起来像是刚退出了杂技舞台的年龄。在米兰，我并没有在那群人中见过她。到了付账的时候，那个手拿着鼓鼓囊囊钱包的长者，依旧一副拘谨的样子。那位女士对一名埃及侍者说了些什么，这位侍者便将其他侍者叫到一起，排成一行。女士和侍者们一一握手，并赠送礼物：钱，装在信封里的什么东西，以及一枚像章。穷酸相的侍者直挺挺地站着，神情严肃，不敢正视那位女士。他们就像是在接受勋章的士兵。礼品赠送完毕，所有中国人都站了起来，他们轻声谈笑着，迈着轻快、略带外八字的步子走出了回音缭绕的棚屋。他们并没有注意到我，似乎也没去关注棚屋里的状况。即使是在沙漠里，他们仍旧衣冠楚楚，男士们穿着西装，女士们穿着运动服，和在米兰的下雨天里一样。这些中国人安静、矜持、大方、健康，相互之间平心静气：很难想象他们只是观光客而已。

那位埃及侍者仍是一脸的紧张和喜悦，他将像章佩在自己脏兮兮的条纹布长袍上。铸造这枚像章的模子已经磨损，头像的脸部线条不够清晰，但那显然是一张中国人的脸，是一位领袖。信封里装的则是印着美丽牡丹花的五颜六色的中国明信片。

牡丹，中国！有多少帝国曾到访这片沙漠。离我们不远处，是一座巨型雕像，在雕像的小腿部分，哈德良皇帝①命人雕刻了诗文，纪念自己的到访。在尼罗河对岸，离冬宫酒店不远处有一块巨石，上面粗陋地刻着古罗马文字，标志着帝国疆域的南端，划出军队撤退的界限。现在，一个更遥远的帝国在宣布自己的到来。一枚像章，一张明信片；但索求的回报倒只是愤怒和不平之感。

❧

或许纯洁的时光只存在于最初。古代的艺术家们并不知道有其他地方存在，他们视自己的土地为世界的全部。当我再次来到开罗，以陌生人的眼光观察开罗的田野、田野中劳作的人，观察灰蒙蒙的城镇和火车站内躁动的农夫，我很难相信这片土地上曾存在过这样的纯洁。或许，尼罗河仅仅作为其上的一片水、一个碧蓝色波浪图案的土地，由始至终只是一个幻象，驱使人去渴求，而只存在于墓穴之中。

火车车厢里的空调不好；但或许是因为那两个黑人乘务员还保留着农村的习惯，喜欢坐在敞开的车门口聊天。沙尘整日吹进车来，天气炎热，唯有等到日落，万物在红色天空的映衬下渐渐漆黑一片

---

①哈德良（76-138），古罗马皇帝。

时才会凉爽一些。在灯光昏暗的开罗火车站里,有了更多从西奈来的四仰八叉躺卧着的士兵,这些农夫穿着肥大的毛料军装,准备返乡休假。十七个月之后,这些人,或是他们的同类会知道,他们将在沙漠中溃不成军;低空飞行的直升机将拍摄下新闻照片:他们在茫然中,试图走回家去,在沙地上投下长长的身影。

1969 年 8 月至 1970 年 10 月

图书在版编目（CIP）数据

自由国度 /（英）V.S.奈保尔著；吴正译. -- 2 版. -- 海口：南海出版公司，2022.1
ISBN 978-7-5442-9979-4

Ⅰ. ①自… Ⅱ. ①V… ②吴… Ⅲ. ①中篇小说-英国-现代②短篇小说-作品集-英国-现代 Ⅳ. ①I561.45

中国版本图书馆 CIP 数据核字（2021）第 156827 号

著作权合同登记号　图字：30-2011-037
IN A FREE STATE
Copyright © 1971, 2007, V.S. Naipaul
All rights reserved.

自由国度
〔英〕V.S.奈保尔　著
吴正　译

出　　版	南海出版公司　（0898）66568511	
	海口市海秀中路 51 号星华大厦五楼　邮编 570206	
发　　行	新经典发行有限公司	
	电话（010）68423599　邮箱 editor@readinglife.com	
经　　销	新华书店	
责任编辑	黄宁群	
特邀编辑	曹　原　白　雪	
营销编辑	吴　优　刘治禹	
装帧设计	李照祥	
内文制作	田小波　王春雪	
印　　刷	北京中科印刷有限公司	
开　　本	850 毫米 ×1168 毫米　1/32	
印　　张	9.5	
字　　数	205 千	
版　　次	2013 年 11 月第 1 版　2022 年 1 月第 2 版	
印　　次	2022 年 1 月第 1 次印刷	
书　　号	ISBN 978-7-5442-9979-4	
定　　价	59.00 元	

版权所有，侵权必究
如有印装质量问题，请发邮件至 zhiliang@readinglife.com